육법추리

六法推理

육법추리

이가라시 리쓰토 연작소설
허하나 옮김

폭스코너

• 일러두기

1. 본문 속의 각주는 모두 옮긴이 주입니다.

2. 글자 위에 찍힌 방점은 원서 표기 그대로 표시한 것입니다.

차례

육법추리

1

그날, 가잔 대학교의 캠퍼스는 종언終焉에 지배당하고 있었다.

"벌써 종언제 시기인가."

소음이 입에서 흘러나온 혼잣말을 집어삼켰다.

오가는 학생들의 티셔츠, 그들이 손에 든 팻말, 다채로운 외관의 노점들. 주위를 둘러보면 무수히 많은 '종언'이 꿈틀대고 있다. 거창한 울림과는 달리 캠퍼스에 떠돌고 있는 것은 느긋함과 쾌활함을 뒤섞어 흩뿌린 듯한 들뜬 분위기다.

일 년에 한 번, 삼 일 동안 열리는 대형 이벤트.

요컨대, 평범한 학교 축제다.

'제4회 가잔 대학교 종언제'

죽음이나 끝을 의미하는 종언이 벌써 네 번이나 찾아왔다.

폐점 세일과 신장개업 세일을 되풀이하는 수상한 점포처럼, 축제 분위기에 취할 구실만 있다면 그게 무엇이든 상관없는 것이겠지.

내가 1학년이었을 때, 카리스마 있고 일을 잘 벌이는 성격이었던 당시의 축제 집행위원장이 기존의 전통을 내다 버리고 새롭게 종언제를 시작했다. 즉흥적으로 명칭을 바꾸었을 뿐인 성급한 결정이었던 모양인데, 무슨 이유에서인지 학생들의 마음을 사로잡았다.

그로부터 벌써 삼 년…. 가잔 대학교 축제는 동네 주민들의 냉담한 시선을 떨쳐내고 캠퍼스 일대를 종언으로 가득 채우는 가을의 대표적인 볼거리가 되었다.

'피로 물든 종언 찹쌀떡' — 딸기찹쌀떡

'칠흑의 종언 커피' — 블랙커피

'어둠 속에서 나타난 종언의 관' — 귀신의 집

눈을 가리고 싶을 정도로, 등에 소름이 돋을 정도로 한심하다.

가잔 대학교 동지 제군들이여, 정말 이대로 괜찮은 것인가?

새까만 로브를 입은 집단이 가까이 다가오길래 도망치듯 반대편 좁은 골목으로 들어갔다. 그러자 램프의 요정이 튀어나올 것 같은 기구를 품에 안은 집단과 맞닥뜨렸다.

"그쪽도 피워볼래요?"

입에서 뿜어져 나오는 솜사탕 같은 연기.

"…괜찮습니다."

자칫하면 다른 세계를 헤매게 될 수도 있으니, 발걸음을 재촉해서 북쪽 캠퍼스를 빠져나갔다. 소란한 분위기에서 멀어져 신호등이 설치된 은행나무길을 가로질렀다. 이 앞은 남쪽 캠퍼스다. 종언제 장소에 포함되어 있기는 하지만, 인구밀도는 메인 행사장의 삼분의 일 이하다.

문과동이라고 불리기도 하는 남쪽 캠퍼스는 북쪽부터 순서대로 교육학부동, 문학부동, 경제학부동이 늘어서 있고, 내가 다니는 법학부동은 남쪽 끝에 자리하고 있다.

언뜻 보기에 '종언'은 내걸려 있지 않다.

이 층짜리 벽돌 건물. 중앙 정원에 우뚝 솟은 느티나무를 사이에 두고 두 개의 강의실이 설치되어 있다. 법학부동은 좁고, 더럽고, 채광이 나쁜 삼 대 악조건을 다 갖추고 있다. 느티나무를 베어내야 한다고 생각하는 학생은 나뿐만이 아닐 것이다.

가을이니 당연하다는 듯이 수북이 쌓인 낙엽을 사박사박 밟으며 계단을 올라가서 제1강의실을 빠져나가면 세미나실이 쭉 늘어서 있다.

너나 할 것 없이 범상치 않은 이름의 세미나뿐이다. 모의재판 극단, 클럽 노동법….

세 번째 문 앞에서 멈추어 섰다.

누가 걷어찼는지 벽에 기대어 세워둔 화이트보드가 뒤집혀 있었다.

'무료 법률 상담소—혼자 고민하지 말고, 부담 없이 무법률로!'

일부 지워진 글자를 마커로 수정한 뒤, 문득 생각이 나서 끝에 'in 종언제'라고 작게 덧붙였다. 저렇게 수상한 노점들이 난립해 있으면, 무슨 문제가 발생한다고 해도 이상하지 않다.
뭐, 학생의 본분을 잊고 즐기는 것이 허락된 날에 굳이 법학부동 구석에 자리 잡은 세미나실을 찾아올 괴짜는 없을 테지만.
그런 생각을 하면서 문을 여는데, 세미나실 안에 낯선 여자가 편한 자세로 앉아 있었다.
"안녕하세요."
"어… 누구시죠?"
"수상한 사람은 아니에요. 유아등° 을 따라온 상담자랍니다."
"가잔대 학생?"
여자는 자리에서 일어나서 꾸벅 고개를 숙였다. 가슴팍에 'College'라는 영어가 커다랗게 적힌 오버 사이즈 후드티가 상하로 움직인다. 계단식 밭처럼 층이 나뉜 초록색 스커트. 패션이 독특한데, 이것도 축제에 맞춘 옷차림인 걸까.
"경제학부 3학년 도가 가린이에요. 고조 유키나리 선배 맞으시죠?"
"그래, 맞아."
머리 중간쯤 높이에서 양 갈래로 묶은 헤어스타일. 동그랗고 귀염성 있는 얼굴이라서 3학년보다 어려 보였기 때문에 조금 놀랐다.

° 나방 따위의 해충의 피해를 막기 위하여 논밭에 켜두는 등불.

"그나저나 굉장한 방이네요."

"어, 그렇지."

도가 가린은 몸을 돌려서 실내를 죽 훑어봤다. 계단식 밭을 연상케 하는 스커트가 두둥실 춤춘다.

그녀가 앉아 있던 소파, 벽 쪽에 붙여둔 책상과 의자, 플로어 램프. 그것들을 제외하면 이 방은 책장과 거기서 비어져 나온 전문서로 가득 차 있다.

"진짜 법률사무소 같아서 기대되네요."

"도가 씨는…."

"가린이라고 부르셔도 돼요."

도가의 제안을 무시하고 "법률 상담을 받으러 왔어?"라고 물었다.

"네. 이 세미나나 고조 선배 소문은 전부터 들어왔지만, 실제로 도움을 청할 날이 올 줄은 몰랐네요. 그런데… 정말 무료로 문제를 해결해주시나요?"

"학생의 유희 활동이니까 착수금도 성공 보수도 받지 않아."

"훌륭하네요."

만족스럽게 고개를 끄덕이는 도가를 보고 나는 말을 덧붙였다.

"하지만 상담 내용이 법률과 무관한 내용이라면 축객령. 법률문제일지라도 결과는 보장하지 않아."

"듣던 대로 쌀쌀맞으시네요."

"너는 첫인상대로 무례하군."

문이 잠겨 있지 않더라도, 보통은 밖에서 기다릴 것이다.

"일단 앉아. 무료 상담이라 음료수 같은 건 없지만."

"사양은 안 할게요."

가잔 대학교 법학부에는 '자율 세미나'라고 불리는 과외 활동 단체가 난립해 있다. 자율 세미나는 간단히 말해서 법학부생이 모이는 법학부 한정 동아리이다. 타 학부와 섞인 동아리를 선택하는 학생도 있지만, 절반 정도는 자율 세미나에만 소속되어 있다.

모든 자율 세미나는 법률과 관련된 활동 내용을 내걸고 있고, 무료 법률 상담소—통칭 무법률—도 그중 하나다. 활동 내용이 무엇이냐 하면, 명칭 그대로다. 법적인 문제를 떠안고 있는 학생의 이야기를 듣고, 법률적 관점에서 조언한다.

"상담 내용은 뭐지?"

도가 가린의 앞에 걸터앉아서 본론을 재촉했다.

"이걸 봐주세요."

그렇게 말한 도가는 토트백 안에 손을 넣었다.

플라스틱 용기. 그 안에 든 여섯 개의 동그란 물체.

"다코야키군."

"아니에요. 이건 다코야키를 빙자한… 사기 상술의 명백한 증거예요.”

무슨 소린지 모르겠다. 플라스틱 용기를 받아 드니, 아직 온기가 남아 있다.

“하나 먹어보세요.”

“됐어.”

“안 먹으면 문제를 해결할 수 없어요.”

어디선가 이쑤시개를 꺼내서 건네준다. 어쩔 수 없이 플라스틱 용기를 열었다.

파래, 가다랑어포, 소스, 옅은 다갈색 물체. 역시 아무리 봐도 다코야키다. 입안에 넣자 소스 냄새가 콧속에 퍼지고, 씹으니 속 재료가 흘러넘치…, 어?

“문어가 안 들었어.”

문어 대신 들어 있는 이 부드러운 식감은.

“정확해요! 한 입 만에 용케 알아차렸네요. 그 안에는 문어가 아니라 튀김 부스러기밖에 안 들었어요. 이건, 튀김 부스러기 야키인 거예요.”

다누키소바° 에 들어가는 그 튀김 부스러기인가.

“그래도 나름 맛있는데?”

“맛이 문제가 아니에요. 이 노점은 튀김 부스러기 야키를 다

° 메밀국수에 다진 파와 튀김 부스러기를 얹은 음식.

코야키라고 하면서 팔고 있다고요. 완전 사기라고 생각하지 않으세요?"

"안 해." 즉답하고 나서 이유를 생각했다. "방금 준 용기는 미개봉 상태였는데, 문어가 안 들었는지 어떻게 알았어?"

"이미 한 팩을 다 먹었거든요. 처음에는 깜빡하고 안 넣었나 했어요. 하지만 여섯 개나 먹었는데, 문어를 한 조각도 못 봤어요. 이건 틀림없이 확신범이에요."

"튀김 부스러기 야키라는 걸 알면서도 한 팩을 더 샀다는 말이야?"

"아니요. 처음에 다섯 팩을 한 번에 샀어요. 한 팩에 100엔이라서 엄청 싸다는 생각에 달려들었는데, 설마 사기일 줄이야…."

다섯 팩에 500엔. 슈퍼마켓이나 다코야키 전문점의 상품에 비하면 파격적인 금액이다.

그 밖에 확인해야 할 점은….

"이걸 살 때, 가격이 무척 저렴한데 문어가 들어 있냐고 묻거나, 문어가 들었을 거라고 생각하고 사겠다는 말을 했어?"

"할 리가 없잖아요. 이상한 손님이라고 생각할걸요?"

100엔짜리 다코야키에 트집을 잡는 마당이니 이미 충분히 이상한 손님이다.

"그래서, 돈을 환불받고 싶다는 말이야?"

"가능한가요?"

"아니, 힘들 거야. 100엔을 건네주고 상품을 받은 시점에 계약이 성립했어. 그 계약을 사후적으로 취소하려면 사기나 착오 등 특수한 사정이 인정되어야 하는데, 네 이야기를 들어보면 그런 사정은 존재하지 않아."

다코야키를 내 눈앞에 들이밀며 도가는 목소리를 높였다.

"이미 말했잖아요, 튀김 부스러기 사기라니까요."

"다코야키에 문어가 들어 있다는 건 네 선입관에 불과해."

"아니죠. 콩나물이 들어 있지 않은 콩나물볶음, 된장이 들어 있지 않은 된장국 같은 거예요."

"멜론빵에는 멜론이 들어 있지 않고, 붕어빵에도 붕어는 들어 있지 않아."

예시가 두 개밖에 떠오르지 않아서 부족한 어휘력을 반성했다.

"그런 건, 이미 그렇다고 알고 사는 거고요…."

"100엔이라는 말을 들은 시점에 뭔가 절감을 위한 장치가 있으리라 생각하는 게 일반적이야. 문어 대신 무언가가 들어 있다. 그건 예상 가능한 범위니까, 사기가 아니라 아이디어의 일종이라고 생각해."

"사기꾼 편을 드는군요."

"참고로 무슨 이름으로 팔고 있었지?"

"하늘에서 내려온 종언 다코야키요."

"그것 봐. 문어는 종언을 맞아 사라지고, 튀김 부스러기가 내려앉은 거야."

노점에 따지러 가면 귀찮은 손님을 내쫓으려고 환불에 응해줄지도 모른다. 하지만 그것은 법적인 조언이 아니라 민폐 행위 조장이다.

"피도 눈물도 없는 법률 독재자라는 소문도 사실이었던 모양이네요."

"대체 무슨 소문이 떠도는 거야?"

"무료라는 말에 속으면 안 된다. 감정 없는 법률 기계. 억울함에 눈물 흘린 상담자가 셀 수 없다. 조롱당하고, 무시당하고, 너덜너덜한 상태로 쫓겨난다. 무법률에 상담할 바에는 인터넷에서 검색하는 편이 낫다…."

"알았으니까 이제 그만해."

무법률은 나름대로 긴 역사를 지닌 자율 세미나로, 내가 신입생이었을 때는 스무 명 이상이 소속되어 있었다. 그런 유서 깊은 단체였음에도 불구하고 지금은 소멸 위기에 처해 있다. 초면인 도가가 내 이름을 알아맞힌 것은 달리 후보자가 없었기 때문이리라.

한 명밖에 소속되어 있지 않은데, 세미나라고 칭해도 되는 걸까.

"결론은 나왔으니 이제 나가주겠어?"

문을 가리키자, 도가가 미소 지으며 말했다.

"기대했던 대로네요."

"뭐?"

"방금 한 상담은 전초전이었어요. 문어가 안 들어서 화가 나긴 했지만, 그건 그것대로 맛있었으니까 만족해요. 절약 레시피로 이용해야겠다는 생각이 들 정도로요. 어쨌거나 고조 선배가 감정론이 아니라 법률론으로 사물을 내려다볼 수 있는 사람이라는 걸 알았으니, 본론으로 들어가도록 할게요."

유창하게 말을 늘어놓은 도가는 감정을 조절하듯 진지한 표정을 지었다.

"아직 상담할 게 남았다는 뜻이야?"

"네. 아주 특별한 법률 상담을 준비해왔어요."

"기대하지 않고 들을게."

도가는 다코야키 팩을 가방에 집어넣었다. 소스와 파래 냄새가 아직 공기 중에 남아 있다.

창문 너머로 새들이 지저귀는 소리가 들린다.

"저는 사고 물건° 에 살고 있는데요…."

그렇게 말을 꺼낸 도가의 상담 내용은, 확실히 법적 문제가

° 살인, 자살, 고독사 등 전 거주자가 사망하는 사건이나 사고가 발생한 건물.

있는 것이었다.

2

아야시 하이츠. 제가 살고 있는 사고 물건의 명칭이에요.

아야카시° 가 아니라 아야시. 사랑 애愛에 아들 자子를 써요. 지어진 지는 이십 년쯤 됐고, 사고 물건이 된 건 삼 년 전이니까, 건물 이름이 꺼림칙한 발음인 건 우연일 거예요.

대학교 1학년 때부터 살았으니, 그럭저럭 이 년 반 정도 거기서 지냈네요. 문제 없는 집이라고 속았던 건 아니고, 사정을 다 알고 살기 시작했어요. 그러니 사고 물건을 빌린 일 자체를 문제 삼을 생각은 없어요.

고조 선배는 알고 있겠지만, 무엇을 두고 사고 물건이라 하는지 명확한 정의는 없대요.

저는 입주자가 사망한 방은 다 사고 물건이라고 생각했어요. 그런데 노환으로 사망하고 나서 빨리 발견되는 경우 등에는 다음 입주자에게 알릴 의무가 없다고 하더라고요. 왜, 모르는 게 약이라는 말도 있잖아요.

° 배가 난파할 때 해상에 나타난다는 괴물. 괴이한 일이나 요괴를 지칭하기도 한다.

자연사 이외, 즉 자살이나 타살이 발생한 방을 사고 물건이라고 부르고, 그런 사정이 있는데도 설명하지 않으면 책임을 묻게 돼요.

마이 스위트 룸, 아야시 하이츠 102호실에 살았던 분은 목을 매고 자살했어요. 이름은 가게이 미에. 사망 당시 경제학부 2학년이었대요. 저와 같은 학부고, 고조 선배보다 한 학년 위네요. 꽤 시끄러웠다고 들었는데, 모르세요?

학부는 달라도 친구가 있으면…. 뭐, 그럴 수도 있죠.

방값이 저렴한 곳을 찾던 저는 아야시 하이츠에 다다르게 됐어요.

무슨 일이 있었는지는 사이토 씨가 자세히 알려주셨어요. 사이토 씨는 101호실에 사는데, 제 이웃이자 관리인이에요.

고작 반년 전에 자살자가 나온 방이야. 도가 씨와 같은 가잔대 학생이니까 저주받을지도 몰라. 정말 괜찮겠어? 그렇게 말하면서 과하다 싶을 정도로 걱정하셨어요.

열렬한 반대를 무릅쓰고 저는 방을 빌렸어요.

그렇게까지 해서 그 집에 살고 싶었던 이유, 역시 신경 쓰이죠?

저는 딱히 심령 마니아는 아니에요. 물론 조건이 같다면 사고 물건 따윈 고르지 않죠. 방값이 파격적이라서 계약했을 뿐이에요. 욕조 딸린 화장실이 있고, 학교까지 도보 오 분 거리인데, 월 2만 엔…. 참고로 다른 방은 월 4만 엔이라고 하니, 자살 할인이 2만 엔이라는 계산이네요.

고작 2만 엔. 그렇지만 2만 엔. 일 년이면 24만 엔이고, 사 년이면 96만 엔.

얼추 이 년 치 학비에 상당하는 금액이에요.

눈치채셨겠지만, 저는 고학생이에요. 국립인 가잔대도 아르바이트를 여러 개 하면서 죽을 둥 살 둥 애써야 다닐 수 있거든요.

100엔짜리 다코야키를 대량 구매한 것도, 무료 법률 상담소에 달려온 것도 돈을 아끼기 위해서예요. 지금 입고 있는 옷들은 플리마켓 앱에서 떨이 판매되던 거였어요. 서른 벌 정도 들어서 배송료 포함 980엔. 그렇게 빤히 쳐다보지 마세요.

이야기가 옆길로 샜네요. 다시 본론으로 돌아갈게요.

가게이 미에 씨가 죽은 건 삼 년 전… 종언제가 열리기 얼마 전이었다고 들었어요. 유서는 발견되지 않았고, 자살 이유도 밝혀지지 않았어요. 뭐, 본인이 죽었으니 자살 이유 따위 알 수 있을 리가 없죠. 자필 유서가 있었다고 하더라도 그게 최종본인지는 알 수 없으니까요.

다만, 미에 씨는 임신 중이었대요. 관리인인 사이토 씨도 배가 부른 미에 씨의 모습을 봤고요. 그 점 때문에 말이 많았던 것 같아요.

요즘 세상에 대학생의 임신이 그리 드문 일은 아니죠. 연인이나 부모에게 중절을 강요받거나, 가벼운 마음으로 낳았지만 키울 수 없었다든가 하는 사정으로 마음의 병을 얻고 목숨을 끊는 청년들도 있다고 해요.

공감은 안 되지만, 이해할 수는 있어요. 세상에는 그런 비극이 넘쳐나니까요.

미에 씨의 자살이 계속 사람들 입에 오르내리는 건 아기가 사라졌기 때문이에요.

미에 씨의 배 속에 있었을 아기 말이에요.

사이토 씨는 출산 시기가 임박해 보였다고 말했지만, 아야시 하이츠의 다른 주민을 포함해 아기를 본 사람은 없어요. 그런데 참고인 조사를 받았을 때, 방에 출산한 흔적이 있었다는 이야기를 경찰로부터 들었대요.

저도 당시 기사는 대충 훑어봤지만, 아기에 관한 이야기는 없었어요. 만일 같이 죽었다면 분명 기사에 적혀 있었을 텐데.

무섭지 않으세요? 엄마는 목을 맸고, 아기는 행방불명이라니.

대체 어디로 사라진 걸까요?

뭐, 저처럼 가난해서 병원에도 못 가고 방이나 화장실에서 출산, 키울 자신이 없어서 아이를 산속 깊은 곳에 버리고는 죄의식에 시달리다가 목을 맸다… 그런 스토리가 떠올라서 깊이 생각하지는 않았어요.

역시 공감은 안 되지만, 이해할 수는 있어요.

하여튼 딱히 괴기 현상을 겪지도 않고, 저렴한 아야시 하이츠에서 쾌적하게 살아왔어요. 이대로 졸업할 때까지 눌러앉으려고 했는데, 제 뜻대로 안 되더라고요.

두 달쯤 전, 자고 있는데 새된 울음소리가 들려서 잠에서 깼어요.

분명 아기 울음소리라서 이런저런 생각이 들었지만, 일단 꿈이라고 자신을 타이르고 음악을 들으면서 잠들었어요.

그런데 다음 날도, 그다음 날도 새벽 두 시쯤에 아기 울음소리가 들렸어요. 축삼시°에 말이에요. 의식하지 않으려고 해도 목을 맨 아기 엄마의 모습이 떠오르더라고요.

아야시 하이츠에는 저와 사이토 씨 외에 네 명이 사는데, 다 가잔대 학생이에요. 몇 번 대화한 적이 있어서 큰맘 먹고 울음소리에 관해 물어봤는데, 짚이는 데가 없다고 고개를 갸웃할 뿐이더군요.

102호실에만 들리는 수수께끼의 울음소리. 슬슬 으스스한 기운이 감돌지 않나요?

관리인 몰래 반려동물을 기르는 사람들처럼, 몰래 아기를 키우는 사람이라도 있나 의심하기도 했어요. 그렇다고 해도

° 오전 두 시에서 두 시 삼십 분. 귀신이 나오는 시간이라 하여 불길하게 여겨진다.

저한테만 소리가 들리는 건 부자연스럽죠. 미리 입을 맞췄을지도 모르지만요.

그로부터 이 주가 지나고, 심야의 울음소리도 화이트 노이즈 정도로 생각되기 시작했어요. 환경 적응 능력을 유감없이 발휘한 거죠.

그러자 이번에는 베란다 유리창에 붉은 손자국이 찍혀 있었어요.

아주 작은, 딱 아기 손만 한 크기의 손자국이요. 수많은 손자국이 잠금장치 쪽을 향해서 포개어져 있는데… 그 장면은 상당히 충격적이었어요.

사이토 씨한테 보여주면 청소비를 달라고 할 수도 있다는 생각에 사진을 찍고 씻어 없앴어요. 일단 피는 아니라고 생각해요. 페인트나 물감… 그런 쪽 같은데, 다른 방에서 비슷한 손자국이 발견됐다는 말은 못 들었어요.

그 밖에 우편함에 새빨간 글씨로 적힌 편지가 들어 있거나 자전거가 펑크 나기도 하고.

날이 갈수록 심해져서 어떻게든 해야겠다는 생각에 무법률을 찾아오게 됐어요. 이렇게 선물로 튀김 부스러기 야키까지 사 들고.

저, 자전거 수리비도 들었거든요.

고조 선배, 불쌍한 고학생을 위해서 문제를 해결해주세요.

3

도가의 상담 내용은 솔직히 흥미진진했다. 유창한 말재주에, 도가에 대한 인상도 바뀌었다. 능청스러운 말투를 즐겨 사용하지만, 필요한 정보가 과하거나 부족하지 않게 잘 정리되어 있어서 끼어들 여지가 거의 없었다.

"일단 확인하는 건데, 괴기 현상을 의심하는 건 아니지?"

"귀신을 무서워하면, 사고 물건 같은 데서 못 살아요."

이 년 반이나 살고 있으니 설득력이 있는 말이다.

"누가 질 나쁜 장난을 치고 있다고?"

"네. 심령 현상이 아닌, 악의의 정체를 밝혀줬으면 좋겠어요."

그렇군. 도가가 바라는 것은 어디까지나 인적 문제의 해결이다.

"범인으로 짐작 가는 사람은?"

"전혀 없어요. 원한을 살 성격도 아니고요."

"타인의 평가라면 모를까, 자화자찬하는 시점에서 신용이 안 가는군. 조금 전에는 초면인 나한테 대놓고 쌀쌀맞다고 평하기도 했고."

"그런 말을 했었나요? 제가 이래 봬도 때와 장소와 사람을 가리거든요."

아기 울음소리, 유리창의 손자국, 꺼림칙한 우편물과 자전

거의 펑크. 그것들이 괴기 현상이 아니라 사람 손에 의한 짓이라면, 제일 먼저 떠오르는 것은 원한으로 인한 괴롭힘이다.

"그럼, 스토커나 친구 사이의 갈등 같은 건 제외할게."

"네, 상관없어요. 사람의 속마음을 꿰뚫어보는 통찰력에는 나름 자신이 있거든요."

"그렇다면 스스로 해결할 수 있지 않아?"

"범인 후보를 한동안 관찰했는데, 만족할 만한 답을 찾지 못했어요. 그래서 발상의 전환을 도모했죠. 전제가 되는 지식이 부족한 것일지도 모른다고. 문득 법적인 문제가 얽혀 있을 수도 있다는 생각이 들어서 무법률의 존재를 떠올렸어요."

"왜 법적인 문제를 의심했는데?"

"사고 물건에는 법적인 문제가 따르기 마련이라고 들었거든요."

"그 정의부터 모호하니까."

도가의 말을 따르면, 고려할 범위는 단숨에 좁혀진다. 도가의 개인적인 문제를 제외하면, 남는 것은 목을 맨 자살, 사라진 아기, 현재의 괴롭힘으로 한정된다.

"아야시 하이츠 이외의 장소에서 괴롭힘을 당한 적은 있어?"

"없어요."

"임대차 계약 기간은?"

"일 년 갱신이에요. 사이토 씨한테는 졸업할 때까지 쭉 살

예정이라고 말해뒀어요."

"가게이 미에 씨가 자살한 건 삼 년 전이고, 그다음 입주자가 너였다는 거지?"

"네, 맞아요."

"사고 물건이라는 말을 듣고 떠오른 동기가 하나 있어."

검지를 세우며 말하자, 갑자기 도가는 가방에서 다코야키를 다시 꺼냈다.

"먹어도 될까요?"

"…마음대로 해."

당최 하기 어렵군.

"관리인이 너를 아야시 하이츠에서 몰아내려는 것 아닐까?"

"사이토 씨가 범인이라. 그 심리는요?"

"사고 물건의 주박에서 해방되기 위해서."

"오, 무슨 말인지 모르겠어요."

입안 가득 다코야키를 우물거리는 도가를 무시하고, 머릿속으로 사고 물건의 규제를 떠올렸다.

"네가 말한 대로, 전 입주자가 실내에서 자살한 물건은 사고 물건으로 간주되고, 택지건물거래업법에 따라 사정 고지 의무가 부여돼. 사연 있는 물건에 살고 싶어 하는 사람은 적지. 그러니까 부정적인 요소를 없애기 위해 시세보다 낮은 임대료가 설정되는 거야."

“흐음.”

“임대료는 관리인이나 소유자의 수입에 직결돼. 사고 물건이라는 사실은 감추고, 적절한 임대료로 빌려주고 싶다는 게 그들의 솔직한 심정이겠지. 하지만 빌려준 뒤에 들키면 책임 추궁을 당하니까 어쩔 수 없이 사정을 고지하는 것 아닐까?”

“그렇겠네요.”

“여기서 문제가 되는 것이, 언제까지 사고 물건의 고지 의무를 부담하느냐야. 일본의 자살자는 연간 이만 명 이상. 그중 몇 퍼센트가 자택에서 죽음을 맞이하는지까지는 모르겠지만, 적지는 않을 거야. 자살자가 발생한 방을 영원히 사고 물건으로 취급한다면, 쌓이고 쌓인 사망자로 인해서 임대인의 부담이 너무 커져. 그래서 많은 소송이 제기되는 가운데 고지 의무 기간에 관한 규칙이 만들어졌어.”

“유령 정체 현상이네요.”

싱거운 맞장구를 치는 도가를 무시하고, 책장에서 부동산 임대차에 관한 판례집을 꺼냈다. 대략적인 기간은 기억하고 있지만, 다시 한번 확인했다.

“초기 판례에서 자살 이후 최초의 입주자에게는 고지 의무가 있다고 판단되었어. 그 후에는 최초 입주자가 단기간에 퇴실하는 등의 사정이 없는 한 다음 입주자에 대한 고지 의무는 없다는 판단 기준이 제시되었지.”

"음, 그렇다는 건?"

중요한 것은 이번 사례에서 어떻게 판단되느냐다.

"가게이 씨가 자살하고부터 삼 년, 네가 살기 시작한 뒤로 이 년 반이 지났지. 판례 기준에 비추어보면, 다음 입주 희망자에게는 고지 의무를 부담하지 않고 제값으로 집을 빌려줄 수 있어."

"아, 그게 주박이라는 말이군요."

도가가 겨우 이해한 것을 확인하고, 판례집을 책장에 다시 꽂아 넣었다.

"충분히 괴롭힘의 동기가 될 수 있다고 생각해."

"하지만 사전 협상도 없이 갑자기 실력 행사에 나설까요?"

"주거는 생활 근간과 관련되기 때문에 쉽게 쫓겨나지 않도록 임차인 측을 강하게 보호하고 있어. 아까 일 년마다 갱신하는 계약이라고 했는데, 네가 갱신을 희망할 때는 집세 연체나 작은 화재 소동 같은 문제를 일으키지 않는 한 임대인이 거부하는 건 불가능해. 물론 일방적으로 집세를 올리는 것도 인정되지 않고."

임대차 계약을 원만하게 종료시키기 위해서는 임차인이 제 의사로 나가는 방법이 가장 좋다.

"특별 할인가는 내게만 적용된다…."

"뒤집어 말하면, 너만 몰아내면 사고 물건의 주박에서 해방된다는 뜻이야."

어느샌가 다코야키가 들어 있던 용기는 텅 비어 있었다.

"아기 울음소리나 붉은 손자국으로 겁주고, '이대로 있으면 저주받아 죽을 거야, 도망가야 해'라고 생각하게 만든다. 내가 퇴실하고 나면, 아무 일 없었다는 듯이 다음 입주자를 찾는다. 일리가 있네요."

"겁먹은 네가 목을 매면 새로운 사고 물건이 탄생하겠지만."

"무슨 그런 재수 없는 소리를."

도가가 파악한 괴롭힘은 같은 건물에서 생활하는 주민이라면 누구나 고안해낼 수 있는 것들뿐이다. 다른 주민에게 울음소리가 들리지 않았던 이유는 알 수 없지만.

"그렇지만 고조 선배의 추리는 틀렸다고 생각해요."

"사이토 씨는 착한 관리인이니까?"

"그런 바보 같은 이유가 아니에요."

"그렇다면 왜지?"

대답하는 대신 도가는 자리에서 일어섰다.

"자세한 검토는 사고 물건에 가서 하시죠."

4

십오 분 뒤. 나와 도가는 아야시 하이츠 101호실에 방석을 깔고 앉아 있었다.

대학에서 도보 오 분 거리라는 선전 문구에 거짓은 없었다. 건물에 도착하자, 도가는 자세한 설명도 없이 관리인이 사는 101호실의 벨을 눌렀다.

"놀러 왔어요."

"아, 도가 양이구나. 어서 오렴."

문을 연 남성은 나를 보고 의아한 표정을 지었지만, 돌려보내거나 왜 왔는지 묻지도 않고 안에 들였다.

"저 할아버지가 관리인인 사이토 다다시 씨예요."

"그 정도로 나이가 많아 보이지는 않는데."

"아니, 아마 환갑은 넘었을 거예요."

아버지와 비슷한 나이라고 생각했기 때문에 놀랐다. 관리인으로 유유자적한 생활을 보내고 있어서 실제 나이보다 젊어 보이는 걸까.

우리를 집 안에 들인 뒤, 관리인은 복도로 나가서 한동안 돌아오지 않았다.

"어디 간 거지?"

내 집처럼 편히 앉아서 쉬는 도가에게 물었다. 예고도 없이 관리인의 집에 돌격한 이유도 따져 묻고 싶었지만, 우선은 현재 상황을 파악해야 했다.

"차를 끓이고 있을 거예요."

"복도에서?"

"공용 부엌이 있거든요. 거기에 사이토 씨가 아끼는 손님 접대용 세트를 보관하고 있는데, 저희도 자유롭게 사용해도 된다고 했어요."

오 분 정도 지나자, 찻잔과 다과를 얹은 쟁반을 들고 관리인이 돌아왔다. 와라비모치°인가. 감사 인사를 하고, 자기소개를 하기 위해 자세를 바로 했다.

하지만 도가에게 선수를 빼앗겼다.

"눈매가 사나운 이 사람은 가잔대 법학부 4학년인 고조 선배예요. 아야시 하이츠를 공포에 떨게 한 유령의 정체를 간파했다고 해서 데려왔어요. 유령의 정체, 알고 보니 마른 참억새°°."

"정말인가?"

관리인이 찻잔을 든 채 나를 응시한다.

"그게…."

뭐라고 할지 말을 고르고 있는데, 도가가 나서서 쓸데없는 말을 덧붙였다.

"사이토 씨가 저를 아야시 하이츠에서 내쫓으려고 하는 거래요."

° 고사리 전분으로 만든 반투명한 색의 떡.
°° 두려워했던 인물이나 사물의 실체가 사실은 시시한 것이었음을 비유하는 일본 속담.

"내가 도가 양을?"

"자세한 이야기는 명탐정의 입으로 들어보시죠."

찻잔에서 김이 피어오르고 잠시 침묵이 흘렀다. 도가는 한 방 먹였다며 속으로 혀를 내밀고 있을지도 모르지만, 관리인을 화나게 해서 곤란해지는 사람은 임차인이다.

"사고 물건이라는 말을 듣고 떠오른 생각입니다만…."

조심스럽게 단어를 고르면서 천천히 설명해나갔다.

고지 의무 기간은 관리인도 알고 있는 듯했고, 이따금 고개를 끄덕이는 관리인과 고사리떡을 입에 넣고 우물거리는 도가 사이에서 혼자 이야기를 계속했다.

"과연 법학부생이라서 그런지 재미있는 생각을 하는구먼. 내쫓을 수 없으니, 제 발로 나가게 만든다…. 참조해야겠어."

언성을 높이지도 않고, 관리인은 오히려 상냥하게 소감을 말했다.

"사이토 씨, 저를 내쫓으실 거예요?"

"아니. 나는 도가 양이 여기 계속 살아줬으면 좋겠는걸. 밝고 착하고, 자기 힘만으로 대학에 다니다니 요즘 보기 드문 학생이잖아."

짜고 치는 연극이라는 생각이 드는 건, 내 성격이 비뚤어져서 그럴 테지.

"하지만 고조 선배는 이유를 제시하지 않으면 납득하지 않는 논리 지상주의 인간이에요."

"흐음. 그것참 곤란하네."

도가는 내게 원한이라도 있는 걸까. 그녀가 잘 따르는 관리인을 범인으로 의심했기 때문에? 하지만 악의의 정체를 간파해달라고 부탁해온 사람은 도가다.

"그러고 보니 사이토 씨, 아야시 하이츠에 빈방이 있나요?"

천장을 올려다보면서 관리인은 대답했다.

"104호실과 204호실이 공실이야. 101호실이 나, 102호실이 도가 양, 103호실이 히나노 양, 201호실이 다니 군, 202호실이 단지 군, 203호실이 아리사카 군. 늙은이 한 명과 젊은이 다섯 명이 아야시 하이츠의 주민이지."

일 층과 이 층에 방이 네 개씩. 101호실은 정문과 가까운 곳에 있고, 관리인을 제외한 여성들은 일 층, 남성들은 이 층에 방을 배정하고 있는 모양이다.

"공실은 입주자를 모집하고 있지 않나요?"

도가가 다시 질문한다. 그녀가 무슨 생각인지는 눈치챘다. 굳이 관리인의 입을 통해 확인할 필요 없이, 세미나실에서 설명을 들었다면 의견을 철회했을 텐데.

"그럭저럭 오래된 건물이다 보니 좀처럼 임차인을 찾을 수가 없더라고. 삼 년 전 사건이 일어난 뒤로는 문의해오는 사람도 거의 없어서, 공실도 방값을 내려서 모집해볼까 생각할 정도야."

"그렇다면… 지금 시점에 입주 희망자가 있다면 공실을 내주면 되고, 반대로 제가 나가더라도 다음 입주자가 들어올 가능성은 적다는 말이네요?"

도가가 요약하자, 관리인은 고개를 아래위로 끄덕였다.

"그렇지. 도가 양이 나가면 오히려 내가 곤란하다니까. 법학부 탐정님, 이걸로 넘어가주면 안 될까?"

"지금 이야기를 들어보면, 사이토 씨가 범인일 가능성은 적다고 생각합니다."

이제 만족하냐는 듯이 도가에게 시선을 던졌다.

"사이토 씨의 의심이 풀렸다는 걸 사모님께 보고하고 올게요."

"그래, 고맙구나."

방 한쪽에 놓인 불단으로 도가가 다가간다. 밥상과 서랍장 등 소박한 가구들 사이에서 화려한 양문형 불단은 존재감을 발산하고 있었다.

"아내가 오 년 전에 암으로 죽었거든…. 자식도 없어서 혼자 쓸쓸하게 여생을 보내고 있는데, 여기 사는 아이들과 대화하는 게 유일한 즐거움이야. 도가 양은 늘 저렇게 향을 올려주곤 하지."

귀여운 손녀를 바라보는 듯한 눈빛을 보내며 관리인은 미소를 지었다. 나도 향을 올리겠다고 말해야 하나 싶었지만, 이런 때 일어서지 못하는 게 나라는 인간이다.

모처럼 여기까지 왔으니 정보 수집은 다 마쳐야겠다.

"가게이 미에 씨의 자살에 대해 여쭤봐도 될까요?"

"응. 그래요. 내가 최초 발견자이기도 했고."

"아, 그러시군요."

미리 제대로 설명해주지 않고 태연히 불단 앞에서 두 손을 모으고 있는 도가를 노려본다.

"가게이 양과 연락이 되지 않는다고, 단지 군이 말했었나? 밖에서 보니 방에 불이 켜져 있는데 벨을 눌러도 반응이 없어서, 여벌 열쇠로 문을 열었어."

"문이 잠겨 있었군요."

"맞아. 이 방에 여벌 열쇠를 가지러 돌아왔던 게 기억나."

그렇게 말한 뒤 관리인은 눈을 가늘게 뜬다.

"단지라는 분은… 지금도 이 층에 살고 있는 분이죠?"

"히나노 양, 다니 군, 아리사카 군도 다들 사 년 전부터 살고 있어. 가게이 양까지 포함해서 다섯 명이 같은 고등학교 출신인데, 다 같이 입주할 수 있는 곳을 찾고 있었던 모양이야. 방이 다섯 개나 비어 있는 물건은 웬만해서는 없으니까, 인기가 없었던 덕분에 그들과 만날 수 있었지."

자리로 돌아온 도가가 "가게이 씨만 문과고 다른 네 명은 이과래요. 네 명은 가잔대 석사과정에 진학해서 지금도 아야시 하이츠에 살고 있어요"라고 보충 설명했다.

아무리 사이가 좋다고 해도 같은 곳에 살 생각까지는 안 하지 않나? 게다가 남자 셋에 여자 둘의 조합은 관계가 틀어지면 귀찮아질 것 같다.

"그중 연인 관계인 사람이 있었습니까?"

"이런 늙은이에게 연애 상담을 하는 별난 사람은 없지만, 히나노 양과 아리사카 군은 고등학생 때부터 사귀었다고 들었어."

"가게이 씨는요?"

"적어도 나는 들은 바가 없네만."

"임신 중이었던 것은 사실이죠?"

도가 쪽을 힐끔 본 뒤에 관리인은 대답했다.

"어느샌가 배가 불러 있더라고. 애아버지가 누구인지는 끝까지 말해주지 않았어. 가게이 양도 도가 양처럼 고학생이라서 걱정했었거든. 학교에도 안 가고 방에 틀어박혀 얼굴 보기도 힘드니 그렇게 궁지에 몰렸다는 걸 알 수가 있나."

역시 중절 비용을 구하지 못해서 낳을 수밖에 없다고 판단했던 걸까.

"자살이었던 건 틀림없습니까?"

"경찰은 그렇게 말하더라고. 밧줄로 목을 맸으니까, 그 흔적으로 알았던 거 아닐까? 아이에 대해서는 도가 양한테 들었나?"

"분명 출산했을 텐데 발견되지 않았다고 하더군요."

“맞아. 사체를 발견했을 때, 방바닥에 혈흔이 있었어. 목을 맨 것으로 출혈이 발생하지는 않을 테니, 그건 출산했을 때의 피라고 생각해.”

자기 방에서 출산하고, 그 직후에 목을 맸다는 말인가….

가게이 미에의 자살에 대해서는 이 정도만 확인하고 넘어가자.

“두 달쯤 전부터 도가 씨는 심야에 아기 울음소리를 들었다고 합니다. 그 외에 뭔가 이상한 일이 아야시 하이츠에서 일어나지는 않았나요?”

붉은 손자국 건은 알리지 않았다고 도가는 말했었다.

“내 틀니가 없어진 일 정도려나?”

“틀니?”

“그래, 틀니.”

입안을 보여주길래 확인해보니, 오른쪽 아래 어금니 쪽에 이가 몇 개 없었다. 다른 이는 제대로 갖추어져 있었다. 관리인의 말에 따르면, 부분 틀니를 사용하고 있었다고 한다.

“담배 때문인지 치주병이 심해져서 이도 엉망이거든. 이 나이에 벌써 틀니 생활이야.”

“그게 없어졌습니까?”

“이 주 정도 전에 이를 닦고 나서 틀니를 씻으려는데 안 보였어. 이번 일과는 아무 상관 없겠지만.”

도가를 향한 괴롭힘과 관리인의 틀니 분실이 관련되어 있다고는 생각되지 않는다.

하지만 도가는 관심을 보이며, 세세하게 확인해나갔다.

"사이토 씨는 복도에 있는 부엌에서 이를 닦으시죠?"

"잘 아네."

"저도 노후를 대비해서 양치와 틀니 세척 순서를 알고 싶어요."

"어디 보자…."

관리인의 설명을 정리하면, 순서는 다음과 같다. 공용 부엌에 서서 입에서 뺀 틀니를 싱크대 옆에 놓고, 이를 닦은 뒤에 입을 헹구고, 틀니를 케이스에 넣어서 세척한다.

"양치를 하면서 복도를 걷거나 하지 않으세요?"

"맞아. 도통 가만히 있지를 못 하겠다니까. 그때도 여기저기 돌아다니다가 부엌에 돌아와서 입을 헹궜어. 그러고 싱크대 주위를 봤더니, 틀니가 감쪽같이 사라졌더라고."

"흠… 이상하네요."

"세 개밖에 안 되는 작은 틀니니까, 어디 틈새에라도 굴러 들어갔을지 모르지."

"알겠습니다."

만족했는지 도가는 내 쪽을 쳐다봤다.

"이 나이가 되면 점점 몸 상태가 나빠지거든. 이도, 눈도, 귀도 보조 도구 없이는 살 수가 없어."

돋보기를 가리킨 다음, 고개를 돌려서 귓구멍을 보여준다. 입안도 그렇지만, 타인의 신체 안쪽을 보는 건 낯선 경험이다.

"보청기입니까?"

실물을 보는 건 처음이다.

"젊다는 건 그 자체가 재산이야. 소중히 여기라고."

"사이토 씨는 진짜 재산이 많이 있으시잖아요" 하고 도가가 다시 입을 열었다. "사모님과의 추억이 담긴 아야시 하이츠에 계속 살고 있지만, 여기 외에도 부동산을 갖고 있다고 들었어요."

"돈이 안 될 만한 물건만 사들였으니, 일종의 취미 같은 거야."

"젊음을 나누어드릴 테니, 현금을 베풀어주셨으면 좋겠다고 느끼는 요즘입니다."

"내가 잔소리 같은 말을 늘어놨구먼."

도가는 자연스럽게, 관리인은 겸연쩍은 듯이 웃었다.

5

관리인의 방에서 나온 도가는 제 방을 스쳐 지나가더니 103호실 앞에 멈춰 섰다.

"모두의 방을 돌면서 이야기를 들을 생각이야?"라고 등 뒤에서 물었다.

"그렇게 비효율적인 일은 안 해요. 미리 연락해서 히나노 선배 방에 모여달라고 했어요. 참고인 조사는 신속하게 해치우지 않으면 지치니까요."

"그 연락은 대체 언제 한 거야?"

"어제요."

내가 종언제에 참가하느라 세미나실을 비워두었거나 의뢰를 거절했다면 어떻게 할 생각이었을까. 추궁해봤자 납득이 가는 대답은 기대할 수 없을 테니 말을 삼켰다.

참고인 조사라고 하는 것을 보면, 도가도 괴롭힘의 범인은 아야시 하이츠의 주민이라고 생각하는 듯하다. 그 이상 범위를 좁히기 어렵다면, 동기부터 찾아나가는 것이 정석일 테다.

"아까처럼 나를 탐정이라고 소개하는 건 그만둬."

"저는 분명하게 명탐정이라고 말했어요."

"그런 문제가 아니야."

오른손을 휘휘 내젓고, 도가는 벨을 누른다. 아직 상의할 게 남았다고 말하고 싶었지만, 문이 열린 탓에 흐름에 몸을 맡길 수밖에 없다.

"야호, 가린."

"안녕하세요!"

문을 연 사람은 장신의 여성으로, 청바지에 후드티를 입은 편한 옷차림이었다. 그때 어디선가 독특한 향기가 풍겨왔다. 안에서 향이라도 피우고 있는 걸까.

"어라, 거기 남성분은 누구?"

"이쪽은 고조 유키나리. 법학부 4학년이고… 제 파트너예요. 고조 선배, 여기 이 멋진 여성분은 히나노 레나 선배예요."

"파트너!"

과장되게 반응하는 히나노 레나에게 "깊은 관계는 아닙니다"라고 말했다.

"그건 그것대로… 뭐, 됐어. 두 명 더 있으니까 안에서 칠하고 가."

"치르치르°."

도가의 행동에 장단을 맞출 수가 없다. 칠(Chill)은 칠 아웃(Chill out)에서 유래한 속어로, 편히 쉰다는 뜻이다. 의미 정도는 알고 있지만, 실제로 입으로 말하는 사람은 처음 봤다.

"실례하겠습니다."

방 구조는 101호실과 같았는데, 그렇게 넓지 않은 공간에 남성이 두 명 앉아 있었다.

"다니 다카유키 선배와 단지 노부토 선배예요."

갈색 버섯 머리가 다니 다카유키, 새 둥지같이 뽀글뽀글한

° 칠(Chill)의 일본 발음을 이용한 말장난.

머리가 단지 노부토. 두 사람 다 머리 모양이 독특해서 겉모습으로 기억하기 쉬웠다.

유일하게 이 장소에 없는 주민은 히나노의 연인인 아리사카다.

"변함없이 뭉게뭉게 너구리 굴이네요."

도가의 지적대로 다량의 연기가 공중에 퍼져 있다.

궐련이나 전자 담배는 아니다. 알코올램프를 확대한 듯한 병 끝에 금속 부품과 호스가 부착된 기구가 그들 앞에 놓여 있다.

"완전 푹 빠졌거든." 오렌지색 호스를 손에 든 다니가 웃었다.

"고조 선배, 시샤라는 거 알아요?"

도가가 연기를 피워내는 기구를 가리킨다. 어디선가 본 듯한 기분에 기억을 더듬다가, 종언제의 광경을 떠올렸다. 램프의 요정이 튀어나올 것 같다고 생각했던 그 물건이다.

"시샤…. 물담밴가?"

"역시 박식하네요. 히나노 선배가 시샤 연구회에서 쓰던 걸 얻어와서 다 같이 시험해봤는데, 의외로 다들 좋아했대요."

다량의 짙은 연기, 거대한 기구, 신비로운 향기.

"가린은 별로라고 그랬었지?"

히나노가 우리 앞에 쿠션을 놓았다.

"뭔가 숨 막히는 것 같아서요."

"그쪽도 피워볼래?" 단지가 호스를 내 쪽으로 향하게 했다.

"괜찮습니다. 제가 니코틴에 약해서."

"우리도 담배는 싫어해서 니코틴이 없는 향료를 써. 연기에 맛과 향이 있거든. 향료를 숯으로 가열해 향과 맛을 입힌 다음, 호스를 통해서 물로 식힌 연기를 흡입하는 거야. 흡연자인 아리사카는 이런 건 담배가 아니라고 무시하지만, 의외로 중독된단 말이지."

단지가 호스를 입에 물자, 병 속 물에 기포가 생기면서 상부에 수증기가 모였다. 어떤 방식인지 대충 이해되었다.

다니에게 호스를 건네받은 히나노가 호스 끝에 무언가를 끼웠다.

"두 시간 정도 즐길 수 있어서 칠에 곁들이기 딱 좋아. 마우스피스를 쓰면 청결하게 공유도 할 수 있고. 종이로 만든 마우스피스니까 환경 보호도 확실하지."

다니가 마우스피스를 쓰레기통에 던져 넣었다. 일회용인 모양이다.

다량의 연기를 내뿜고 있으니, 환경 문제는 둘째 치더라도 벽지에는 냄새가 밸 것 같았다. 관리인에게 허가는 받았을까?

"정말 안 피워?" 히나노가 다시 물었다.

"오늘은 괜찮습니다."

살짝 흥미가 생겼지만, 시샤를 즐기면서 참고인 조사를 하는 것은 모양새가 좋지 않다. 그들 중에 괴롭힘의 범인이 있을지도 모른다고 우리는 의심하고 있기 때문이다.

"도가 씨 방에서 일어난 문제를 해결하기 위해, 몇 가지 여쭤보고 싶습니다."

"우리 중에 범인이 있다고 생각해?"

휴대전화를 만지면서 다니가 말했다.

"가능성은 부정할 수 없다고 생각합니다."

"하긴 그렇겠지. 심령 현상 같은 게 있을 리 없으니. 화내지 않을 테니까 마음껏 물어봐도 돼."

"여러분은 1학년 때부터 여기 사셨죠? 가게이 미에 씨 외에 주민의 변동은 없었습니까?"

"나간 녀석은 없고, 도중에 들어온 사람은 도가뿐이야."

히나노와 단지는 시샤 연기를 뿜어내고 있다. 우리를 상대하는 것은 다니에게 맡긴 듯했다.

"가게이 씨가 임신한 상태였습니다. 혹시 아이아버지로 짐작되는 사람이 있습니까?"

"그건 진짜 몰라. 몇 번이나 물어봤는데, 절대로 안 알려주더라고. 만일 돈이 없어서 수술을 못 받는 거면, 우리가 어떻게든 해보겠다는 말까지 했어. 그러자 미에가 화를 내더니, 그 후로는 방에서도 거의 안 나왔어."

"미에 씨가 출산을 원했다는 말인가요?"

다니는 고개를 끄덕이더니 "배를 어루만지면서 '이 애가 마지막 희망이니까 방해하지 마'라며 노려보더라고. 소름이 끼쳤다고 해야 하나. 솔직히 좀 무서웠어"라고 말했다.

"마지막 희망…."

금전적인 문제로 중절을 포기한 것이 아니라, 오히려 출산을 간절히 바라고 있었다.

그 정도로 상대 남성에 대한 마음이 컸던 것일까?

"가게이 씨와 가장 사이가 좋았던 분은 누구시죠?"

"아마 나일 거야." 히나노가 손을 드는 대신 연기를 내뿜었다. "하지만 다니의 대답에 보충할 만한 내용은 없어. 동성이라서 오히려 상담하기 어려웠을지도 모르지."

"사체의 최초 발견자는 관리인이었습니까?"

그 질문에는 단지가 대답했다.

"직전에 편의점에서 미에를 봤을 때, 상태가 안 좋아 보였어. 한 번 더 대화하려고 방에 갔는데, 반응이 없더라고. 방에 불은 켜져 있길래 안에서 쓰러진 게 아닌가 싶었어. 그래서 사이토 씨에게 상의하러 갔는데, 누군가와 통화 중이라서 나중에 살펴보겠다고 하셨어. 애들과 같이 내 방에서 기다리는데, 사이토 씨의 비명이 들렸어."

관리인에게 들은 이야기와 모순되는 점은 없다. 사라진 아이에 대해서도 몇 가지 물어봤지만, 유익한 대답은 얻어낼 수 없었다.

"도가 씨를 괴롭히는 아이 울음소리에 대해서는 어떻게 생각하세요?"

"그게 말이지… 안 들려."

세 명이 입을 모아 같은 대답을 돌려줬다.

마침 질문이 다 떨어진 타이밍에 도가가 입을 열었다.

"사이토 씨한테 들었는데요, 가게이 씨도 고학생이셨나요?"

히나노는 다니와 단지의 얼굴을 힐끔 쳐다보고 나서 대답했다.

"우리는 온천 마을 출신이야. 미에의 집은 '월영정'이라는 여관을 운영했는데, 증조부모 때부터 대대로 이어져온 유명한 여관이었어. 하지만 미에의 아버지가 물려받은 뒤로 불경기 때문에 손님의 발길이 뜸해졌는지… 우리가 고등학교 2학년 때 문을 닫았어."

"도산했다는 말인가요?"

확실히 하기 위해 내가 물었다.

"응. 미에네는 여관 땅에서 쫓겨나서 직업도, 살 곳도 잃었어. 추억을 송두리째 빼앗긴 것 같다고, 처음으로 그 애가 우는 모습을 봤어."

"경제학부에 진학해서 여관을 다시 일으키겠다고, 고 1 무렵부터 말했었지."

다니가 설명을 보충하자, 히나노는 천장을 향해 연기를 내뱉었다.

"미에에게 월영정이 경매에 부쳐졌다는 이야기를 들었을 때는 충격이었어. 몇 번이나 놀러 갔었고, 거기서 잔 적도 있으니까."

"그런데도 대학에 진학할 수 있었다니, 대단하네요."

도가가 나지막이 말했다.

"미에는 우수한 학생이었거든. 학비 감면이나 장학금 덕분에 포기하지 않을 수 있었어. 그래도 여유는 없었으니까, 허리를 바싹 조여야 했지. 저렴한 연립주택은 보안이 걱정되니까, 그래서 다섯 명이 함께 살기로 한 거야."

"그랬군요. 잘 알겠습니다."

"돈 때문에 힘들었을 텐데, 안이하게 출산을 결심하지는 않았을 거야."

이들의 이야기를 듣고, 가게이 미에에 대해 품고 있었던 인상이 크게 바뀌었다. 그런데도 간절하게 출산을 바라다가 자살에 이르게 된 진심은 보이지 않았다.

"히나노 선배, 저 새까만 로브는…."

도가의 시선이 향한 곳을 보고, "저거, 흑마술 연구회 친구에게 받았어. 저주 담긴 물건이니 받아달라던데"라며 히나노는 미소 지었다.

시샤와 마찬가지로, 종언제에서 본 것과 비슷한 로브가 옷

걸이에 걸려 있었다.

"우와. 흑마술도 배우셨어요?"

"아니. 얘네한테 저주를 걸어보려고 했는데, 협력을 안 해주네."

"우리한테 좋을 게 없잖아." 다니가 쓴웃음을 지었다.

"부디 저한테도 저주 방법을 알려주세요."

"좋아. 우선 표적의 손톱과 머리카락을 손에 넣어야 해."

흑마술사의 로브도 시샤 기구도 저렴하지는 않을 테다. 손이 큰 친구가 있는 것인지, 정말로 저주가 담겨 있는 것인지….

저주 방법을 배우고 만족했는지 도가는 감사 인사를 하고 자리에서 일어섰다.

"가린, 내일 정전 공지는 봤어?"

히나노가 생각났다는 듯이 도가에게 물었다.

"네. 낮이죠? 저는 아마 밤까지 밖에서 놀 것 같아요."

"나는 연구실에 있으려나? 자, 그럼 즐겁게 칠하라고."

"치르치르."

103호실에서 나온 뒤, 도가는 자신의 방 앞에서 멈춰 서서 손잡이 부근을 가리켰다.

"스마트 록으로 바꿨어요. 대단하죠?"

원래라면 열쇠 구멍이 있었을 자리가 알루미늄 같은 부품으로 덮여 있었다. 도가가 휴대전화를 가까이 대자 기계음이 울리면서 잠금이 풀리고, 문을 열었다가 닫자, 자동으로 잠겼다.

"보안 대책이야?"

"원래 달려 있던 자물쇠가 허술하다고, 사이토 씨가 충고했어요. 여기저기 알아봤더니 이걸 특가로 팔더라고요. 기능은 더할 나위 없는데, 전원을 계속 연결해둬야 해요. 배터리식도, 충전식도 아닌 무려 전원 연결식. 뭐, 안전을 위해서는 감수해야죠."

"차단기가 내려가면 어떻게 돼?"

"문이 안 열리게 돼요."

화재 시 집에 들어갈 수 없다는 점을 생각하면, 불량품이라 하지 않을 수 없다.

"내일 낮에 정전된다고 하지 않았어?"

"맞아요. 고장 날 수도 있으니까 기존 자물쇠로 바꿔놓고 외출할 거예요."

그런 잡담을 나눈 뒤, 일단 도로로 나와서 아야시 하이츠를 바라봤다.

이 층 목조건물. 연립주택, 코퍼°, 하이츠…. 다양한 명칭이 있지만, 명확한 정의는 존재하지 않는다. 단어의 발음이나 건

° Cooperative house에서 일부를 따온 일본식 영어로 지역주택조합을 말한다.

물 외관을 보고, 감각적으로 정하는 게 아닐까.

"지하도 있군."

"별거 없어요. 자전거를 두는 공간이에요."

"스피커 정도는 설치할 수 있지 않을까?"

내 의도가 전달됐는지, 도가는 빠른 걸음으로 비탈길을 내려갔다.

자전거 주차장 겸 창고로 쓰이는 공간인지, 어수선한 지하실에서는 공기가 순환하는 소리가 들렸다.

"아마 이쯤이 제 방 밑일 거예요."

도가가 올려다본 장소에 환풍기 커버 같은 것이 있었다. 입구 근처 벽에 설치된 스위치를 누르자, 공기가 순환하는 소리가 멈췄다. 커버 안에 손을 집어넣어보고, 적당한 크기의 물건이라면 안에 들어가는 것을 확인한다.

"여기서 아기 울음소리를 트는 걸지도 몰라."

"증거는… 남아 있지 않겠죠."

"지금은 아무것도 안 들어 있고, 먼지에 흔적도 안 보여."

소리의 근원이 여기라고 단언할 수는 없다. 환풍기 스위치를 원래대로 되돌리는데, 벽 쪽에 놓인 스탠드식 재떨이가 눈에 들어왔다. 같은 브랜드의 꽁초가 여러 개 들어 있었다.

"아리사카 준 선배가 여기서 자주 담배를 피워요."

"시샤를 싫어한다던 사람 말이지?"

"어떻게 하실래요? 이야기를 더 듣고 싶으면, 남은 사람은 아리사카 선배뿐인데."

잠시 생각한 뒤 나는 도가에게 제안했다.

"알아보고 싶은 게 있으니, 세미나실로 돌아가자. 아마도 범인은 사라진 아기의 아버지야."

6

무법률 세미나실. 우리는 몇 시간 전과 같은 구도로 앉아 있었다. 인쇄한 인터넷 기사를 훑어본 뒤, 확신을 가지고 도가에게 설명했다.

"아야시 하이츠에서 일어난 괴롭힘은, 주민이라면 간단히 실행할 수 있는 것뿐이었어. 자전거 타이어 펑크나 우편함에 든 편지는 굳이 설명할 것도 없고, 유리창에 난 손자국도 일층 베란다니까 접근하기에 어렵지 않아. 아기 울음소리는, 소리의 근원이 될 수 있는 장소를 지하에서 발견했어."

"이의 없습니다."

"도가를 아야시 하이츠에서 쫓아내려는 목적이라면, 동기로 범인을 좁힐 수 있겠다고 생각했어. 범인은 102호실을 공실로 만들어서 무슨 일을 하려는 것일까."

말로 내뱉는 것과 동시에 생각을 정리해나갔다.

"관리인 범인설은 허무하게 무너져버렸죠."

"사라진 아기가 지금도 102호실에 있다면, 어떨 것 같아?"

"그건… 상당히 소름 끼치는데요."

발견되면 곤란한 것이 숨겨져 있어서, 주민을 쫓아내야 했다. 그것은 무엇인가? 102호실에서는 삼 년 전에도 불가사의한 사건이 발생했다.

"아기가 어디로 사라졌을지 계속 생각해봤어."

"미에 씨가 어딘가에 묻어버렸을 수도 있어요."

"사체를 발견했을 때, 방바닥에 혈흔이 있었다고 관리인은 말했어. 그게 출산하면서 발생한 출혈이라면, 실내에서 아기를 낳은 직후에 목을 맸을 가능성이 커. 애초에 출산 후 극도로 지친 상태에서 누구에게도 목격되지 않고 아기를 묻을 수 있을까?"

도가는 잠시 생각하더니, "어려운 미션이겠죠" 하고 솔직하게 인정했다.

"아기를 남겨두고 목을 맸다고 생각해."

"왜요?"

"미에 씨는 아기를 낳고 싶어 했고, 어떤 사정이 있어서 병원이 아닌 자기 방에서 분만했어. 병원비를 낼 돈이 없었던 걸지도 모르지. 하지만 결과는 사산이었어."

"…사산이요?"

"간절히 바라던 생명을 잃고, 절망한 미에 씨는 자살을 결심했어."

"그랬다면 아기 사체가 같이 발견되었어야 해요."

악의가 개입되면서 어미와 자식의 최후가 왜곡되고 말았다.

"관리인이 미에 씨의 사체를 발견하기 전에 102호실에 들어온 인물이 있었어. 그 인물은 여벌 열쇠를 가지고 있었고, 아기 사체를 가지고 갔어."

"누가, 대체 뭐 때문에요?"

이해할 수 없다고 주장하듯이 도가는 고개를 좌우로 저었다.

"아이아버지밖에 없지. 친구에게도 아버지 이름을 밝히지 않은 걸 보면, 평범한 임신이 아니었던 건 분명해. 아이아버지가 누구인지 아는 사람은 본인과 목을 맨 아기 엄마뿐. 아기 사체만 발견되지 않으면, 끝까지 숨길 수 있다고 판단한 거야."

사체, 아이아버지…. 스커트를 응시하면서 도가는 중얼거렸다.

"DNA 감식인가요?"

"맞아. 아이아버지는 아야시 하이츠의 주민 중 한 사람이었어. 타살일 수도 있다고 경찰이 판단하면, 주변 인물의 DNA 정도는 채취해서 조사할 가능성이 있어. 자신이 아버지라는 사실을 주위에 들키지 않으려고 아기 사체를 숨긴 거야."

“묻고 싶은 점은 이것저것 많지만요, 고조 선배가 생각하기에 삼 년 전 사건의 진상과 이번 괴롭힘은 어떻게 연결되는 거죠?”

“아이아버지는 아기 사체를 어떻게 했을까. 자기가 갖고 있지는 않았을 거야. 아마도 바로 처분했겠지. 누구에게도 발견되지 않을 장소에 유기했어. 그 행위는 사체유기죄가 성립해. 사산한 태아도 ‘사체’에 포함된다고 한 판례가 있거든.”

《육법전서》를 펼쳐서 도가에게 사체유기죄 조문을 보여주었다.

“아무 죄가 없다고 하면, 그쪽이 더 놀랍네요.”

“법정형은 삼 년 이하의 징역. ‘장기 오 년 미만의 징역’에 해당하니까, 공소시효도 삼 년. 올해 종언제가 시작되기 얼마 전에 시효가 만료됐어.”

오늘도 북쪽 캠퍼스는 시끌벅적한 분위기로 가득하다. 범인은 시효기간이 만료되는 날을 애타게 기다렸을 것이다. 어쩌면 남몰래 축배를 들었을지도 모른다.

“범인이 누구인지 밝혀지더라도 심판하는 것은 불가능해졌다. 그 이유가 맞나요?”

“응. 아이아버지는 사체유기죄에서 벗어났어.”

도가는 고개를 갸웃했다. “시효가 성립됐다면, 더 이상 무서울 게 없잖아요. 이제 와서 뭘 하려고?”

"삼 년이 경과할 때까지는 대담한 행동에 나설 수 없었어."

"뭐, 그랬겠죠."

"공양의 의미였는지, 저주가 두려워서였는지는 상상할 수밖에 없지만, 범인은 사체의 일부를 미에 씨가 죽은 102호실에 다시 갖다 놓았다고 생각해."

"언제요?"

"경찰이 미에 씨의 죽음을 자살로 결론짓고 나서, 네가 입주하기 전에. 수사는 종료됐으니 발각되지 않았어."

도가는 이 년 반 동안 사체와 공동생활을 하고 있었던 것 아닐까.

"어… 만일 그렇다고 해도 이제 와서 회수할 필요는 없잖아요?"

인쇄한 인터넷 기사를 도가에게 보여주었다.

"이 기사에는 이십 년도 더 전에 발생한 사체 유기 사건의 범인이 특정되었다고 적혀 있어. 쓰레기봉투 안에서 아기 사체가 발견되었는데, 당시 감식 기술로는 아이어머니를 특정할 수 없었어. 하지만 기술이 발전해서, 현장에 남겨져 있었던 탯줄에서 채취한 DNA 형으로 재감식에 성공했지."

탯줄, DNA 감식. 도가는 다시 중얼거린다.

"이십 년도 더 전이라면, 기사에 적힌 사건도 시효가 성립되었죠?"

"최종적으로는 불기소 처리되었어. 하지만 이렇게 기사화되었지. 아이어머니의 이름은 밝히지 않았지만, 사는 곳과 나이, 직업이 적혀 있으니, 누구인지 알려져서 비난받게 될 수도 있어."

도가는 몸 앞에서 양손을 마주 잡았다.

"고조 선배의 이야기를 정리하면, 저를 쫓아내려는 범인은, 사회적인 제재가 두려운 나머지 DNA 감식을 막기 위해 102호실에 감춰둔 사체를 회수하려고 하고 있다. 그렇게 이해하면 되나요?"

고개를 끄덕이고, "시효가 성립될 때까지 기다렸던 거야"라고 보충했다.

천천히 시간을 들여 기사를 살펴본 후, 도가는 말간 눈망울로 나를 쳐다봤다.

"참고가 많이 되었어요. 큰맘 먹고 선배에게 상담하길 잘한 것 같아요."

"아버지가 누구인지는 아직 알아내지 못했어."

"아니요, 중요한 건 그게 아니에요."

"뭐?"

"착안점은 훌륭하지만, 결론은 빗나갔다고 생각해요."

씩 웃고 나서 도가는 말을 이었다.

"아이아버지 범인설은 아쉽게도 결함투성이예요. 애초에

아버지가 누구인지 감추기 위해서 아이의 시신을 가지고 갔다는 논리가 성립되지 않아요. 선배도 지적했다시피 102호실에는 미에 씨의 혈흔이 남아 있었어요. 출생 전 진단 특집 프로그램을 티브이에서 본 적이 있는데, 모체의 혈액 속에는 태반에서 새어 나온 태아의 DNA가 섞여 있대요. 그러니까 아기 사체가 발견되지 않아도 경찰은 DNA 감식을 할 수 있었다는 말이에요."

"그 사실을 모르고 사체를 가져갔을 수도 있어."

출산을 경험한 사람이 아닌 이상, 널리 알려진 정보라고는 할 수 없을 것이다.

"DNA 감식으로 아버지가 누구인지 밝혀지더라도, 민감한 정보니까 경찰도 어지간한 일이 아니면 제삼자에게 누설하지는 않을 거예요. 미에 씨가 원해서 임신했다면, 죄를 저지르면서까지 아이의 존재를 숨기려고 한 이유가 더욱더 이해되지 않고요."

"그건…."

"백 보 양보해서 냉정함을 잊고 사체를 가져갔다고 쳐요. 곧장 처분하고 입을 다문다면 몰라도 사체의 일부를 102호실에 다시 갖다 놓는다니, 대체 무슨 심리예요? 악령에 씐 게 아닌가 싶을 정도로 하는 짓이 뒤죽박죽이에요."

애매모호하게 얼버무린 부분을 지적당해서 아무런 반박도

할 수 없었다.

"하지만 고조 선배 덕분에 겨우 범인의 목적을 알았어요."

"…."

"누가 범인인지는 짐작하고 있었어요. 하지만 동기를 알 수 없었죠. 역시 지식은 중요하네요. 덕분에 악의의 정체에 대해 알아낼 수 있었어요."

7

다음 날, 나와 도가는 옷장 안에서 숨을 죽이고 있었다.

아야시 하이츠에서 괴롭힘이 시작된 것은 두 달 전. 듣기만 해도 악질적인 괴롭힘이라서, 나였다면 한 달도 못 버티고 이사를 결심했을 것이다. 하지만 도가는 강인한 정신력으로 괴롭힘을 견뎠다. 그뿐만 아니라 범인을 찾아 나서기까지 했다.

도가가 흔들림 없는 강한 의지를 보이자 범인은 어쩔 수 없이 작전을 변경했다.

쫓아낼 수 없다면, 빈틈을 노려서 침입할 수밖에 없다. 그러려면 자물쇠 문제를 해결해야 했다. 낡은 건물이니 억지로 문을 열 수 있었을지도 모르지만, 도가는 보안을 위해 스마트 록을 설치해둔 상태였다.

그래서 범인은 계획 정전이 실시된다는 거짓 정보를 흘렸다. 실제로 예정된 시각이 지났음에도 가전제품은 문제없이 작동하고 있었다. 도가가 산 스마트 록은 전력이 계속 공급되지 않으면 작동하지 않는 불량품이다. 필시 원래 자물쇠로 교체한 뒤에 외출하리라 범인은 예상했다.

도가는 거기까지 내다보고 범인의 유혹에 응했다.

스마트 록을 제거한 뒤, 범인이 지켜보고 있을 가능성을 고려해서 일단 건물 밖으로 나온 다음 베란다를 통해 다시 방에 돌아갔다. 그것을 도운 사람이 바로 나다.

그렇게 삼십 분 정도 비좁은 옷장 안에서 도가와 어깨를 맞대고 있었다.

갑자기 찰칵, 하고 문 열리는 소리가 들렸다.

가까워지는 발소리. 문을 꽉 닫아둔 탓에 방 안 모습은 확인할 수 없었다.

미동도 없이 귀를 기울였다.

오 분 정도 지나고 방 안을 뒤지는 듯한 소리가 멈췄을 때, 도가는 기세 좋게 옷장에서 뛰쳐나갔다. 뒤이어 나도 밖으로 따라 나갔다.

"꺅!"

방 안에 있던 여성이 비명을 질렀다.

"놀라지 마세요. 옷장 속 주민입니다."

"가, 가린?"

"그리고 얼치기 탐정입니다."

손바닥만 한 나무 함을 들고 눈을 휘둥그레 뜨고 있는 사람은 히나노 레나였다.

"어떻게…."

"히나노 선배와 다툴 마음은 없어요. 그냥 속 시원하게 이야기를 듣고 싶을 뿐이에요."

만약을 위해 나는 히나노와 문으로 이어지는 복도 사이에 섰다.

"내가 올 걸 알고 있었어?"

"네. 요전번 참고인 조사 때, 딱 하나 부자연스러운 대답이 있었거든요."

"…부자연스러웠다고?"

"축삼시의 아기 울음소리는 들은 적이 없다, 그렇게 말씀하셨죠. 하지만 히나노 선배에게 들리지 않았다는 건 이상해요."

"이상하다니… 다른 애들도 똑같이 대답했잖아."

그 말에 도가는 천장을 가리켰다.

"가령 202호실의 단지 선배가 자기 방에서 아기 울음소리를 틀었다고 쳐요. 바로 밑에 있는 방까지 들릴 음량이라면 좌우에 있는 다니 선배와 아리사카 선배의 방에도 분명 들렸겠죠. 마찬가지로 왼쪽 사이토 씨나 오른쪽 히나노 선배의 방이 소리의 발신원인 경우에도, 저 외의 누군가는 울음소리를 들었을 거고요."

"그렇다면 나도 용의자에서 제외되어야 하잖아."

"유일하게 저와 범인에게만 울음소리가 들리는 장소를 발견했어요. 바로, 지하의 환풍기 안이에요. 음량을 조절하면, 이 층에는 들리지 않고 일 층에만 들리게 할 수 있어요."

"일 층은…."

히나노는 제 방의 반대쪽 벽을 힐끔 쳐다보았다.

"네, 사이토 씨의 방도 있죠. 하지만 사이토 씨는 귀가 잘 들리지 않아서 보청기를 착용하고 있어요. 울음소리가 들린 시간은 한밤중. 보청기를 빼고 푹 잠들었을 시간대예요."

지하에서 울려 퍼진 울음소리는 도가와 히나노에게만 들리고 있었다.

따라서 소거법으로 범인을 찾아낼 수 있었다.

"들린다고 대답했어야 했나. 실수했네. 겨우 그걸로 내가 범인인지 알아낸 거야?"

"힌트는 그 외에도 있었어요."

"그랬구나. 대단하네."

"제가 알 수 없었던 건, 저를 쫓아내려고 한 이유예요. 선배에게 귀여움받고 있다고 생각했었거든요."

"가린을 좋아하는 건 진짜야. 미안."

"선배가 원하던 게 그거군요. 제게 말해주셨으면 같이 찾아봤을 텐데…."

도가는 히나노가 들고 있는 나무 함에 시선을 준다.

"안에 뭐가 들었는지도 알고 있어?"

"이분의 일 정도로는 범위를 좁혔어요. 그런데 이 방 열쇠는 어떻게 손에 넣으셨어요? 입주자가 바뀔 때 열쇠도 교환했을 텐데."

"사이토 씨 방에 놀러 가면 공용 부엌에서 차를 내려주시잖아. 그 틈에 열쇠를 훔쳐서 복제했어."

이곳의 소유자 겸 관리인인 사이토 씨는 각 방의 여벌 열쇠를 보관하고 있었을 것이다.

"그렇군요. 이왕 이렇게 됐으니, 제 수수께끼 풀이를 끝까지 들어주세요. 틀린 점이 있다면, 얼마든지 지적해주시고요."

오늘 도가는 오프숄더 원피스를 입고 있다. 옷장 안이 더우리라 생각했기 때문일 수도 있지만, 계절에 맞지 않는 옷차림이다.

"삼 년 전에 아기 사체를 가져간 사람은 히나노 선배였어요. 다만, 그 동기는 추잡한 자기방어가 아니라 헌신이었을 거라고 상상하고 있어요."

손에 든 나무 함을 응시한 채 히나노는 도가의 말에 귀를 기울였다.

"이 방에 들어온 히나노 선배는 목을 매고 숨을 거둔 미에 씨와 옆에 누워 있는 아기 사체를 발견했어요. 절망적인 광경을 목격하고, 아기를 살해한 사람이 미에 씨라고 생각했던 것 아닌가요?"

"그래, 맞아."

어딘가 슬픈 표정을 지은 히나노는 말을 이었다.

"복도에서 다니와 사이토 씨가 대화하는 소리가 들려서, 미에가 맡겨둔 여벌 열쇠로 방에 들어갔어. 두 사람이 언제 올지 모르니, 제대로 살펴볼 여유는 없었어."

"저희는 아기가 사산했다고 생각하는데…."

"가슴 부근이 이상한 형태로 함몰되어 있었어. 작은 몸이니까, 나는 아기 목을 졸라서 그렇게 된 줄 알았거든. 그런데 뒤늦게 심장 마사지를 시도했던 게 아닐까 하는 생각이 들었어."

"아. 그랬던 거군요."

분만 후, 미에는 아기가 숨 쉬지 않는 것을 깨달았다. 필사적으로, 아기의 빗장뼈가 부러질 정도로 심장 마사지를 반복했다. 그 광경이 눈앞에 떠오른다.

"다 내 착각이었지."

사산인 줄 알았다면, 그 후의 전개는 달라졌을 것이다.

"선배는, 아기 사체가 발견되면 미에 씨가 살인자 취급을 받을 거라고 생각했어요. 아기를 낳은 직후에 살해…. 그런 뉴스를 본 적이 있는데, 무책임하다는 둥 이기적이라는 둥 심하게 비난당하더군요."

"잘못된 일이라는 생각이 들었지만, 정신을 차리고 보니 몸이 움직이고 있었어. 미에는 월영정이 망하고 가족이 힘든 상황에서도 희망을 잃지 않고 앞을 바라보고 살아가려고 했어. 왜 목을 맸는지는 지금도 모르겠어. 하지만 죽고 나서까지 비난받을 필요는 없잖아."

"히나노 선배는 고인의 명예를 지키기 위해서 아기 사체를 가지고 갔군요."

"사체는 근처 산에 묻었어."

자신이 아닌 남을 위해서 범죄를 저지른다.

아무리 생각해도 나는 도달할 수 없었을 정답이다.

"그 후에 사이토 씨가 방에 들어가서 미에 씨의 시신을 발견했어요. 진실은 감춰진 채로 수사가 종결되고 삼 년의 세월이 흘렀죠. 이제 와서 괴롭힘이 시작된 이유에 대해서, 고조 선배는 사체유기죄의 시효와 관련이 있다고 생각한 모양이에요."

"가린은?"

"분명 제게도 그게 가장 큰 의문이긴 했어요. 하지만 어제 조사에서 많은 힌트를 얻었어요. 그중 하나가, 바로 사라진 틀니예요."

"정말이지, 대단하다…."

이 주일 전, 관리인은 이를 닦다가 부분 틀니를 잃어버렸다. 도가는 관심을 보였지만, 나는 사건과 관계없을 것이라고 단정했다.

"사이토 씨만, 좀 강압적인 방법이었네요."

"벽지가 더러워진다고 혼날 것 같아서 시샤를 권할 수는 없었거든…. 나머지는, 내가 생각하기에도 괜찮은 아이디어였어."

당연하게도 관리인의 틀니가 갖고 싶었던 것은 아니다. 히나노의 목적은 틀니에 붙어 있었던 특정 성분이다.

"다니 선배와 단지 선배는 시샤. 아리사카 선배는 담배. 흑마술은 실패했나요?"

"그래 맞아. 역시 거부하더라고."

히나노는 쓴웃음을 지었다. 도가는 부드러운 말투로 이야기를 계속했다.

"세척 전 틀니. 다 쓴 종이 마우스피스. 담배꽁초. 표적의 손톱과 머리카락. 히나노 선배는 아야시 하이츠에 거주하는 남성들의 DNA를 모으고 있었어요."

"정답이야."

"DNA 감식과 사건을 연결 지은 사람은 고조 선배예요. 약간 엇나가긴 했지만."

"그렇구나. 명콤비네?"

히나노는 남성 네 명의 타액을 본인들 몰래 손에 넣었다.

개인적으로 DNA 감식을 의뢰하기 위해서.

"아이아버지가 누구인지 알아내려고 했던 거군요."

"석 달 정도 전에 아리사카에게 프러포즈를 받았어."

"어머, 그래서."

"고등학생 때부터 사귀었으니까, 슬슬 그런 생각을 해도 이상하지는 않은 시기였지. 그런데 그 아기의 아버지가 아리사카였던 건 아닐까 하는 생각에 갑자기 무서워졌어."

"아리사카 씨가 바람피웠을지도 모른다고 의심했군요."

"나와 미에는 절친이었어. 숨기는 일 없이 뭐든지 서로 상담해왔는데, 아이아버지가 누구인지만큼은 절대로 알려주지 않았어. 혹시 아리사카의 애라서 부채감을 느끼고 있었던 것 아닐까."

세미나실에서 도가가 말했듯이 경찰은 아이아버지가 누구인지 파악하고 있을지도 모른다. 하지만 히나노가 그 정보를 알 길은 없었다.

"다른 사람의 DNA도 수집한 것은 만약을 위해서였나요?"

"다니나 단지와는 앞으로도 계속 친구로 지내고 싶으니까, 마음에 응어리를 없애려면 확실히 해둬야겠다고 생각했어. 사이토 씨는 완전 충동적이었고."

"만일 아이아버지가 아리사카 씨라면…."

강한 의지가 느껴지는 눈빛으로 히나노는 대답했다.

"헤어질 거야. 무슨 이유였든, 함께할 수는 없어."

"상자 속 내용물… 보여주실 수 있나요?"

"응."

도가가 나무 함을 받아 들고 조심스럽게 뚜껑을 열었다.

갈색빛이 도는 끈 같은 반투명 물체가 거즈에 쌓여서 들어 있었다.

"태반이 아니라 탯줄이었군요."

경찰이 수사를 끝낸 후, 히나노가 102호실에 공양했을 것이다.

자기방어를 위해 사체를 유기했다면 모순된 행동이지만, 헌신이 동기였다면 납득할 수 있다.

탯줄에서 채취한 DNA로 감식을 할 수 있게 되었다고 기사에 적혀 있었다. 아버지 후보와 사산한 아기. 이로써 DNA 감식에 필요한 검체가 다 갖추어졌다.

"왜 이 방에 다시 갖다 놓았나요?"

도가가 질문했다.

"탯줄은 사체와 같이 묻을 수 없었어. 내가 존재를 지운 탓에 제대로 애도 받지도 못했잖아. 그 죄를 잊으면 안 된다고 생각해서 가까운 곳에 두기로 했어. 미에는 본가 근처의 무덤에 묻혔지만, 영혼은 목숨을 끊은 장소에 남아 있을 것만 같아서, 두 사람이 저세상에서는 함께 있을 수 있으면 좋겠다고 생각했거든…."

납득했는지는 모르겠지만, 도가는 고개를 끄덕이고 뚜껑을 닫았다.

"답 맞히기 결과가 나오면 알려줄게."

그렇게 말한 히나노에게 "제 수수께끼 풀이는 여기까지예요"라며 도가는 나무 함을 돌려줬다.

아야시 하이츠에서 일어난 불가사의한 사건의 범인, 그 동기. 도가가 쌓인 수수께끼를 풀어냈고, 아이아버지의 정체도 곧 밝혀질 것이다.

하지만 수수께끼가 하나 더 남아 있었다. 그리고 나는 그 해법을 깨닫고 말았다.

"저는, 아이아버지는 아리사카 씨가 아니라고 생각합니다."

히나노는 미소 지으며, "위로해주지 않아도 돼요"라고 내게 말했다.

"미에 씨가 마지막 희망이라 말했다고 했었죠?"

"응?"

가게이 미에는 중절을 권한 친구에게 화를 냈다고 했다. 아이아버지가 될 남성에 대한 마음이 깊어서 간절히 출산을 바랐던 것이라고 이해했었다.

"숨이 멎은 아기에게, 빗장뼈가 부러질 정도로 심장 마사지를 반복했다. 아기는 되살아나지 않았고, 미에 씨는 목을 맸다. 어째서 그렇게까지 했을까요?"

"이성을 잃었으니까…."

"그 애는 미에 씨의 마지막 희망이었습니다. 무사히 태어나지 않으면 희망이 사라지니까, 완강하게 출산을 고집했고, 사산을 받아들이지 못했습니다."

도가가 진지한 표정으로 입을 열었다.

"단순한 바람이라기에는 정도가 지나치다고 말하고 싶은 거죠?"

"애정이나 질투로 설명할 수 있을지도 몰라. 하지만 감수성이 부족한 나는 법률론으로 생각하게 되거든. 미에 씨는 아기와 아버지를 가족으로 만들고 싶었던 것 아닐까?"

히나노와 도가 둘 다 고개를 끄덕이지 않아서, 나는 설명을 계속했다.

"결혼은 쌍방의 합의가 있어야 성립합니다. 즉 상대 남성에게 거절당하면, 미에 씨가 일방적으로 혼인 관계를 맺을 수는 없어요. 하지만 부모와 자식은 다릅니다. 혈연관계만 명확하면 부친에게 인지를 강제할 수 있습니다."

인지를 거부하더라도 DNA 감식 결과를 뒤집을 수는 없었다.

"책임을 다하려고 하지 않는 남자를 아버지로 만들어서 무슨 의미가 있죠?"

도가의 눈빛이 날카롭게 바뀌었다.

"법률상 친자 관계가 인정되면, 많은 권리 의무가 발생해.

그중 하나는 상속권이야."

"상속이라면… 죽었을 때의 그거요?"

"생전의 재산은 상속으로 물려받게 돼. 미에 씨 곁에는 재산이 많으면서, 살아 있는 부인이나 자식이 없는 인물이 있었지."

히나노가 "잠깐만" 하고 목소리를 높였다.

"아무리 그래도 그건 아니야. 미에가 돈에 궁해서, 부자인 사이토 씨를 유혹해서 애를 뱄다고 말하고 싶은 거야? 웃기시네. 그 애를 우롱하지 마."

관리인은 오 년 전에 부인을 잃고, 슬하에 자식도 두지 못했다고 했다. 환갑을 넘겨, 인생의 마무리를 의식하는 시기에 접어들기도 했다.

"가잔대에 입학했을 때, 임대료가 저렴한 방을 찾아서 같이 살게 되었다고 하셨죠. 아야시 하이츠를 제안한 사람은 누구였나요?"

"미에였지만…."

"부자라면 누구든 상관없었던 것이 아닙니다."

"무슨 말이 하고 싶은 거야?"

"관리인에게만 있는 재산이 있었어요."

DNA 감식 결과를 기다릴 필요도 없이 등기부를 조사하면 답을 찾을 수 있다.

그러기 위해서는 법무국에 가야… 아, 아니다.

"고조 선배?"

도가의 시선을 받으며, 나는 휴대전화로 필요한 정보를 검색해서 '등기 정보 제공 서비스'에 접속했다. 일정한 수수료를 내면, 특정 부동산의 등기 정보를 알아볼 수 있다. 공적인 증명 문서로 쓸 수는 없지만, 이번 답 맞히기에 쓰는 데는 문제가 없었다.

"이걸 좀 봐주세요."

화면에 표시된 등기 정보를 두 사람에게 보여주었다.

"뭐예요, 이게?" 도가가 곧장 고개를 갸웃했다.

"부동산 등기부. 여기 적혀 있는 건, 육 년 전에 저당권을 보유하고 있었던 은행에 이 부동산이 압류되고, 법원이 경매 개시 결정을 내린 기록이야."

"육 년 전이면…." 히나노가 중얼거렸다.

"그리고 약 일 년 후에 경매 절차가 종료되었어. 부동산 경매는 정해진 기간 내에 입찰을 받아서 법원이 낙찰자를 결정해. 그 결과도 등기부에 기재되어 있어."

도가와 히나노 둘 다 눈치챘을 것이다.

화면에 표시된 것은 도산한 노포 여관, 바로 월영정의 부동산 등기부다.

'소유자 사이토 다다시'

삼 년 전. 이 방에서 목을 맨 가게이 미에는, 저주의 말을 써

내려간 유서를 남겼을지도 모른다. 계속되는 불운에 시달린 자신의 삶을 저주할 수밖에 없었을 것이다.

헌신을 위해 아이의 사체를 가져간 히나노에게는 알아차릴 여유가 없었다. 자기방어를 위해 찾아 헤맸을 사이토 다다시에게는 유서를 은닉할 기회가 있었다.

사체 발견 상황에서 역산한 추측일 뿐이다. 히나노에게 말하기는 망설여졌다.

"미에…."

히나노가 입을 열었지만, 뒷말은 이어지지 않았다.

가게이 미에는 되찾으려 했다.

과거의 거처를, 부모님의 자랑을, 자신의 추억을.

등기부에 추가될 예정이었다.

상속을 등기 원인으로 한, 그녀의 아기 이름이.

사산이 절망을 초래했다.

표정이 일그러진 히나노가 나무 함을 떨어뜨렸다.

잃어버린 희망이, 조용히 추락했다.

막간

법조인 집안

고조 집안과 법률은 떼려야 뗄 수 없는 관계다.

판사인 아버지, 변호사인 어머니, 검사인 형. 세 명이 한자리에 모이면, 가족회의가 아닌 가족 재판을 열 수 있게 된다. 내게 준비된 자리는, 현재로서는 방청석밖에 없다.

재판을 방청하는 것처럼 내게 가족은 어딘가 먼 존재였다.

아버지와 어머니는 대학생 시절 연구실에서 만나 교제를 시작했고, 같은 해에 사법시험에 합격했다. 제도 개혁 이후의 신新사법시험과는 달리, 당시의 구舊사법시험은 합격까지 수 년이 걸리는 게 당연하게 여겨지던 초고난도 시험이었다. 합격 발표 다음 날 아버지가 프러포즈했고, 이 년의 수습 기간을 거쳐 판사와 변호사의 법조인 부부가 탄생했다.

이윽고 네 살 차이 형제가 태어났다. 형은 막 삼권분립을 배운 중학생 무렵부터 검사가 될 거라고 호언장담했다. 법조인에는 세 가지 직종이 있다는 사실을 알고, 부모님이 선택하지 않았던 마지막 의자에 앉는 것이 자신의 사명이라고 결심한 것 같다.

초등학생인 나는 형이 중대한 결단을 내렸다는 것도 이해하지 못했다.

판사에게는 으레 전국 전근이 따르기 마련이라, 아버지가 단신 부임 중일 때는 휴일 정도에만 가족이 한자리에 모였다. 일요일 해 질 녘. 네 가족이 식탁을 둘러싸고 그 주에 일어난 사건에 대해서 의견을 나눈다. 그런 일이 자연스럽게 습관처럼 되어 있었다.

변호사인 어머니가 범행 동기를 단정 짓거나 유죄를 전제한 보도 행태를 비판하고, 형이 검사 흉내를 내며 어설픈 지식으로 반론하면, 판사인 아버지가 객관적인 시점에서 절충안을 찾았다.

직업상 늘 사건과 마주하는 부모님을, 고등학생 때까지 형은 전혀 당해내지 못했다. 어머니의 논리에 설파당하고, 아버지가 달랠 때마다 분한 얼굴을 했다. 평소 형에게 괴롭힘을 당하기만 해서 통쾌한 마음이 드는 한편, 질리지도 않고 계속 도전하는 모습에 약간의 선망과 질투를 느끼기도 했다.

가잔대에 진학한 형은 순식간에 법률의 재능을 꽃피워나갔다.

대학 3학년 때 합격률 한 자릿수인 예비시험에 단번에 합격하고, 다음 해에 두 자릿수 순위로 사법시험까지 합격했다. 그 무렵에는 아버지나 어머니와도 대등하게 토론할 수 있을 정도로 성장해 있었다.

반면, 고등학생이었던 나는 하고 싶은 일조차 찾지 못한 채였다.

판사, 변호사, 검사…. 아버지, 어머니, 형 이렇게 세 명이면 법률 세계는 돌아간다. 내게는 선택지가 남겨져 있지 않다. 그런 생각에 빠져 있었던 것 같다. 아버지의 서재에 있는 법률서는 얼추 다 훑어보았지만, 주말의 가족 토론에서는 방관자 역할을 일관했다.

대학 졸업을 코앞에 둔 지금도 여전히 미래상이 그려지지 않는다.

검사인 형은 노력으로 뒷받침된 자신감과 실력으로 길을 개척해왔다.

변호사인 어머니는 흔들림 없는 신념을 가지고 사회적인 약자의 편에 서왔다.

판사인 아버지는 사적인 정을 배제하고 양심만을 따라 진실과 마주해왔다.

그 무엇도 될 수 없는 나는 이렇게 계속 방관자로 남아야 하는 것일까.

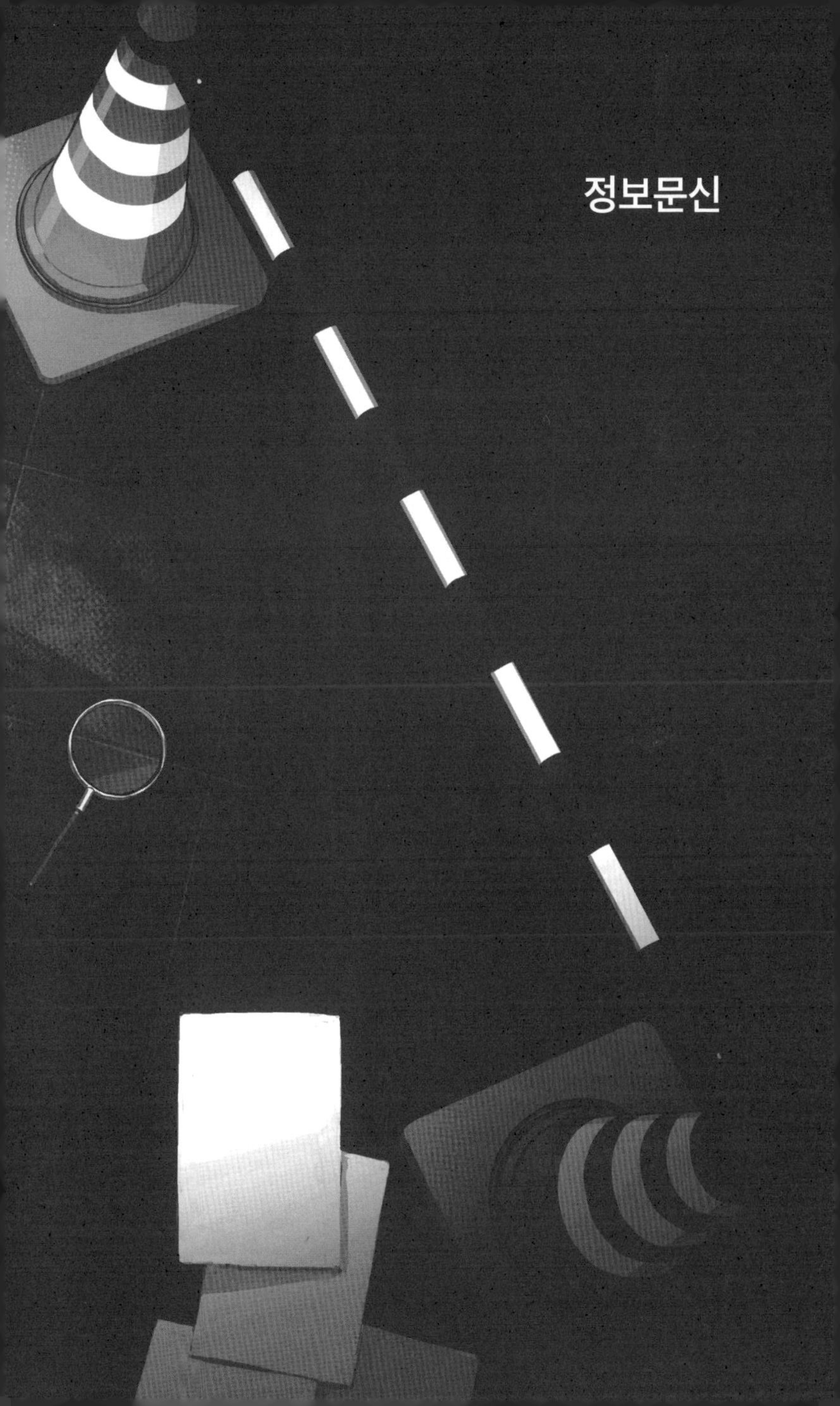

정보문신

1

대학 생활은 최후의 모라토리엄 기간이다.

이 문장을 보고, 모라토리엄의 의미가 '유예기간'이라는 사실까지 알게 된 나는, 고등학교 졸업식은 집행유예를 선고하는 세리머니였나 싶어서 쓴웃음을 지었다.

'졸업생들은 신속하게 사회인이 될 것을 명한다. 단, 대학교 혹은 전문학교 등에 진학한 자에 대해서는, 당해 대학교 등에 재적 중인 경우에 한하여 그 형의 집행을 유예한다.'

일반적인 학부생의 재적 기간은 사 년. 유급이나 휴학, 대학원 진학 등을 유효하게 활용하면 유예기간을 연장할 수 있다. 관대하고 유연한 제도다. 통상적인 형벌이라면, 유급한 시점에 집행유예가 취소된다 해도 이상하지 않다.

유예기간 중에는 주체할 수 없는 자유가 주어진다. 동아리, 아르바이트, 이성 교제…. 전부 다 만끽하고, 학업 외에 많은 시간을 낭비하더라도, 대부분의 학생은 제한 기간 내에 졸업한다. 모라토리엄이니, 느긋하게 즐기는 게 맞다.

반면, 대학 생활에서 즐거움을 찾지 못한 나는 최다 학점 취득을 노리기로 했다.

고등학교와 달리 대학에서는 강의를 취사선택해서 자유롭게 커리큘럼을 짤 수 있다. 주위 학생들이 효율적인 학점 취득을 꾀하는 가운데 나는 모든 시간대를 가득 메우는 강의 조합을 모색했다.

그 결과 3학년 1학기 때 이미 졸업에 필요한 학점을 다 땄지만, 그 후로도 나태해지지 않고 기록을 늘려왔다. 예습과 복습에 들인 시간까지 포함하면, 모라토리엄은커녕 사회인과 견줄 만큼 혹독한 나날을 보내왔다고 생각한다.

4학년 2학기를 맞이한 지금도 나는 위닝 런°을 하는 기분으로 강의실 투어를 계속하고 있다.

오늘은 전국법제사, 독점금지법, 지방자치법, 혁명법제사, 프로바이더 책임 제한법 강의를 다 듣고, 대량의 유인물과 함께 무법률 세미나실로 돌아왔다.

'무료 법률 상담소'라고 쓴 간판도 설치해두었지만, 상담자가 세미나실을 찾아오는 일은 거의 없다. 무법률에 소속된 인원은 나 혼자뿐인데도 일손이 부족하다고 느껴본 적 없을 정도다.

내가 졸업할 때까지는 이렇게 계속 한산할 것이다.

° 육상 경기나 자동차 레이스 등에서 우승한 선수가 이를 자축하기 위해 그라운드를 한 바퀴 도는 일.

그렇게 생각했었는데….

"아, 고조 선배, 안녕하세요."

"멋대로 들어오지 말라고 몇 번이나 말했잖아."

경제학부 3학년 도가 가린이 소파에 늘어져 있었다. 다트판과 마법진을 조합해서 우주 공간에 집어 던진 듯한 디자인의 셔츠를 입고 있다.

"잠겨 있지 않은 현관문은 환영한다는 의미랍니다."

"세상에 그런 관습은 없어."

"부존재의 증명은 어려운 법이죠."

도가를 알게 된 것은 한 달 전. 어느 날 갑자기 무법률에 찾아왔다.

난해한 법률 상담을 들고 온 도가는 내게서 지식을 끌어내 사건을 해결했다. 그것으로 계약은 종료되었을 텐데, 무슨 이유인지 정기적으로 얼굴을 비추고 있었다.

"내가 환영하는 건 법률 상담뿐이야."

"법률과 관련 있는지는 모르겠지만, 가잔대의 가십거리를 입수해왔어요. 페이스 서치는 아시죠? 요즘 잘나가는 페이서 말이에요."

"아니, 모르는데."

호들갑스럽게 나자빠지는 시늉을 하더니 "상상 이상으로 속세와 떨어져 있네요"라며 도가는 웃었다.

"페이스… 서치. 얼굴 검색?"

"뭐, 얼추 정답이에요. 얼굴 사진을 업로드하면 닮은 연예인을 순위별로 보여준다. 한마디로 이렇게 설명할 수 있는 앱이 있어요."

"흔해 빠진 앱 같은데."

"그런데 말이죠…."

페이스 서치는 일 년쯤 전에 출시된 애플리케이션으로, 처음에는 그다지 주목받지 못했지만, 예능 프로덕션과 제휴하면서 지명도가 비약적으로 높아졌다고 한다.

아이돌 백 명이 페이스 서치에 셀카를 업로드해서 결과를 공개한다는 검증 기획 프로그램도 실시되었다고 도가는 소개했다.

"다른 앱은 한창 잘나가는 A의 사진을 업로드해도 B와 닮았다는 결과가 나오기도 하거든요."

"본인조차 일치하지 않는다면, 전혀 신빙성이 없겠군."

얼굴 각도에 따라서 다른 사람으로 보일 수는 있겠지만.

"하지만 페이서는 백 명 중 아흔다섯 명이 적중했어요. 나머지 다섯 명은 지하 아이돌°이라 지명도가 부족했기 때문이라고들 하더라고요."

° 방송 활동보다 라이브 공연이나 이벤트 등을 중심으로 활동하는 아이돌.

"그래? 그건 대단하네."

"다음으로 업로드한 건 닮은 꼴 대회 입상자의 얼굴 사진이었어요. 그다음은 본인이 닮았다고 생각하는 일반인. 그런 식으로 조금씩 가짜 요소를 더해나갔는데도, 페이서는 계속해서 납득할 만한 답변을 돌려줬어요."

"사실은 거기 출연한 아이돌들의 정밀도만 높인 거 아냐?"

그렇게 잘 아는 분야는 아니지만, 페이스 서치는 인공지능이나 머신러닝을 이용해서 개발된 애플리케이션일 것이다. 마법 같은 기술을 떠올리기 쉽지만, 방대한 양의 데이터를 학습시키지 않으면 정밀도가 높은 결과를 도출할 수 없다고 한다.

"오, 예리해요. 페이서는 검색 대상을 과감하게 좁혔어요. 이런 앱은 중고생에서 신입 사원까지의 연령대가 즐겨 쓴다고 하더라고요."

"십 대와 이십 대라는 말이군."

"그래서 처음에는 아이돌과 독자 모델밖에 검색되지 않았어요. 그 대신 정밀도만큼은 타협하지 않는다는 방침이었죠. 업데이트될 때마다 검색할 수 있는 대상이 늘어나서, 인플루언서나 젊은 여배우가 추가되었어요."

도가의 이야기는 어디로 향하고 있는 걸까. 여대생과 연예인 검색 애플리케이션. 문제의 낌새가 짙게 느껴지는 탓에 오히려 범위를 좁히기 어렵다.

"타인의 사진을 멋대로 업로드해서 결과를 SNS에 퍼뜨리는 장난이라도 대학에서 유행하기 시작한 거야?"

"역시, 발상이 흉악하네요. 하지만 페이서에는 미인만 표시되니까, 그런 식의 악질적인 괴롭힘은 성립되지 않아요."

"아, 그래?"

도저히 연예인 중에는 없을 듯한 얼굴 사진을 업로드하면 어떻게 될까. '해당 결과 없음'으로 표시되면, 아무래도 슬프겠지.

"한 달 전까지는 좋은 평가뿐이던 인기 앱이었어요. 하지만 최근에 대형 업데이트를 하면서 논란이 생겼어요."

조금 생각해보았지만 아무것도 떠오르지 않아서, 도가의 설명을 기다렸다.

"두 개의 카테고리가 새로 추가되었어요. 하나는 아이돌, 독자 모델, 인플루언서의 남성 버전. 아, 배우도요. 즉 고조 선배 같은 젊은 남성들도 페이서를 즐길 수 있게 되었다는 말이죠. 축하해요."

"잘된 일이네."

"남성용 기능에 대한 요구는 계속 있었기 때문에 올 게 왔다는 느낌이에요. 다만, 또 다른 깜짝 발표가 있었는데, 무려 AV 여배우예요."

의외의 단어가 튀어나와서 반응이 한 박자 늦었다.

"AV 여배우라니, 설마…?"

"소년부터 할아버지까지 모두가 좋아하는 성인 비디오의 여배우 말이에요. 일정 나이 이상의 언니들은 등록되지 않는 모양이지만요."

아무렇지도 않게 말하는 도가의 반응에 조금 당황했다. 성별로 선입관을 가지면 안 되는데, 내가 동년배 여자와 대화하는 데 익숙하지 않기 때문일지도 모르겠다.

"얼굴 사진을 업로드하면, 닮은 AV 여배우를 보여주는 기능이라니…."

"해볼래요?"

진지한 표정으로 말하면, 농담인지 아닌지 구별하기 어렵다.

"여대생으로서 AV 여배우와 닮았다는 말을 들으면 어때?"

"오, 날카로운 질문이네요. 예쁜 애들도 많이 데뷔했으니, 사람에 따라 다르겠죠? 불쾌감을 느끼는 사용자가 있을 것도 고려해서, 검색 결과에서 제외하는 필터가 추가되기도 했어요."

"그런데도 논란이 된 거야?"

"문제의 본질은 그게 아니거든요. 이번 업데이트 전까지는 자신이 닮은 사람이 누구인지 확인하거나, 친구끼리나 미팅 자리에서 분위기를 띄우는 데 사용되고 있었어요. 그런데 검색 결과에 AV 여배우가 나오게 되면서 몰래 찾아보는 사용자들이 나타나기 시작했죠."

상상해본다. 휴대전화를 손에 쥔 사람은 누구인지, 무엇을 기대하고 있는지.

"… 그렇군."

"대학에 마음에 드는 애가 있는데, 감히 꿈도 못 꿀 상대였다고 가정해봐요. 혹은 사랑했던 여자친구에게 차여서 미련이 철철 넘치는 상황인 거죠. 이루지 못할 사랑, 돌이킬 수 없는 사랑. 그럼에도 잊을 수 없다면? 그 사람 대신 닮은 AV 여배우를 찾아서… 안 되겠어요. 이 이상은 제 입으로 말 못 하겠어요."

뺨을 붉히지도 않고, 오히려 나를 놀리듯이 도가는 설명을 마쳤다.

"아이돌이나 모델은 찾아본 것으로 끝이지만, AV 여배우는 그다음이 있다는 소리군."

"고조 선배도 공감이 돼요?"

"공감은 안 되지만, 이해는 돼."

"멋대로 대체품을 찾아서 성적으로 이용당하다니, 여자로서 소름 끼치는 일이고, 솔직히 말해서 기분 나빠요. 그런 행위를 조장하는 기능을 추가한 페이서는 엄청나게 조리돌림당하고 비난받았죠."

해시태그를 이용한 트위터상의 항의 데모에서 시작되어, 인터넷 뉴스와 지상파 방송에서도 언급되었다고 한다. 남성

들은 어떤 태도를 취했을까. 어색하게 동조하는 남성 아나운서의 얼굴이 머릿속에서 재생되었다.

"결말은?"

"운영회사는 대놓고 방치 중이에요. 어디까지 사실인지는 모르겠지만, 다운로드 수는 엄청 늘었다고 들었어요."

"법에 저촉되는 기능은 아니니, 사용자의 도덕성 문제라고 해버리면 어쩔 수 없겠군."

긍정적인 요소를 전면에 내세워서 사용자의 신뢰를 얻고, 기반을 다진 뒤에 본래 목적했던 기능을 추가했다. 거기까지 계산하고 벌인 일이라면, 경탄할 만하다.

"이렇게 시끄러운데도 몰랐다니, 현대를 살아가는 젊은이로서 믿을 수가 없네요."

"난 관심 있는 뉴스밖에 안 보거든. 그래서… 일련의 논란으로 시끄러웠다는 건 알겠는데, 가잔대 가십은 대체 뭐야?"

잊고 있었다고 주장하듯이 도가는 몸 앞에서 양손을 모았다.

"우리 학교에서도 페이서의 피해자가 나왔어요."

"그런 사람, 많지 않아?"

페이스 서치의 무서운 점은, 얼굴 사진만 있으면 당사자 몰래 검색할 수 있다는 것이다. 닮은 AV 여배우가 존재한다면, 자신도 모르게 일방적으로 소비되고 만다.

"직접적인 피해자예요."

"무슨 뜻이야?"

"리벤지 포르노가 유출됐어요."

순간 말문이 막혔다. 리벤지 포르노의 의미는 알고 있다. 교제했던 상대에게 복수할 목적으로 성적인 사진이나 영상을 무단 공개한다. SNS의 보급과 함께 가시화된 범죄다.

"페이스 서치로… 리벤지 포르노가?"

"이거예요."

도가가 손에 든 휴대전화에는 트위터 화면이 표시되어 있었다.

〈페이서로 검색했는데, 가잔대 경제학부 '이코노미스트' 고구레 하나의 음란한 모습이 찍힌 영상을 발견했다.〉

끝에 URL이 기재되어 있었다. 리트윗 수는 530.

"영상은 봤어?"

"네, 처음 몇 분만요. 저속한 호텔에서 그런 행위를 하고 있었어요. 기분 나빠서 도중에 꺼버렸어요."

이곳에서 영상을 재생할 생각은 없다. 고구레 하나라는 여대생의 영상이 공개되어 있는 것이라면… 대체 어떻게 된 일일까.

이 트윗을 투고한 인물은 고구레 하나의 사진을 페이스 서치에 업로드했다. 아마도 닮은 AV 여배우를 찾기 위해서. 하지만 검색 결과 표시된 사람은, 닮은 꼴이 아니라 본인 그 자체였다.

등줄기에 소름이 돋는다. 그게 가능한 일인가?

"구례하는 내 친구예요. 엄청 화를 내길래 무법률을 소개했어요. 슬슬 올 때가 됐는데."

"뭐?"

그 직후는 아니었지만, 얼마 지나지 않아 문을 노크하는 소리가 들렸다.

도가가 맞이한 여대생은 "고구레 하나입니다" 하고 또랑또랑한 목소리로 이름을 밝혔다.

2

고구레 하나는 겉모습이 화려한 여대생이었다. 이목구비가 뚜렷하고 화장도 진해서 그냥 앉아 있기만 해도 눈에 띄었다. 적갈색 앞머리는 땋아 올려서, 이마를 훤히 드러내고 있었다.

고구레 하나는 전문서로 가득 찬 세미나실을 둘러본 뒤 도가에게 말을 걸었다.

"변함없이 특이한 셔츠네."

"화면발을 잘 받을 것 같은 옷으로 골랐어."

도가는 셔츠를 잡아당기며 말했다.

"화면이 정신없어져."

그 옆에 금발의 남자가 카메라를 준비하고 있었다. 고구레 하나와는 대조적으로 수수한 용모인데, 빈말로도 금발이 어울린다고는 하기 어렵다. 코와 뺨에 난 커다란 뾰루지가 존재감을 드러내고 있었다. 무표정으로 카메라를 들고 있는데, 왠지 좀 기분 나쁘다.

"그거, 찍는 중입니까?"

남자에게 묻자, 고구레 하나가 대답했다.

"아직이요. 저희가 누구인지 가린이 설명했나요?"

"아니. 사건에 대해서 말하고 있는데, 너희가 와버렸어."

도가가 명랑한 목소리로 대답했다.

"글쎄, 고조 선배가 페이서를 모른다지 뭐야."

리벤지 포르노가 유출됐다는 이야기는 전달했다고 도가는 덧붙였다. '마른하늘에 날벼락이네요'라고 말해도 실례가 될 것 같고, 동정심을 보여도 불쾌하게 만들 것 같았다.

고민한 끝에 말없이 시선을 돌리고 말았다. 아마도 최악의 반응이었으리라.

"저와 제 옆에 앉은 기요는 가린과 같은 경제학부 3학년이고, 유튜버로도 활동하고 있어요. 저희 말고 4학년 멤버가 두 명 있고, 채널명은 이코노미스트예요. 죄수의 딜레마같이 경제학을 이용한 게임을 고안하거나, 퀴즈 영상을 올리고 있어요."

경제학자를 의미하는 이코노미스트. 직관적인 명칭이다.

페이스 서치, 트위터, 유튜브. 대학생들이 즐겨 쓰는 단어가 자주 등장하고 있다. 최후의 모라토리엄 기간을 공부에 투자한 나와는 상성이 나쁜 분야다.

"기요라는 건, 유튜브 채널에서 부르는 이름인가요?"

"네, 맞아요. 저는 이름의 양 끝을 뗀 구레하. 다른 두 사람은 사타케와 세고돈이에요. 구독자는 오만 명 정도인데, 가잔대에서는 그런대로 유명할 거예요."

세고돈은 사이고돈°에서 따온 건가.

그건 그렇다 치고.

"여기는 트위터 건으로 왔습니까?"

"네." 구레하의 긴 속눈썹이 아래위로 움직였다. "트윗을 올린 사람이 누구인지 밝혀내고 싶어요. 가린에게 상담했더니, 이 세미나를 알려줬어요."

"지난번 일의 사례로 열심히 선전하고 있어요."

상담자가 몰려들기를 바라는 것은 아니다. 그래도 오는 사람은 막지 않고 가는 사람은 쫓지 않는 것이 운영 방침이라서, 법률 상담의 요건을 충족한다면 조언에는 응한다.

"범인으로 짐작 가는 사람이 있느냐 없느냐에 따라서 제안

° 일본의 메이지 유신을 이끈 유신삼걸 중 한 명인 사이고 다카모리의 애칭.

할 수 있는 방법이 달라집니다."

오늘의 5교시 수업, 프로바이더 책임 제한법 강의를 떠올린다. 이것도 운명인가.

"트위터 계정은 영어와 숫자의 나열이고, 프로필에는 '안녕하세요' 한마디뿐. 팔로워도 없어요. 마치 그 트윗을 올리려고 만든 계정처럼 아무런 단서도 없어요."

"그런데도 오백 번 넘게 리트윗이 됐습니까?"

"아마 '이코노미스트 구레하'를 정기적으로 검색하는 사람이 있어서, 그러다가 걸린 것 같아요."

이코노미스트의 시청자가 트윗을 발견하고 퍼뜨렸다는 말인가. 구독자가 오만 명이나 있으면, 열심히 정보를 쫓는 팬이 있다고 해도 이상하지는 않다.

지명도가 있었던 탓에 트윗이 널리 퍼지고 말았다. 무명의 대학생이라면 문제의 트윗도 투고되지 않았을지도 모른다. 물론 그렇다고 해서 그러한 행위가 정당화될 여지는 없다.

"원본 트윗에는 고구레 하나라는 풀네임으로 적혀 있었죠?"

"유튜브에서는 구레하라고만 하니까, 실제로 아는 사람이 투고했을 가능성도 의심하고 있어요."

그때 도가가 미간을 찌푸리며 말했다.

"일부러 풀네임으로 쓴 점이 무서워. 실친이라고 은근히 어필하는 것 같잖아."

"하지만 이것만으로는 범인을 좁힐 수 없어."

구레하의 말대로 트윗만으로 범인을 짐작하는 것은 어려워 보인다. 그렇다면 정공법으로 투고자를 밝혀내야 한다.

프로바이더 책임 제한법은 인터넷상의 정보 발신에서 책임을 추궁하는 방법을 규정한 법률로, 그 안에는 발신자를 밝혀내는 수단도 기재되어 있다.

"일반적인 방법으로는, 발신자 정보 공개 청구라는 절차를 밟을 수 있습니다."

이어서 설명하려고 하자, 구레하가 옆에 앉은 기요를 한 번 보고 나서 "부탁드릴 게 있어요"라고 말했다.

"지금 하는 대화를 촬영해도 될까요?"

"혹시 다 기억하지 못할까 봐 그럽니까? 아니면 영상을 공개하기 위해서인가요?"

전자라면 IC 녹음기로 음성만 녹음해도 충분하다. 아니나 다를까, 구레하는 영상을 공개할 생각이라고 답했다. 기요는 묵묵히 카메라를 준비하고 있다.

"투고자를 밝혀낼 때까지의 과정을 영상으로 남기고 싶어요."

"이코노미스트 채널에서 트위터 일을 다루겠다는 말이군요. 그런 일을 하면 트윗이 더욱 확산될 수도 있는데…."

리트윗 수는 약 오백 번. 채널 구독자 수는 약 오만 명. 백 배나 차이가 난다. 영상을 공개해서 화제가 되면, 그것이야말로 투고자가 바라던 바가 아닐까?

하지만 구레하는 양보하지 않았다.

"이미 영상 댓글에도 적혀 있고, 교내에서도 소문이 돌고 있어요. 내용이 내용이다 보니, 리트윗은 망설여도 입소문이나 메신저로 이야기가 퍼지고 있다면, 이제 와서 숨기려고 해봤자 늦었죠. 그렇다면… 철저히 싸울 수밖에 없어요. 피해자인 이쪽이 남들 눈치를 봐야 한다니, 이상하잖아요."

감정이 격양되어서 냉정한 판단을 내리지 못하는 것처럼 보이기도 한다. 하지만 소동의 개요를 들었을 뿐인 내가 반대한다 해도 결심을 번복하지는 않겠지.

"뭐, 촬영해도 괜찮습니다."

상담자가 원한 일이니, 영상이 공개되더라도 비밀유지의무 문제는 발생하지 않는다.

"무법률의 광고도 되니까요."

옆에 앉은 도가가 가벼운 농담을 던졌지만, 세미나실 분위기는 누그러지지 않았다.

"감사합니다. 이번 소동의 경위를 정리해서 투고자에게 선전포고하는 장면은 이미 촬영했어요. 학교의 무료 법률 상담소에 조언을 구하기로 마음먹은 장면에서 이어지니까, 그런 느낌으로 부탁드립니다."

휴대전화를 거울 대용으로 쓰면서 구레하는 앞머리를 정리했다. 도가에 비해 화려해 보이는 아이섀도나 립스틱은 영상에 잘 나오기 위한 화장일지도 모르겠다.

"발신자 정보 공개 청구에 관해 설명하면 되죠?"

"네. 동영상의 내용이나 누가 도촬했는지는, 궁금하시면 나중에 말씀드릴게요."

촬영 중에는 언급하지 말라는 뜻이겠지. 아무리 나라도 그 정도 배려는 할 수 있다.

이번 상담에서 까다로운 부분은, 도촬한 동영상을 공개한 리벤지 포르노의 범인과 그 동영상을 트위터에 퍼뜨린 범인이 다른 사람이라는 점이다. 원흉인 리벤지 포르노에 대해서는 특별법으로 벌칙부 규제가 마련되어 있다. 하지만 구레하가 원하는 것은 동영상 공개 후에 피해를 확대시킨 인물을 찾아내는 것이며, 이 둘은 구별해서 생각해야 한다.

"그래서, 이렇게 가잔대 무료 법률 상담소에 찾아왔습니다. 이곳은 법학부 학생이 무료로 법률 상담에 응해주는 자율 세미나죠?"

구레하가 지금까지보다 조금 높은 톤의 목소리로 내게 질문을 던진다. 어느샌가 기요가 일어서서 카메라로 찍고 있다. 예고도 없이 촬영이 시작된 모양이다.

내가 대답하지 않자, 불쑥 도가가 끼어들어 말하기 시작했다.

"네, 그렇습니다! 학생들 사이에서는 무법률이라고 불리고 있어요. 문제에 휘말렸을 때, 저희 같은 학생은 어쩔 수 없이 포기하고 넘어가는 일이 많잖아요. 변호사에게 상담할 돈도 없고, 일을 크게 만들면 보기에 좋지 않다는 식의 풍조도 있고요. 어떤 사소한 문제라도 부담 없이 상담하고, 즐거운 캠퍼스 라이프를 보내주길 바라는 마음으로 저희는 활동하고 있습니다."

"와, 그렇군요."

대표인 내가 생각해본 적도 없는 활동 목적을, 세미나생도 아닌 도가가 멋대로 설명한다.

미처 정정할 새도 없이 구레하가 나를 올려다보며 말했다.

"사실 제가 고민이 있는데요…. 이대로 상담해도 될까요?"

"당연하죠. 고소하시려고요? 아니면…."

"고소할 거예요."

계속해서 폭주하는 도가의 발끝을 밟았다. 작게 비명을 지른 도가는 "자세한 조언은 무법률의 대표인 4학년 고조 유키나리가 하겠습니다. 학부생이면서 온갖 법률에 정통해 주위의 두려움을 자아내는 인물이에요"라며 오른손으로 나를 가리킨다.

카메라를 든 기요가 가까이 다가온다. 이 어설픈 연극은 대체 뭐지.

"음… 불명예스러운 내용의 트윗이 올라와서, 그 투고자를 찾고 싶다는 거였죠?"

처음부터 다시 상담할 생각이었을지도 모르지만, 언제까지 장단을 맞춰주고 있을 수는 없다.

"네, 맞아요. 어떤 방법이 있나요?"

"변호사에게 의뢰해서 발신자 정보 공개 청구라는 절차를 밟아야 합니다."

"발신자 정보…?"

구레하가 고개를 갸웃했다. 이코노미스트에서 어떤 캐릭터를 연기하고 있는 거지? 철저히 카메라맨 역할만 하는 기요도 멤버 중 하나라고 했는데, 이 자리에서 한마디도 하지 않은 그가 영상에 출연하기도 하는 걸까. 그리고 세고돈. 수수께끼가 많은 집단이다.

"제가 지금 '특종. 이코노미스트에 가잔대 학생은 없다. 사기 유튜버다'라고 쓴 트윗을 휴대전화에서 올렸다고 가정합시다."

"너무해. 생트집이에요."

영혼 없는 말투다.

"어떻게 하면 투고자가 저라고 판명될까요?"

"음… 모르겠어요."

"실제로 상당히 복잡합니다. 휴대전화가 접속되어 있는 네트워크를 통해서 데이터가 송신되면, 트위터 서버가 수신한다. 많이 생략했지만, 이런 식의 처리가 순식간에 이루어져서,

제 계정에서 트윗이 올라갑니다."

"대충 알 것 같기도 하고…."

휴대전화의 네트워크 설정에 들어가서, 열한 자리 숫자가 적힌 'IP 주소'를 구레하에게 보여준다.

"데이터를 송수신하기 위해서는 네트워크상의 주소를 할당해야 하는데, 그 역할을 하는 것이 바로 이 IP 주소예요. 트윗을 올렸을 때도 휴대전화가 접속한 네트워크의 IP 주소가 트위터 서버에 저장됩니다."

"간신히 따라가고 있어요."

"인터넷은 얼굴이 보이지 않는 상태로 데이터를 주고받기 때문에 발신자를 특정하기 위해서는 데이터의 흔적을 더듬어 가야 합니다. 하지만 IP 주소는 개인정보라서 알려달라고 해도 보통은 거절당해요. 아…, 조금 전 IP 주소도 편집해주실 수 있나요?"

"모자이크 처리할게요."

구레하가 미소 짓는다.

"그래서 위법적인 내용의 투고로 인해 권리를 침해받았으니, 발신자의 정보를 밝히라고 청구하는 것이 발신자 정보 공개 청구입니다."

구레하는 크게 고개를 끄덕이고 나서 내게 물었다.

"트위터 운영회사를 고소하는 건가요?"

"네. 방금 전 트윗이라면, 이코노미스트 멤버가 가잔대 학생이 아니라고 단언하고 있으니, 명예훼손을 주장할 수 있습니다. 청구에 타당한 이유가 있다고 법원이 인정하면, 발신자 정보 공개 명령이 내려집니다."

"하지만 나쁜 내용의 트윗이 올라오더라도, 운영회사는 잘못이 없잖아요. 관리 책임 등을 묻는 건가요?"

고개를 가로젓고, 설명을 덧붙였다.

"위자료 청구는 투고자에게 합니다. 운영회사에 요구하는 건, 투고자에게 다다를 때까지의 중간 역할이에요. 조금 전에도 말했듯이, 개인정보 공개는 꺼리는 경우가 많기 때문에 법원의 판단을 구하는 것입니다."

투고자가 개인정보 누설이라고 회사에 책임을 물어도 법원의 명령에 따랐다고 설명할 수 있다. 법원의 보증만 있으면, 공개를 주저할 이유는 사라진다.

"투고자의 이름이나 주소도 알 수 있나요?"

대본이 있는 게 아닌지 의심될 정도로 적절한 질문이었다.

"계정을 만들 때 본명이나 주소 입력은 필요 없죠? 트위터 같은 콘텐츠를 제공하는 프로바이더로부터 받을 수 있는 것은 서버에 저장된 정보에 한정됩니다. 거기서 IP 주소를 입수하면, 이번에는 통신사업자에 계약 정보 공개를 청구합니다. 2단계 공개 청구를 통해서 간신히 투고자 특정이 가능한 시스템인 거죠."

트윗을 올리는 일은 문장을 생각하는 시간을 포함해도 몇 분이면 끝난다. 그에 비해 투고자를 특정하기 위해서는 복잡한 절차를 몇 개나 거쳐야 한다.

"위법적인 트윗이라면 공개 청구가 인정되죠?"

"구레하 씨의 경우라면, 명예훼손, 프라이버시권 침해, 초상권 침해… 그런 주장을 할 수 있겠네요. 반드시 인정된다고 확약할 수는 없지만."

"저도 한번 찾아볼게요."

내 설명을 듣고 간단한 절차라고 오해했나 싶어서 법률 구성의 어려움, 비용이나 기간의 문제도 언급하려고 했다.

"발신자 정보 공개 청구에는 제도상의 문제도 있는데…."

설명을 가로막듯이 구레하가 오른손을 들었다. 그것을 본 기요가 촬영을 끝낸다.

"감사했습니다. 촬영은 이 정도면 됐어요."

"부정적인 면도 말씀드릴 생각이었는데요."

"물론 들을게요. 하지만 영상은 투고자에게 선전포고하는 내용이니, 이쪽의 약점을 보일 수는 없어요."

그런 건가. 하지만 억지로 촬영하게 만들어봤자 분명 편집되겠지.

옆에 앉은 도가를 보니, 꾸벅꾸벅 졸고 있었다.

3

구레하와 기요에게 발신자 정보 공개 청구의 문제점을 간추려 설명했다.

발신자 정보 공개 청구를 하기 위해서는 반드시 전문가의 협력이 필요하고, 투고자 특정까지는 100만 엔 가까운 지출을 각오해야 한다. 반면, 무사히 투고자를 찾아내더라도 지출액에 상당하는 위자료를 받아낼 가능성은 적다. 게다가 글이 올라오고 시간이 많이 흐르면, 통신사업자의 로그가 삭제되어 IP 주소에서 투고자로 거슬러 올라가는 길이 끊겨버린다.

"가시밭길이네요"라고 구레하는 조용히 말했다.

"청구 절차를 진행할 생각이라면, 변호사에게 상담하는 것을 추천합니다."

"촬영을 허락해줄 변호사를 찾을 수 있으면 좋겠네요."

구레하는 진심으로 일련의 절차를 공개할 생각인 듯하다.

그 후, 도가는 구레하에게 동영상에 대한 설명을 요구했다. 이번에 트위터에서 확산된 건이 아니라, 원흉이 된 동영상의 촬영 경위를 물은 것이다.

"일 년쯤 전에 있었던 일인데…."

대학교 2학년 가을 무렵에 구레하는 교제하던 연인과 헤어졌다.

그 연인은 바로 이코노미스트의 사타케. 채널 멤버끼리 사귀다가 파국을 맞이했지만, 지금은 미련을 떨쳐내고 다시 친구 관계로 돌아갔다고 한다.

이별을 극복하기 위해 구레하는 데이트 앱으로 연인 찾기를 시작했다. 처음 듣는 서비스였는데, 도가는 "아, 그거"라며 알아들었다.

데이트 앱은 이성과의 만남을 중개하는 서비스로, 연애 목적으로 이용하는 앱, 결혼 목적으로 이용하는 앱 등 그 목적에 따라 구분되어 있다. 나는 데이트 앱을 설명하는 사이트를 보면서, 구레하의 이야기에 귀를 기울였다.

프로필과 지역만 설정하면 바로 이용할 수 있는, 가벼운 연애를 권장하는 서비스를 골랐다고 구레하는 말했다. 메시지를 주고받는 게 귀찮았던 구레하는 연락을 주는 상대와 적극적으로 만나서, 마음이 끌리는지 아닌지 판단해나갔다. 그렇게 수많은 꽝을 찢어버린 끝에 금색으로 빛나는 당첨 복권을 뽑았다.

구레하는 자조 섞인 웃음을 머금으며, "사실은 조악한 도금이었던 거지"라고 보충했다.

닉네임은 료. 산뜻함이 흘러넘치는 얼굴 사진. 동갑이고, 독자 모델을 하고 있다는 프로필.

만나기 전부터 상당히 높은 곳에 설치되었던 허들을 료는 멋지게 뛰어넘었다.

카페에서 대화하고, 아이쇼핑을 즐기고, 저녁밥을 함께 먹고, 호텔로 향했다. 여러 차례의 데이트가 아닌, 처음 만난 날의 회상이다.

"조금 더 신중했어야 했어."

"조금으로는 부족해."

구레하의 말에 도가가 정론으로 반박했다.

"외모도 내 취향인 데다 잘 말하고, 잘 듣고, 유머 감각도 있었어. 권유를 거절하면 두 번 다시 못 만날 것 같았어."

"그 단계에서 호텔에 가면, 절대로 평범한 연인 사이는 될 수 없어."

"네가 그때의 나를 설득하고 와줘."

지나간 일의 반성회를 열어봤자 유출된 동영상을 없앨 수는 없다. 어색한 침묵이 흐르고, 도가가 이어서 설명하도록 구레하를 재촉했다.

"그 뒤는 할 일을 했을 뿐이야."

료가 구레하를 데려간 곳은 오아시스라는 러브호텔이었다.

차례로 샤워를 한 뒤, 침대에서 일을 치렀다. 다음에 만나기로 약속하고 헤어졌지만, 데이트 앱에서 차단된 사실을 깨달았고, 그대로 연락이 끊어졌다.

"어이없는 결말이지."

"찍히고 있는지 몰랐어?"

"전혀. 내가 샤워하는 사이에 카메라를 설치한 것 같아."

그렇게 말한 구레하의 얼굴을 나는 똑바로 바라볼 수 없었다.

구레하와 료는 교제 관계는 아니었기 때문에, 엄밀하게 따지면 리벤지 포르노에는 해당하지 않을 수도 있다. 물론 도촬한 성관계 영상을 공개했으므로 악질적인 범죄라는 사실에는 변함이 없다.

"영상이 올라온 날짜, 한 달쯤 전이었지?"

도가가 예리하게 지적했다.

"왜 이제 와서 올린 걸까?"

"그런 영상은 금방 삭제되잖아. 료가 최초로 영상을 올린 건 일 년 전 아니었을까? 그 영상을 다운로드했던 놈이 다시 올려서 끈질기게 살아남은 거지. 트위터에서 퍼진 영상은, 그 살아남은 영상이고. 어쩌면 다른 사이트에도 올라와 있을지 몰라. 그 영상을 완전히 지워 없앨 수 없다는 건 나도 알고 있어."

인터넷상에 공개되어버린 개인정보는 문신처럼 깊이 새겨진다.

정보 문신. '디지털 타투(Digital Tattoo)°'라고 불리는 문제다.

"이번 일로 퍼지기 전에 네가 영상을 본 적은?"

° 한번 인터넷상에 올라간 정보는 피부에 새겨진 문신처럼 쉽게 지울 수 없음을 가리키는 용어.

"없어. 기요가 트위터를 보고 알려줬어. 계속 인터넷에 노출되어 있었던 거야. 몇 명이나 봤는지 모르겠지만, 진짜 최악이야."

성인 비디오 회사가 제작한 것과 일반인이 올린 것을 합치면, 일 년간 얼마나 많은 포르노 영상이 공개되고 있을까. 운 나쁘게 친구나 지인에게 발견되지 않는 한, 한 달만 지나면 인터넷의 깊은 바다에 가라앉는 것 아닐까.

하지만 수몰된 폭탄이 인양되고 말았다.

"영상을 퍼뜨린 사람도 최악이지만, 도촬해서 인터넷에 올린 료라는 남자는 용서가 안 돼." 도가는 입을 불퉁히 내밀고 "고조 선배, 이거 범죄 맞죠?"라며 나를 노려봤다.

"성행위 도촬은 민폐 행위 방지 조례 위반. 인터넷에서의 공개는 외설 전자적 기록 매체 진열죄. 료를 찾아낸다면, 경찰에 넘길 수 있어."

도촬 목적으로 데이트 앱을 이용했다면, 엉터리 정보를 등록했을 것이다. 료라는 이름도 아마 본명이 아니겠지.

"전화번호도, 메신저도, 주소도, 아무것도 몰라. 솔직히 그쪽은 포기했어."

한숨을 쉰 구레하에게 "사진 같은 것도 없어?"라며 도가가 물고 늘어진다.

"한 번밖에 안 만나서 그럴 기회가 없었어."

"동영상도 남자 얼굴에만 조잡한 모자이크가 걸려 있었지.

비겁한 놈이야."

겨우 이 정도 정보로는 경찰이 움직일 가능성도 적다. 호텔에 설치된 CCTV 영상은 이미 삭제되었을 것이다. 리벤지 포르노라면, 교제 당시의 흔적을 긁어모아서 범인을 찾아내는 것이라도 기대할 수 있었겠지만.

"유튜브 댓글이나 트위터의 답글을 보면 동영상에 대한 비난이 끊이질 않아요. 료를 찾을 수 없다면…."

구레하는 숨을 들이마시고 나서 말을 이었다.

"적어도 트윗을 올린 사람이 누구인지는 밝혀내고 싶어요."

시간과 비용을 들여서 무사히 발신자를 밝혀낸다 해도, 최종적으로는 적자를 각오해야 하는 일이 발신자 정보 공개 청구다. 제도의 개요를 배웠을 때, 이렇게 수지가 맞지 않는 절차를 이용하는 사람이 과연 있을까 의문이었다.

하지만 구레하의 이야기를 듣고 납득하게 됐다. 동시에, 그녀에게 힘이 되어주고 싶다는 생각이 들어서 그런 자신에게 조금 놀랐다.

이코노미스트의 두 사람이 세미나실에서 나간 후에도, 도가는 소파에 자세를 고치고 앉아 계속 료와 트윗 투고자를 욕했다.

"인간이 어떻게 그런 짓을 하죠? 최악이에요. 쓰레기 같은 놈들.”

“한 가지 마음에 걸리는 점이 있는데.”

“뭐가요? 구레하의 자업자득이니 하는 소리를 하면 한 대 칠 거예요.”

“그런 생각 안 해.”

료의 권유에 응한 것은 경솔한 행동이었다고 할 수 있을지도 모르겠지만, 그 후에 벌어진 일에서 구레하는 완전한 피해자다.

“투고자는 어떻게 동영상을 발견했을까? 페이스 서치로 검색했다고 했는데, 얼굴 사진을 업로드하면 닮은 연예인을 보여줄 뿐만 아니라, 그 연예인이 출연한 영상까지 나오는 거야?”

“그런 기능은 없어요. 선배가 생각하는 스토리는 뭔데요?”

투고자의 사고와 행동을 상상해본다.

“고구레 하나에게 호의를 품고 있었던 남자가 페이스 서치를 이용해서 닮은 AV 여배우를 검색하려고 했어. 그랬더니 당사자의 동영상이 발견되어서….”

“동영상은 안 나온다니까요.”

다른 답변을 떠올리려고 하는데, 도가가 “반대예요”라고 말했다.

“반대?”

“동영상을 먼저 발견했다. 그렇게 생각하면 앞뒤가 맞아요.”

"동영상이 먼저…."

"페이서로 이름을 안 거예요."

그렇구나. 고구레 하나를 아는 사람이 동영상에 다다른 것이 아니다. 동영상을 인양한 사람이, 영상에 찍힌 사람이 누구인지를 찾아낸 것이다.

"그런 식으로 쓸 수도 있군."

"한 달 전에 올라온 도촬 영상을 발견한 변태는, 거기 찍힌 여자애가 마음에 든 나머지 폭주하는 성욕을 진정시키려고 닮은 AV 여배우를 조사했어요. 동영상의 캡쳐 화면을 잘라서 페이서에 업로드했더니, 구레하 본인이 나온 거죠."

"구레하가 페이스 서치에 등록되어 있어?"

"연령대와 카테고리가 한정적인 만큼 포괄성은 높아요. 구레하는 독자 모델 일도 가끔 하니까, 어느 카테고리인지는 몰라도 등록되어 있을 거예요."

도가의 설명에 의하면, 최근 업데이트로 일반적인 연예인과 AV 여배우 두 종류가 검색 결과에 표시되게 되었다. 구레하의 이름은 전자에 표시되었으리라.

"그렇군."

"시험해보는 편이 빠르겠네요."

휴대전화를 꺼낸 도가는 익숙한 손놀림으로 페이스 서치를 실행했다.

레트로한 돋보기 아이콘을 터치해서 검색 화면에 들어간다. 도가는 구레하가 경제학부동으로 보이는 건물 안에서 포즈를 취하는 사진을 선택했다. 독자 모델을 하고 있어서인지 그럴듯했다.

양식에 맞춰 자동으로 조정된 사진을 업로드하자 바로 결과가 표시되었다.

연예인란에 '구레하 정합도: S'

AV 여배우란에 '아카네 고아이 정합도: B'

"이 사람 아세요?"

"몰라."

"이름 읽는 법이… 특이하네요."

도가가 이미지 검색으로 찾아본 '아카네 고아이'는 그런대로 구레하와 닮아 보였다. 이 정도가 B등급인가. 도가의 말로는, S등급이 나오는 일은 거의 없다고 한다.

"구레하의 이름으로 찾다 보면, 이코노미스트 채널이 나와요. 개요란에 멤버 전원이 가잔 대학교 경제학부생이라고 적혀 있으니, 그걸 보고 트윗을 올렸겠죠."

발신자 정보 공개 청구와 비슷하다는 생각이 들었다.

트윗 투고자도, 포르노 동영상에 찍힌 미녀도, '익명인'이라는 공통점이 있다. 둘 다 전면에 드러나 있는 정보를 쫓는 것만으로는 이름을 밝혀낼 수 없다. 둘 사이의 큰 차이점은 얼굴이 드러나 있냐 아니냐. 발신자 정보 공개 청구로는 몇 개월이나 걸리는 데 비해, 페이스 서치를 이용하면 한순간에 상대방의 특정을 기대할 수 있다.

"왜 굳이 트윗을 올렸을까?"

"글쎄요. 뜻밖에 비밀 정보를 손에 넣었는데, SNS로 찾아봤더니 아무도 모르는 것 같았다. 인정욕구나 자기과시욕… 그런 것 아닐까요?"

"금전적인 이익도 없고, 그럴 메리트는 없어 보이는데."

도가가 한숨을 쉬고 천장을 올려다보았다.

"얼굴이 안 보이니까 깊이 생각하지 않고 행동하는 거죠. 제가 추측한 경위가 맞다면, 구레하와 투고자 사이에는 접점이 없었던 게 돼요. 인연이 없으면 원한도 없죠. 쾌락범이라고밖에 생각되지 않아요."

도가의 분석은 설득력이 있었다. SNS상의 중상 비방으로 인해 자살에 내몰린 사건이 일어났을 때, 적발된 투고자는 "다들 욕하니까 거기에 편승했다"라고 동기를 밝혔다. 공감은커녕 이해도 되지 않았고, 피해자가 안타까울 따름이었다.

트윗의 투고자도 일시적인 쾌감을 맛보기 위해 구레하의 명예를 더럽힌 것일까.

"동영상 발견이 먼저다. 그 부분은 나도 동의해."

"전부 납득한 건 아니란 말인가요?"

"응. 어딘가 걸리는 데가 있어."

"말로 표현해주세요."

"아직 못 하겠어."

단시간에 페이스 서치의 구조, 트윗 내용, 도촬 경위 등의 정보가 쏟아져 들어왔다. 도가가 설명한 대로라면, 모순이 발생하는 부분이 있는 듯한 느낌이 들었다.

목에 걸린 생선 가시 같은 위화감. 그 정체가 뭔지 모르겠다.

4

다음 날, '구레하의 리벤지 포르노 소동에 대해서'라는 제목의 영상이 이코노미스트 채널에 올라왔다. 내가 며칠 뒤에 봤을 때는 조회 수가 삼십만이 넘었고, 채널 구독자 수도 급증해 있었다. 인터넷 뉴스에서도 다루어지면서 데이트 앱의 익명성과 페이스 서치의 위험성 등 많은 문제가 논의의 도마 위에 올랐다.

구레하에게는 동정의 목소리뿐만 아니라, 자업자득이나 매명賣名 행위라고 비난하는 댓글이 쏟아진다고 한다. 구레하가 투고한 영상을 보니, 그녀는 우는소리를 하는 대신 분노를 드러내며 선전포고하고 있었다.

"안전지대에 있다고 생각한다면 큰 오산이야. 내가 반드시 찾아낼 테니까."

평소는 어떤지 모르겠지만, 녹색 크로마키 배경 앞에 선 구레하의 표정과 음색은 인상적이고, 상당히 박력 있게 느껴졌다. 다른 한편으로는, 영상의 '싫어요' 수가 삼천 건이 넘는다는 사실을 알고 놀랐다.

악의에 상처받고, 말없이 참고 견디는 동안은 불쌍한 약자로 대접받는다.

하지만 목소리를 내고 맞서는 순간, 비판에 노출된다.

이기적이고 불쾌한 사고방식이다. 그런 획일적인 가치관이 2차 가해를 낳는다.

영상 후반에는 발신자 정보 공개 청구에 관해 설명하는 내 모습도 나왔다. 자신이 출연하는 영상을 보는 것은 이상한 감각이었다. 자막이 없었다면 못 알아들을 정도로 말이 빠른 부분이 있어서, 세미나실에서 혼자 반성회를 열었다.

"앞으로 어떻게 해야 할지 방향성이 보이기 시작했어요. 발신자 정보 공개 청구 여부는 멤버와 상담해서 결정하려고요. 진전이 있으면 보고할게요."

구레하가 향후 방침을 밝히고, 엔딩 애니메이션이 흘러나왔다.

영상은 큰 반향을 불러일으켰지만, 무법률에는 아무 영향도 없었다.

근본적인 해결책을 제시하지도, 마음을 휘어잡는 말솜씨를 선보이지도 못했다. 이코노미스트의 시청자가 세미나실에 몰려드는 일은 아마 없을 것이다. 그래도 구레하의 질문에는 과하거나 부족함 없이 대답했으니, 이제 일이 어떻게 돌아가는지 지켜봐야겠다고 생각하고 있었다.

일주일 뒤, 도가가 세미나실에 찾아왔다.

"조회 수가 오십만이나 되는데, 변함없이 한가해 보이네요."

그사이에 조회 수가 더 늘어난 모양이다.

"사람은 그렇게 쉽게 법률문제에 휘말리지 않아."

"저는 자주 휘말리는걸요."

"스스로 나서서 머리를 들이밀거나, 날조하거나."

"예리한데요?"

문제에 휘말렸는데도 법률로 해결할 수 있다는 사실을 간과하고, 실질적으로 권리를 포기한 학생도 분명 많을 것이다.

아르바이트처에서 생긴 분쟁, 지인이나 친구와의 약속, 교수의 생트집…. 모라토리엄 기간이라고는 해도 법률문제의 불씨는 곳곳에 숨어 있다.

무사안일주의를 미학으로 삼는 국민성이 해결책을 찾아낼 통찰력을 둔화시키는 것일지도 모르겠다. 반대로 도가 같은 학생이 늘어나면, 무법률의 업무가 마비될 수도 있지만.

"그러고 보니 동영상에서는 자기 목소리가 이상하게 들리지 않았어?"

"그거, 보통은 골전돈지 뭔지 때문에 자기에게는 실제 목소리보다 낮게 들린대요. 그러니까 동영상 쪽이 정확한 목소리예요."

그렇군. 새로운 지식을 배웠지만, 말이 빠르게 들린 것은 골전도로 설명되지 않는 문제일 테다.

"오늘은 또 새로운 성가신 일이야?"

"아니요. 지난번 일의 연속이에요. 얼른 구레하를 만나러 가요."

"뭐? 왜?"

"이미 한배를 탔으니까요."

도가는 가방을 어깨에 멘 채로 소파에 앉으려고 하지도 않았다.

"변호사와 상담해서 절차를 진행한다고 해도, 2단계 절차를 거쳐야 하니 투고자를 특정하는 데는 시간이 걸려. 지금 만나러 가봤자 재미있는 이야기를 듣지는 못할 거야."

"어제 뜬 영상 아직 안 봤어요?"

"또 올라왔어?"

"네. 이제 한고비만 넘기면 된다고 구레하가 말했어요."

"그럴 리 없어."

지난 일주일간 프로바이더 책임 제한법의 실무서를 다시 읽었다. 도서관에서 문헌도 조사했고, 대표적인 판례도 확인했다. 배운 지 오래된 분야는 아니지만, 발신자 정보 공개 청구에 관한 일전의 설명에 크게 틀린 점은 없었다.

아무리 절차가 순조롭게 진행되었어도 고작 일주일 만에 단서를 잡을 수 있다고는 생각되지 않는다.

"그렇다면 더욱더 상황을 확인해봐야겠네요."

"내게 투고자를 찾아달라고 맡긴 것도 아니니니, 원하는 대로 하게 둬."

"첫 번째 영상에서 고조 선배는 투고자 특정에 걸리는 시간을 설명하지 않았어요. 그 영상을 본 사람은 간단한 절차라고 착각해버릴 수도 있어요."

"촬영 후에 단점도 확실히 설명했어. 너도 들었잖아?"

하지만 도가는 고개를 끄덕이지 않는다.

"말했니 안 했니, 서로 자기주장만 내세우는 입씨름은 무의미하고, 오로지 증거의 유무로 결론이 나죠. 나는 선배한테 그렇게 배웠어요. 무법률이 사기꾼 집단의 오명을 쓰지 않으려면, 대표가 직접 움직여야 한다는 게 단골인 내 생각이에요."

도가와의 언쟁에 쓰는 시간과 에너지야말로 무의미하다.

"…알았어."

나는 한숨을 내쉬고 자리에서 일어섰다.

법학부동에서 나온 도가는 망설임 없는 발걸음으로 북쪽 캠퍼스로 향했다.

“이코노미스트는 어디서 활동해?”

“야조회 부실이요.”

“뭐라고?”

뒤로 걸으면서 도가는 고개를 갸웃했다.

“어머, 모르세요? 신입생 환영회 때 신입생에게 갓 구운 닭꼬치를 대접한다는 소문이 도는, 그 유명한 야생조류연구회 말이에요.”

“몰라. 그리고, 유튜버가 왜 야조회에⋯.”

“거기서 만난 경제학부 넷이 이코노미스트를 결성했기 때문이에요. 이제 새 관찰은 기획 프로그램을 만들 때 정도만 하는 모양이지만. 부실 안에 촬영용 작은 방이 있어서, 평소는 거기서 활동한대요.”

유튜브 활동만으로는 동아리 설립 신청이 수리되지 않는 것일까. 그런 생각을 하다 보니 동아리동이 보이기 시작했다.

사 층짜리 건물은 중앙이 트여 있어서, 위를 올려다보면 한 폭의 그림 같은 푸른 하늘이 펼쳐져 있다. 까마귀도 들새도 보이지 않는다. 계단을 오르자 중국 아파트처럼 빽빽하게 밀집

된 방들이 모습을 드러냈다.

어디선가 울려 퍼지는 트럼펫 소리, 담배와 맥주가 뒤섞인 독한 냄새, 통로에 방치된 파란 비닐 천막과 잡지, 문 앞에 기대어 세워진 간판. 그야말로 동아리동다운 어수선한 광경을 구경하면서 도가의 뒤를 따랐다.

"여기네요."

아기 새 그림이 그려진 간판 근처에 바비큐 화로가 놓여 있었다. 정말로 들새를 조리하고 있는 걸까. 조수보호법으로 금지되어 있을 텐데.

미리 약속을 잡은 것은 아닌지, 부실 안에 있었던 야조회 부원에게 사정을 설명하느라 고생했다. 이럴 때 무법률의 낮은 지명도를 통감한다.

쌍안경, 삼각대, 바주카포같이 거대한 망원렌즈. 들새 사진도 장식되어 있다.

입구 반대편에 있는 문이 열리면서 굵은 컬이 들어간 갈색 머리의 훤칠한 남자가 나타났다.

"구레하에게 조언해준 사람… 맞지?"

"네. 법학부 고조라고 합니다. 갑자기 들이닥쳐서 죄송합니다."

"경제학부 도가입니다. 안녕하세요."

"구레하도 기요도 없는데, 일단 안에서 얘기하자."

협력자 입장이라서 그런지 쉽게 들여보내줬다.

녹색 크로마키 배경, 뒤엉킨 코드, 마이크, 오디오 인터페이스…. 이곳이 촬영실이라는 것을 한눈에 알 수 있었다.

방구석에는 무릎 위에 노트북을 올려놓고 앉아 있는 남자가 보였다. 짙고 두꺼운 눈썹, 깔끔한 짧은 머리, 앉아 있어도 티가 나는 큰 체구. 그는 아마도….

"세고돈 씨, 맞습니까?"

내 목소리에 반응한 그는 얼굴을 들고 "어" 하고 차분한 목소리로 인정했다.

"나는 사타케. 잘 부탁해."

방으로 안내해준 훤칠한 남자가 미소 짓는다. 홍일점인 구레하, 말수가 적고 속을 알 수 없는 기요, 훤칠한 외모의 사타케, 관록과 위압감이 느껴지는 세고돈. 이걸로 모든 멤버와 얼굴을 마주한 셈이다.

"구레하와 얘기하고 싶었는데, 없네요."

도가가 방 안을 둘러보며 사타케에게 물었다. 숨을 만한 장소는 없고, 그럴 이유도 없었다. 사타케와 세고돈은 경제학부 4학년이라고 했으니, 도가의 선배에 해당한다.

"기요를 데리고 어디 갔어. 아마 오늘은 다시 안 올 거야."

"리벤지 포르노 일인가요?"

"아마도. 우리는 그 일에 관해서 아무 얘기도 못 들었어. 어느 틈에 올라온 영상의 조회 수가 쭉쭉 늘어나서 쫄았다고. 대충 아무 데나 앉아."

카펫이 깔린 바닥이라 우리는 대화하기 편한 곳에 앉았다.

"아무런 상의도 없었나요?"

도가가 다시 질문한다.

"전혀. 트윗이 올라온 일은 소문이 꽤 퍼져서 알고 있었지만, 본인 앞에서 화제로 꺼낸 적은 없어. 그렇지?"

사타케가 확인하자, 세고돈은 말없이 고개를 끄덕였다.

"어제 영상에서 투고자를 특정할 수 있을 것 같다고 구레하가 보고했어요."

"본인이 그렇게 말하고 있으니, 찾은 거겠지?"

"고조 선배 말로는, 그렇게 빨리 진전되는 건 이상하대요."

"구레하가 거짓말을 한다는 뜻?"

사타케가 다리를 꼬면서 내게 물었다.

"법적인 절차를 밟았다면, 일주일은 너무 빠릅니다. 다른 힌트를 통해서 투고자를 찾았을 수도 있어요."

소위 말하는 '버리는 계정'으로 올린 트윗이라서 누구인지 짐작도 되지 않는다고 구레하는 말했다. 다만, 투고자가 입을 잘못 놀리거나 조심성 없는 행동을 했다면, 구레하의 귀에 이야기가 들어갔다 해도 이상하지 않다.

"글쎄. 그런 말은 없었는데."

거기서 도가가 "구레하가 사타케 선배에게 상담하지 않은 이유는, 두 사람이 사귀던 사이였기 때문인가요?"라며 변함없이 거침없는 발언을 내뱉었다.

"구독자들은 그렇게 생각하겠지."

"신경 쓰이는 표현이네요."

"넌 구레하의 친구지? 가잔대 경제학부 고구레 하나와 이코노미스트의 구레하는 다른 인격이라고 생각하는 편이 좋아. 즉 '고구레 하나라면 이럴 테지'라고 예상한 대로 구레하가 행동할지는 알 수 없다는 말이야."

"무슨 말인지 잘 모르겠어요."

사타케의 지금 발언으로 의문이 하나 풀렸다.

리벤지 포르노 동영상을 발견한 것이 먼저고, 페이스 서치로 이름을 안 것이 나중이다. 세미나실에서 들은 도가의 설명대로라면, 고구레 하나에게는 도달할 수 없다.

"유투버 구레하는 단지 역할을 연기하고 있을 뿐이야."

"캐릭터를 꾸며냈다는 뜻인가요?"

"그래. 모든 댓글을 확인해서 사람들이 어떤 발언을 호의적으로 받아들이는지, 어떤 태도를 바라는지 분석해. 뭐, 여기까지는 평범한 수준이지만, 구레하는 시청자의 요구를 차츰 반영해나갔어."

"시장조사나 피드백은 서비스업의 기본이에요."

도가가 우쭐대며 대답했다. 과연 유튜버는 서비스업에 포함되는 것일까.

"초기 영상은 구레하를 보려고 시청하는 구독자밖에 없어서, 우리가 나오기만 하면 '싫어요' 수가 엄청났어. 처음으로 조회 수가 잘 나왔던 영상이 내가 구레하를 죄수의 딜레마 상황에 몰아넣고 몰래 카메라로 찍은 건데, 그때 나눴던 잡담 장면도 편집해서 넣었더니 우리의 관계를 추측하는 댓글이 많이 달렸더라고. 그걸 본 구레하가 나와 자신이 같이 등장하는 기획을 갑자기 늘렸어."

몰래 찍었다는 것은, 구레하가 카메라를 의식하지 않았다는 뜻이다. 즉 평소의 관계가 대화에 배어 나왔다고 시청자는 생각했다.

"수요에 응했군요"라고 도가가 대답했다.

"내용이 자극적인 쪽이 조회 수가 잘 나오니까 일부러 분위기를 험악하게 만든 다음, 결과적으로 사귀기까지의 시나리오를 구레하가 준비해왔어. 요컨대 화제 만들기에 불과했다는 말이야."

"그럼, 정말로 사귄 게 아니에요?"

"우리 학교 구독자도 많으니까, 같이 캠퍼스를 걷는 모습을 과시하기는 했어."

"휴일에 놀러 나가거나 하지는 않았어요?"

"원래 둘이서 외출하기도 했어. 사귄다는 느낌은 없었지만."

도가는 잠시 생각하는 듯하더니 입을 열었다.

"구레하는 사타케 선배와 사귀고 싶다고 생각했어요. 하지만 솔직하게 마음을 전달할 수 없어서 댓글을 구실로 갑자기 접근한 거죠. 아니라고 단언할 수 있나요?"

그렇게 생각할 수도 있군. 나는 도가의 추측에 감탄했다.

"상상력이 풍부하네." 사타케는 쓴웃음을 지었다. "두 사람의 관계가 안정되면, 시청자는 지루함을 느끼고 떨어져나가. 제멋대로 굴어서 헤어진 뒤에 친구로 돌아간 척을 하지만, 가끔 수상한 분위기를 풍긴다. 그런 시나리오였다고 생각해."

세고돈은 말없이 노트북을 조작하고 있었다.

"구레하는 사타케 선배와 헤어진 충격으로 데이트 앱에 등록했다고 했어요. 거기서 최악의 남자에게 걸려 도촬당했다고."

"분명 데이트 앱 영상은 올라오지 않았어. 하지만 그건 그저 구레하의 계획이 빗나갔기 때문일 수도 있어. 어떤 기획을 찍으려고 했지만, 소재로도 못 쓸 문제에 휘말린 탓에 포기했을지도 모르지."

"혹시… 구레하를 싫어하세요?"

도가가 묻자, 사타케는 웃었다.

"우린 사이 좋은 친구들이 모인 단체 같은 게 아냐. 그래도

서로의 능력은 인정하고 있어."

도가는 불만스러운 표정으로 나를 쳐다보며 물었다.

"고조 선배는 어떻게 생각하세요?"

"글쎄. 나는 딱 한 번 대화했을 뿐이라서."

"첫인상으로 대충 알 수 있잖아요."

사람 보는 눈이 없는데, 상대가 만일 연기를 한다면 꿰뚫어 볼 수 있을 리가 없다.

다만, 한 가지 궁금한 점이 있다.

"이번 투고자 찾기도 구레하 씨가 시나리오를 준비했다고 생각하세요?"

눈썹을 위로 올리며 사타케는 미소를 지었다.

5

"무슨 생각이에요?"

동아리동에서 나와 무법률 세미나실로 돌아가려는데, 도가가 북쪽 캠퍼스 식당 앞에 있는 벤치를 가리키며 앉으라고 내게 명령했다.

축제는 끝났고, 올해는 큰 행사가 더 이상 남아 있지 않았다. 게다가 쌀쌀한 계절로 접어들고 있는 탓인지, 캠퍼스는 어딘가 한산한 모습이다. 도가는 낙엽 같은 색상의 나뭇잎 무늬 원피스 위에 겨자색 카디건을 걸치고 있었다.

“무슨 생각이냐니?”

“마지막 질문 말이에요. 구레하가 시나리오를 준비했다니, 무슨 뜻이에요?”

“사타케 씨는 부정하지 않았지.”

“구레하는 피해자예요. 선배도 알잖아요.”

리벤지 포르노 유출의 피해자로서 구레하는 무법률에 찾아왔다.

“그 사람 덕분에 위화감의 정체를 알아냈어.”

“구레하의 진심을 멋대로 단정 지어서 난 열받았는데요.”

사타케에게 동조하는 듯한 발언을 해서, 분노의 화살이 내게도 향하는 모양이다.

“문제의 트윗이 투고되기까지의 흐름을 한 번 더 말해줄래?”

조금 간격을 두고 옆에 앉은 도가는 기분 상한 말투로 입을 열었다.

“그러니까 성인 사이트를 둘러보던 변태는 제 취향의 여자애가 도촬된 동영상을 발견했어요. 그게 구레하의 리벤지 포르노였죠. 그 애와 닮은 AV 여배우를 알고 싶어서, 동영상의 캡처 화면을 페이서에서 검색했어요. 검색 결과에 나온 구레하를 보고 본인이라는 사실을 눈치챈 변태는 개인정보를 기재해서 트위터로 퍼뜨렸어요. 상상하기 싫으니까, 몇 번이나 설명시키지 마요."

일주일 전에도 도가에게 동일한 스토리를 들었다.

"거의 납득할 뻔했는데, 어딘가 어긋난 듯한 느낌도 들었어."

"발정 난 원숭이의 행동 따위 당연히 이해 못 하죠."

"동기 이전에, 그런 경위로는 고구레 하나에게 도달할 수 없어."

도가가 긴 속눈썹을 깜빡였다.

"이름은 페이서로 알아내고, 유튜브 채널명은 이름으로 검색하면 나와요. 대학이나 학부는 채널 개요란에 적혀 있고요. 다 갖추어져 있어요."

"트윗에는 구레하가 아닌 고구레 하나라고 적혀 있었어."

"아…."

도가가 페이스 서치에 얼굴 사진을 업로드하자, '구레하 정합도: S'라고 화면에 표시되었고, 풀네임은 밝히지 않고 활동한다고 본인도 인정했었다.

"페이서라면 구레하의 풀네임은 표시되지 않아."

—가잔대 경제학부 고구레 하나와 이코노미스트의 구레하는 다른 인격이라고 생각하는 편이 좋아.

사타케의 지적은 사회적 위치뿐 아니라 이름도 다르다는 뜻이었다.

"이게 어떻게 된 일일까?"

"투고자는 구레하의 풀네임을 알고 있었다. 어라? 그래도 이상하네요."

"풀네임을 아는 것만으로는 동영상에 다다르지 못해. 동영상을 먼저 발견해서 페이스 서치에 업로드하더라도 '구레하'로밖에 표시되지 않아. 즉 투고자는 리벤지 포르노 동영상도 고구레 하나라는 이름도 처음부터 알고 있었어."

반론의 여지를 찾는 듯 도가는 푸른 하늘을 올려다봤다.

"그러면 페이서는 어디에 썼을까요?"

"필요 없었다는 말이지."

"페이서로 찾아봤다고 확실히 적혀 있었어요."

뒤집어 생각하면, 페이스 서치를 사용했다는 것은 투고자의 자기 신고에 불과하다.

"구실 만들기 아니었을까?"

"…무슨 구실이요?"

"동영상을 공개할 구실."

도가는 고개를 좌우로 젓는다. '이해가 안 돼요'라는 말이 들리는 듯했다.

"구레하가 버리는 계정을 만들고 트윗을 올려서… 법인에게 선전포고하는 영상까지 공개했다. 전부 자작극이었다고 말하고 싶은 거예요?"

"협력자가 따로 있을 가능성은 있겠지. 고구레 하나가 시나리오를 썼다고 생각하면, 앞뒤가 맞아. 풀네임이 기재되어 있었던 것, 무법률에 상담하러 온 것, 고작 일주일 만에 투고자가 누구인지 알아낸 것까지."

자신의 이름이라 깊이 생각하지 않고 기재하고 말았다. 무법률을 찾아온 것은 법률사무소에서는 동영상 촬영을 거절당하리라 생각했기 때문이 아닐까. 그리고 '버리는 계정'에서의 투고도 자작극이라면 투고자를 특정할 필요가 없다.

"리벤지 포르노를 스스로 퍼뜨렸다? 말도 안 돼요."

"투고자에게 선전포고하는 영상을 공개하고, 조회 수가 오십만이 넘었는데도 아직 삭제하지 않았어. 구레하에겐 자신의 명예를 지키는 것보다 우선해야 하는 것이 있어서겠지."

광고 수익을 늘리고 싶은 것인지, 비판에 노출되더라도 지명도를 높이고 싶은 것인지. 그 부분은 본인에게 물어봐야 알 수 있겠지만.

"트윗을 투고하는 것과 범인을 찾는 영상을 공개하는 건 전혀 달라요."

"별 차이 없어."

그렇게 대답하자, 도가가 노려봤다.

"일단, 들어봐. 도촬자가 최초에 동영상을 공개했던 건 선을 넘은 행위지. 그건 나도 알아. 하지만 그 시점에 이미 디지털 타투는 새겨졌어. 몇 번을 삭제해도 다시 올라와서, 완전히 지워 없애는 일은 불가능해. 끝없는 술래잡기이고, 어디까지 퍼졌는지 눈에 보이지도 않아."

"아무리 그래도 자기 자신을 스스로 몰아붙이다니…."

몰아붙인 것이 아니라, 일부러 도망갈 길을 끊은 것은 아닐까.

"그렇게까지 하면, 도망 다닐 필요도 없어져. 표현이 좀 그렇지만, 과감하게 영상 소재로 삼을 수도 있지. 무법률에 상담하러 온 모습을 보고, 어떻게 구독자 수를 늘려왔는지 멤버에게 듣고, 구레하는 강한 사람이라는 생각이 들었어. 그 동영상이 인터넷에 계속 남아 있는 한, 발견되는 건 시간문제였을지도 몰라. 언제 폭발할지 몰라서 두려움에 떨 바에는 스스로 폭탄을 집어던진다. 구레하는 그런 선택을 한 것 아닐까."

내 설명을 이해하려는 듯 도가는 잠시 입을 다물었다.

이윽고 얼굴을 든 도가가 툭 내뱉었다.

"구레하는 강하지 않아요."

"유튜브에서는 역할에 맞는 연기를 하는 거야. 사타케 씨는 그렇게 말했어."

"알겠어요. 말해봤자 소용없으니, 이제 됐어요."

토라진 듯이 고개를 돌리고, 도가는 식당 테라스석을 응시했다.

"구레하는 우연히 한 달 전에 올라온 자신의 동영상을 발견했어. 방금 내가 말한 듯한 생각을 하다가 트윗 투고를 떠올렸어."

"페이서의 업데이트도 그 무렵이네요."

"AV 여배우 검색 기능이 추가되었다는 소식을 듣고, 이용해야겠다고 생각한 거야."

범인 찾기를 시작한 것에 대한 비판은 영상 댓글에서도 많이 보였지만, 모든 시나리오를 구레하가 썼다고 의심하기에는 발상의 비약이 필요하다.

"조금 진정됐어요."

관자놀이를 손끝으로 두드리면서 도가는 말을 이었다.

"고조 선배의 추리는 논리정연해요. 모순점도 특별히 보이지 않고요. 다만, 동기가 도무지 납득되지 않아요. 친구로서 선입관 때문에 잘못 보고 있을 수도 있고, 채널을 키우는 가치를 낮게 보고 있을 수도 있어요."

하지만 자신은 납득을 못 하겠다고, 도가는 그렇게 말했다.

"동기는 내가 약한 분야니까."

"구레하의 자작극이라 치면, 이 소동의 종착점은 어디예요?"

"협력자가 있다면, 범인 역을 부탁해서 직접 대면하지 않을까? 투고자를 특정했다고 하면서 어딘가로 불러내는 거지. 모자이크를 걸고 목소리도 변조하면, 범인 역을 맡은 사람에게 폐를 끼치지도 않을 테고. 그걸로 사건 해결."

뻔한 전개라는 생각에 쓴웃음을 지었다. 도가는 입을 반쯤 벌린 채 나를 보고 있었다.

"왜 그래?"

"잠시만요. 뭔가 떠오를 것 같아요."

그렇게 말하고 도가는 벤치에 기대어 눈을 감았다.

구레하의 평소 언동을 되돌아보고, 자작극 동기에 대해 무언가 짚이는 게 있는 걸까. 생각에 잠긴 도가를 곁눈질하면서 내일 시간표가 뭐였는지 생각했다.

이 사건으로 내가 할 수 있는 일은 이제 없다. 남은 건 구레하 자신의 문제다.

"알았어요."

눈을 뜬 도가는 뺨에 붙은 머리카락을 떼면서 말했다.

"좀 전에 한 말, 취소할게요."

"뭐?"

"고조 선배의 추리는 틀렸어요."

"…어디가?"

"페이서에는 분명 의미가 있었어요. 그 앱이 없었다면, 계획을 실행에 옮길 수 없었어요."

"계획?"

트윗에 '고구레 하나'라는 풀네임이 기재되어 있었던 이상,

투고자는 구레하의 존재를 이미 알고 있었다. 그녀의 자작극이 아니라 하더라도, 페이스 서치를 이용해서 개인을 특정한 것이 아니라 면식범에 의한 범행. 이 결론에는 흔들림이 없을 것이다.

"바로 범인 찾기예요."

6

그날 밤. 나와 도가는 동아리동 이 층에서 집게를 잡고 있었다.

야조회 부실. 문 앞에 놓인 바비큐 화로에 바나나를 구우면서 그 순간을 기다리고 있었다.

구운 바나나의 완성이 아닌, 구레하의 등장을.

"바비큐는 역시 구운 바나나와 구운 마시멜로죠."

"메인 재료는 아니라고 생각해."

"고기나 채소는 구우면 얼마나 맛있을지 상상이 가지만, 성장 잠재력이라는 면에서는 마시멜로가 일등이에요. 다만 철망으로는 굽기 어려우니까 이번에는 이등인 바나나를 즐기자고요."

"뭐든 상관없어."

북쪽 캠퍼스 벤치에서 무언가 깨달음을 얻은 도가는 구레하에게 전화를 걸어서 "다 알았으니까, 답 맞히기를 하자"라고 말했다. 그에 대한 대답은 "밤 열한 시에 동아리동에서 기다릴게"였고, 나도 함께 오게 되었다.

도서관은 저녁 여덟 시에 닫기 때문에 이런 시간까지 학교에 남은 것은 처음이다. 불 켜진 방은 몇 개 있지만, 밖에서 떠드는 사람은 없다. 이따금 편의점 봉지를 든 학생이 오가는 정도였고, 당연히 바비큐를 하는 사람은 우리뿐이다.

"이거, 탄 거 아냐?"

철망에 올린 바나나 껍질은 갈색을 넘어 숯에 가까운 상태였다.

"속은 아직 멀었어요. 바비큐도 잠복도 인내심이 좌우한다고요."

"우린 잠복하는 게 아니야."

야조회 부실은 불이 꺼져 있었고, 노크를 해도 반응이 없었다. 약속 시각까지 구레하가 오기를 기다리다가, 추위를 못 견딘 도가가 가방에서 바나나를 꺼내 철망에 올렸다. 왜 바나나를 들고 다니는지는 모르겠지만.

"누가 왔어요."

도가가 목소리를 낮추고 속삭였다. 동아리동은 가운데가 뚫려 있기 때문에 각 층에서 일 층 홀을 내려다볼 수 있다. 나도 엉덩이를 떼고 난간 틈으로 아래를 엿봤다. 형광등이 설치되어 있어서, 이런 시간대라도 인영의 유무는 확인할 수 있었다.

야구모자를 쓴 젊은 남자가 주위를 둘러보고 있었다. 키가 크고 마른 체격. 내려다보는 각도와 모자 탓에 얼굴은 보이지 않았다.

"누구를 기다리나?"

지금부터 놀러 가기에는 늦은 시각이지만.

도가를 보니, 쌍안경을 눈에 대고 있었다. 야조회라는 글자가 적혀 있는 걸로 보아 통로에 놓여 있었던 모양이다.

"한 명 더 나타났어요. 저건…."

한밤중에도 눈에 띄는 금발. 구레하와 함께 세미나실에 왔던 기요다. 카메라는 들고 있지 않았다. 주머니에 양손을 넣고 마른 체격의 남자에게 다가갔다.

광장 중앙 부근에서 두 사람은 마주 보고 무언가 이야기하기 시작했다.

"안 들리네요" 하고 도가가 중얼거렸다.

"우리도 내려갈까?"

"조금 더 상태를 살펴보죠."

지지직하고 매미가 우는 듯한 소리가 천장에서 들렸다. 형광등의 수명이 거의 다 된 모양이다. 아래층의 두 사람은 움직이지 않았는데, 서로 견제한다기보다 대화를 계속하고 있는 것일 테다.

구레하가 지정한 시각에 만난 두 사람. 이번 일과 무관하다고 생각되지는 않는다. 당초의 내 예상이 맞는다면, 두 사람이 구레하의 협력자일지도 모른다.

그때, 기요가 주머니에서 무언가를 꺼냈다.

"USB 메모리예요."

쌍안경을 든 도가가 말한다.

마른 체격의 남자가 커다란 움직임을 보인 것은 그 직후였다.

약간 떨어진 거리를 단숨에 좁혀서, 기요가 내민 오른손을 붙잡았다. 오른손에는 USB 메모리를 들고 있었다. 뺏으려는 건가. 다른 한 팔도 뻗어서 기요의 움직임을 봉쇄하려고 하는데, 남자의 몸이 둥실 공중에 떠올랐다.

순식간에 벌어진 일이라, 기요가 남자를 내동댕이쳤다는 사실을 뒤늦게 깨달았다.

"앗!"

놀란 도가의 목소리.

남자는 낙법 자세를 취하지 못하고, 지면에 부딪혔다.

일어선 남자가 기요에게 덤벼들었지만, 몇 초 뒤에는 다시 지면에 납작 엎드려 있었다. 불필요한 움직임이 전혀 없는데, 기요는 격투기 경험이라도 있는 것일까.

실력 차이를 깨달았는지, 남자는 뒤돌아서 달아나기 시작했다.

출구로 향하던 남자는 어째서인지 방향을 바꿔 계단을 오르기 시작했다. 다시 말해, 우리가 웅크리고 있는 장소로 다가오고 있었다. 도망갈 길이 없는 방향을 향하는 것이다. 무슨 일을 저지를지 모른다. 상황을 제대로 파악하지 못한 채 도가 앞에 서서 무기가 될 만한 것을 찾았다.

집게는 도움이 되지 않는다. 입간판이라면 들 수 있을 것 같았다.

숨을 헐떡이는 남자와 눈이 마주쳤다. 본 적 없는 얼굴이었다.

"고조 선배, 조심해요."

뒤를 한 번 돌아본 남자는 우리 옆을 통과해 빠져나가려고 했다.

"위험해!"

도가가 큰 소리로 외쳤다.

초조함과 어두운 시야 때문에 못 보고 놓쳤을 것이다. 벽 쪽에 놓인 바비큐 화로로 전속력으로 돌진한 남자는 철망을 날려버렸다. 둔탁한 소리와 새된 비명이 잇달아 울려 퍼졌다.

남자는 바닥과 세 번째 인사를 나누었다. 화로에서 굴러떨어진 철망을 오른손으로 짚고, 말로 표현할 수 없는 비명을 질렀다. 우리가 몇십 분이나 달구고 있었기 때문에 상당한 고온에 도달해 있었을 것이다.

상의를 잡아당기는 손길에 시선을 돌리자, 도가가 지면을 가리키고 있었다.

"저거…."

그곳에는 구운 바나나가 무참한 모습으로 짓밟혀 있었다.

"이제 못 먹겠네."

"바나나 껍질을 밟고 미끄러진 사람은 처음 봤어요."

화로에 돌진해서 넘어진 것이지, 바나나 껍질에 발이 미끄러지지는 않았다.

"괜찮으세요?"

금발을 휘날리며 다가온 기요가 남자를 내려다보면서 우리에게 물었다. 부실 앞에 있는 나와 도가를 보고도 놀란 기색은 보이지 않았다.

"네. 저 사람은 무사하지 않아 보이지만."

"자업자득이에요."

기요의 등 뒤에서 카메라를 든 여성이 모습을 드러냈다. 모자를 쓰고 머리를 뒤로 묶고 있어서, 고구레 하나라는 것을 알아차리는 데 시간이 걸렸다.

"안에서 이야기하시죠." 구레하가 미소 지으며 말했다.

녹색 크로마키 배경. 기요가 남자를 파이프 의자에 앉혔다. 코피를 흘리고 있고, 화상 때문에 아파서인지 얼굴을 찡그리고 있었다. 그럼에도 잘생긴 외모라는 것은 알 수 있었다.

서서히 상황이 이해되기 시작했다.

"한 가지 제안을 해도 될까요?"

나는 기요에게 말을 걸었다.

"말씀하세요."

"저 사람의 오른손 화상과 코피를 치료하지 않겠습니까? 이대로라면 감금으로 고소당할 수도 있어요. 치료하려고 데려왔다든가 하는 구실을 준비해두는 편이 좋습니다."

다섯 명이 방에 들어오고 나서 구레하가 문을 잠갔기 때문에 충고했다. 방 안에 있는 사람이라면 문을 열 수 있지만, 쉽게 놓아줄 생각은 없다는 의사 표명일 테다.

"알겠습니다."

낮은 목소리로 승낙한 기요는 티슈로 남자의 코를 여러 번 닦고, 냉동고에서 봉지에 든 얼음을 꺼내 오른손에 대고 눌렀다. 적절한 치료라고는 할 수 없지만, 아무것도 안 하는 것보다는 나을 터였다.

기요가 치료하는 동안 도가는 내내 휴대전화를 만지고 있었다.

"가린, 어디까지 알고 있어?"

묶었던 머리를 푼 구레하가 물었다.

"이 사람이 누구고, 구레하가 무엇을 했는지."

얼굴을 든 도가가 대답했다.

"그럼 설명해줄래?"

도가는 치료를 마친 기요가 손에 들고 있는 카메라를 힐끔 쳐다봤다.

"촬영할 생각이지?"

"가린이 오지 않았다면, 내가 카메라 앞에서 말했을 거야. 하지만 제삼자가 진상을 밝혀주는 편이 좋지. 이기적이지만, 내 부탁을 들어주지 않을래?"

어딘가 슬픈 듯이 도가는 미간을 찌푸렸다.

"말려도 소용없겠지?"

"미안. 카메라는 신경 쓰지 말고, 편하게 얘기해. 편집은 하겠지만… 나한테 유리하게 잘라내거나 하지는 않을게."

이 방에 데려온 후로도 남자는 몇 번이나 도주를 시도했지만, 기요의 힘에는 상대가 되지 않아서 지금은 말없이 의자에 앉아 있었다. 이따금 우리를 노려보고 욕설을 퍼붓는 정도였다.

구레하가 카메라 버튼을 눌렀다.

도가는 한숨을 내쉰 뒤 설명을 시작했다.

"페이서로 검색했는데, 가잔대 경제학부 '이코노미스트' 고구레 하나의 음란한 모습이 찍힌 영상을 발견했다. 이 트윗에 이번 사건의 수수께끼가 다 담겨 있어. 유튜브나 독자 모델 활동에서는 구레하라는 이름을 쓰는데, 어째서 풀네임이 적혀 있는지, 실제 지인이나 친구가 투고자라면, 어째서 페이서로 찾아봤다고 거짓말을 했는지…. 모든 가능성을 검토한 결과, 구레하의 자작극이라는 결론에 다다랐어."

"스스로 자신의 리벤지 포르노를 퍼뜨렸다는 말이네."

구레하가 대답하고, 그 모습을 조금 떨어진 곳에서 기요가 촬영했다.

"나는 친구로서… 예를 들면, 고작 채널 구독자 수를 늘리기 위해서 구레하가 그런 자폭 테러 같은 일을 했다고는 믿을 수 없었어."

"하지만 지금은 믿고 있지."

"필사적으로 생각한 끝에 겨우 알아냈어. 그건 협박장이었지?"

주위를 둘러본 뒤 도가는 말을 이었다.

"퍼져 나간 트윗은 수많은 사람이 보게 돼. 하지만 구레하가 정말 그 트윗을 보내고 싶었던 건 오직 한 사람. 그 사람이 보면 협박문으로 읽히는 문구로 되어 있었어."

"누가 진정한 수신자였다고 생각해?"

도가는 방에 있는 사람을 차례로 응시했다.

"거기 앉아 있는 남자. 저 사람이 료지?"

"맞아. 일 년 전 호텔에서 나를 도촬하고, 그 동영상을 인터넷에 공개한 범인. 계속 찾고 있었는데, 드디어 발견했어."

그렇구나…. 이제야 사건의 전모가 보였다.

영상을 보게 될 시청자를 의식해서인지, 구레하가 료와의 관계를 보충 설명했다.

"데이트 앱에서 알게 됐고, 처음 만난 날 바로 나를 호텔로 데려갔어. 그래서 본명도, 주소도, 연락처도, 그가 누구인지 알 수 있는 정보는 아무것도 없었어. 얼마 뒤에 내 동영상이 인터넷에 올라왔다는 사실을 알았어. 기요가 발견하고 내게 알려줬거든."

본인에게 확인하는 것도 용기가 필요한 행동이었을 테다.

동영상을 본 구레하는 얼마나 수치스러웠을까. 상상도 되지 않는다.

"고조 선배, 리벤지 포르노는 어떤 범죄에 해당한다고 했죠?"

"도촬은 민폐 행위 방지 조례 위반, 인터넷 공개는 외설 전자적 기록 매체 진열죄."

"맞아요. 하지만 구레하는 료를 찾을 수 없었어. 데이트 앱에서도 차단당하고, 개인정보는 닉네임밖에 몰랐으니까."

"경찰에 상담했지만, 상대해주지 않았어."

구레하가 말했다.

"그래서 도촬범 찾기는 포기했다고, 우리는 착각하고 있었어."

애초에 전제부터 틀렸던 것인가. 도가는 구레하를 바라보았다.

"트윗에서 확산된 구레하의 동영상은 한 달 전에 올라온 것이었어. 도촬 시기와 공개 시기가 다른 이유는 삭제와 재업로드가 반복되었기 때문이고, 동영상 자체는 원본 데이터를 돌려쓰고 있다. 이것 역시 우리의 착각이었어."

"가린도 동영상은 봤지?"

"응. 처음 몇 분만. 이번 동영상에서 구레하의 얼굴은 분명히 나오는데, 상대방 얼굴에는 조잡한 모자이크가 걸려 있었어. 나는 비겁한 놈이라고 욕했어. 하지만 **원본 데이터에는 모자이크가 존재하지 않았던 거야**."

"정답."

구레하가 고개를 끄덕였다.

맹점이었다. 아니, 구레하가 교묘하게 유도했다.

최초에 공개된 동영상에는 구레하의 얼굴뿐만 아니라 료의 얼굴도 나와 있었다. 그 동영상을 저장해서 모자이크 처리를 한 뒤 재업로드한 인물이 있다.

"최초의 동영상을 본 구레하는 료의 얼굴을 파악하고 있었어. 그리고 그 데이터를 이용해서 료의 정체를 알아냈어."

"일 년 전에는 불가능했지. 줄곧 기다리고 있었어."

일 년 사이에 상황이 크게 달라졌다.

"료는 데이트 앱 프로필에 독자 모델을 하고 있다고 적어뒀었어. 독자 모델 수는 밤하늘의 별만큼이나 많아. 아니, 그건 좀 과장일 수도 있지만… 하여튼 료가 실린 잡지를 찾는 건 쉬운 일이 아니야. 서점에 서서 손에 잡히는 대로 패션잡지를 읽어댔지만 찾지 못했어. 허세 부리려고 거짓말한 게 아닐까 의심했을 정도야."

료는 구레하를 노려볼 뿐 입은 열지 않았다.

"한 달 전, 마침 모자이크 처리된 동영상이 공개된 것과 같은 시기에 페이서의 대형 업데이트가 있었지. AV 여배우 검색 기능의 충격이 너무 커서 잊히기 쉽지만, 추가된 기능이 하나 더 있었어. 남성 검색 기능이고, 그 안에는 독자 모델도 포함되어 있었어. 즉 남성의 얼굴 사진으로도 이름을 찾을 수 있게 되었어."

리벤지 포르노, 트윗 문구, 모자이크 처리. 그 인상이 강해서 페이스 서치로 검색된 사람은 구레하라고 단정하고 말았다.

하지만 원본 동영상에는 두 사람의 얼굴이 찍혀 있었다.

"기요 씨가 치료할 때, 저 사람 얼굴을 몰래 찍어서 페이서로 검색했어요. 시바사키 료지. 본명이 아닐 수도 있지만, 료가 아무렇게나 갖다 붙인 이름은 아니었네요."

휴대전화 화면에는 페이스 서치의 검색 결과 화면이 아니라, 기획사에 소속된 모델의 프로필이 표시되어 있었다. 시바사키 료지. 눈앞의 남성에게 꾸며낸 듯한 상큼함이 더해진 홍보 사진이었다. 나이는 열아홉 살, 주된 활동은 패션 스냅이라고 적혀 있었다.

"동영상을 캡처해서 페이서로 검색한 거지?"

도가의 질문에 구레하는 미소를 돌려줬다.

"응. 언젠가 남성 버전 검색 기능도 추가되리라 믿고, 최초의 동영상이 삭제되기 전에 다운로드해뒀었어. 업데이트된 날 바로 검색했지. 잡지를 몇백 권이나 읽어도 찾을 수 없었는데, 한순간에 이름을 알 수 있었어. 우습더라."

일 년 가까이 찾아 헤맨 이름을 페이스 서치가 밝혀냈다.

"그 시점에 리벤지 포르노의 범인은 밝혀졌어. 고조 선배가 알려준 범죄가 성립하니까, 경찰에 상담했다면 조치를 취해줬겠지. 하지만…."

"네 생각대로야."

"남자 얼굴에 모자이크 처리를 한 동영상을, 구레하는 스스로 공개했어."

"응, 맞아."

그때 시바사키 료지가 어깨를 들썩이고 웃으며 말했다.

"걸작이지. 재는 자기 섹스 장면을 스스로 만천하에 공개한 거야. 일부러 내 얼굴을 숨기고, 자기 얼굴만 봐달라는 듯이. 어때, 만족스러웠어?"

카메라를 내린 기요를 구레하가 오른손으로 제지했다.

파이프 의자에 앉은 시바사키에게 다가가, 구레하는 낮은 목소리로 말했다.

“상상력이 부족한 원숭이다운 감상이네. 열아홉 살인 너는 체포되어도 실명이 보도되지 않아. 만일 재판 전에 성인이 된다 해도, 일단 초범이 교도소에 들어갈 일은 없지. 내가 그따위 처분으로 만족할 리 없잖아. 네 인생을 망칠 수 있다면, 벌거벗은 몸이든 섹스든 다 공개할 거야. 어차피 네가 한 번 퍼트렸었으니.”

“뭐? 나는 바로 삭제했어. 본 놈도 거의 없다고.”

자기 얼굴이 선명히 찍혔다는 사실을 알고, 황급히 삭제한 것일지도 모른다.

“열세 번. 무슨 횟수인지 알아? 내가 확인한, 그 동영상이 다시 올라온 횟수야. 삭제한 걸로 안심해서 너는 그 후에 어떻게 됐는지 확인도 안 했지?”

“다시 올린 놈을 욕하라고.”

원본 동영상이 공개되지 않았다면, 다시 올라올 일도 없었다.

“나는 매일같이 검색했어. 그런데도 발견할 수 있었던 건 극히 일부겠지.”

“어지간히 한가하네.”

“발견할 때마다 사이트 운영자에게 사정을 설명하고 삭제해달라고 부탁했어. 삭제해준 곳도 있지만, 무시당한 경우가 훨씬 많아. 해외 사이트는 문의조차 못 해. 변호사에게 의뢰하면, 비용이 수십만 엔이나 들어.”

무법률에 상담하러 왔을 때, 구레하는 내내 적절한 질문을 던졌다. 자신의 명예를 회복할 방법을 찾기 위해 아마 사전에 조사하고 지식을 갖춘 상태였으리라.

"자의식 과잉이야."

"인터넷에 공개된 동영상은 평생 남아 있어. 가벼운 마음으로 모자이크도 없이 공개했다가, 무서워져서 금방 삭제했지? 원숭이보다 못한 지능이라, 시도하기 전에 상상하고 멈추지도 못하겠지. 너는 본능으로 움직이는 멍청이니까."

"닥쳐."

구레하는 료를 향해 한층 더 얼굴을 가까이 들이댔다.

"상대는 여자야. 때려서 죄를 더 무겁게 해보렴. 내 말 잘 들어. 너를 찾을 때까지 나는 혼자 절망할 수밖에 없었어. 하지만 지금은 같이 지옥에 떨어지는 방법이 수도 없이 떠올라. 너, 위자료 낼 돈도 없지? 그러니까 내가 전부 다 빼앗아줄게."

"헛소리하지 마…."

"목소리가 떨리네. 쫄았어?"

파이프 의자를 뒤로한 구레하는 도가를 향해 미소 지었다.

"미안, 가린. 계속 얘기해."

"으, 응."

마음을 진정시키려는 듯 도가는 크게 숨을 들이마셨다.

"트윗을 올린 시점에 구레하는 료의 정체를 파악하고 있었어. 모자이크 처리가 된 동영상만 본 사람은, 페이서로 찾아본 것은 구레하의 사진이라고 생각하겠지. 하지만 원본 동영상의 존재를 아는 료는 달라. 트윗 문구를 보고, 누군가 페이서로 자신의 얼굴 사진을 검색하면, 과거의 범죄가 파헤쳐지리라는 사실을 깨달았어."

문구, 동영상, 데이트 앱. 모든 것이 협박문의 역할을 하고 있었다.

"트윗의 확산과 발신자 정보 공개 청구의 존재를 밝히기 위해, 무법률에 와서 영상을 촬영했어. 고조 선배의 설명을 도중에 끊고, 투고자를 간단히 찾아낼 수 있는 절차가 존재하는 것처럼 보여줬어."

"제멋대로 끌어들여서 죄송합니다."

구레하의 사과에 나는 아무 말도 할 수 없었다.

그녀가 발신자 정보 공개 청구를 진행한다는 전제하에 나는 절차의 흐름을 소개했다. 본인이 투고자일 줄은 상상도 못 했기 때문이다. 동영상을 본 료도 그렇게 생각했을 것이다.

"구레하는 어제, 조금만 더 있으면 투고자를 찾아낼 수 있다고 보고하는 영상을 올렸어. 그 후에 트윗을 투고한 계정으로 시바사키 료지에게 연락한 거 아냐?"

"그의 계정에 DM을 보냈어."

"거래를 제의했지?"

"응. 이코노미스트 영상 주소를 보내고, 사정을 설명했어. 물론 자작극이라고 밝히지는 않았어. 통신회사에서 연락이 와서 발신자 정보를 공개한다고 통지받았다. 수중에 모자이크가 없는 동영상이 있다. 이게 고구레 하나에게 넘어가면 곤란하지 않겠냐. 10만 엔에 데이터를 팔겠다고 제안했더니 덥석 물더라고."

시바사키는 자신이 공개한 동영상을 단기간에 삭제했으니, 더 이상 인터넷상에 남아 있지 않을 거라고 낙관하고 있었다. 영상을 저장해둔 인물이 나타난 것은 예상 밖이었지만, 그 데이터만 지워 없애면 문제가 해결되리라 생각했을 것이다.

"아까 본 장면은, 동아리동 일 층에서 거래가 이루어지는 현장이었어. 힘으로 USB 메모리를 빼앗으려다가 반격당했지. 그리고… 지금에 이르렀어. 리벤지 포르노 범인을 끌어내서 복수한다. 전부 그러기 위해 고안된 시나리오였어."

"훌륭해."

구레하의 박수가 허무하게 울려 퍼졌다.

"도저히 용서할 수 없었어. 가벼운 마음으로 호텔에 따라간 게 실수였다는 건 나도 알아. 하지만 설마 도촬당할 줄은 몰랐어. 기요가 동영상의 존재를 알려줬을 때, 끝났다… 그냥 그 생각밖에 안 들었어. 모르는 체하지만, 가족도, 친구도, 다들 본 거 아닐까. 정말 무서웠어."

"구레하…."

도가가 금방이라도 울 듯한 표정으로 구레하를 바라보았다.

"페이서로 이름을 알고, 어떤 처분을 받게 되는지 조사하고 나서, 내 손으로 매듭지어야겠다고 결심했어. 지난번에 올린 영상은 조회 수가 오십만을 넘겼어. 기요의 메치기, 범인의 꼴사나운 자기변호, 가린의 수수께끼 풀이, 고구레 하나의 폭주…. 이번 영상은 볼거리가 넘쳐나. 섬네일도, 편집도 최선을 다할 거야. 조회 수가 얼마나 나올지 기대되네."

구레하가 하려는 것은 사적 제재다.

법을 배운 사람으로서 올바른 행동이라고 받아들일 수는 없다. 경찰에 신고해서 처분을 맡기고, 훼손된 명예는 재판에서 손해배상을 청구한다. 구레하가 무법률에서 진상을 밝혔다면, 나는 마땅히 취해야 할 절차를 조언했을 것이다.

하지만 어느 정도의 형벌이 부과될지, 받을 수 있는 배상액이 얼마일지도 쉽게 상상이 간다.

그것이 정녕 구레하가 입은 피해에 걸맞은 처벌이라고 할 수 있을까?

"이렇게 빌게. 제발 하지 마."

자신의 인생을 더럽힌 범인을 향해 구레하는 미소를 지었다.

"그만둘 리가 없잖아. 내 복수는 이제 시작인데."

막간

모두의 편

“너희 엄마, 범죄자 편이지?”

그렇게 말하며 걸레를 집어 던진 남자애와 크게 싸운 것은, 아마 중학교 2학년 때였을 것이다. 제대로 반박하지 못하고, 먼저 손을 대고 말았다.

스토커 피해에 시달리던 여대생이 살해당하는 큰 사건이 일어났고, 어머니가 범인의 변호를 맡았다. 세간의 주목을 받은 재판원 재판°의 동향은 연일 보도되었고, 반 친구들은 변호인석에 앉은 내 어머니의 존재를 알아차렸다.

범죄자 편. 그냥 넘어갈 수 없는 말이었다.

싸움의 경위를 알게 된 어머니는 기막혀하거나 화내지 않고, 내 머리를 쓰다듬으며 웃으셨다.

“나는 그저 약자의 편을 들고 싶을 뿐이란다.”

체포되거나 기소된 시점에서라면 범죄자라고 확정된 것은

° 국민 중에서 선정된 재판원이 형사재판에 참가하는 제도. 한국의 국민참여재판과 유사하다.

아니다. 사건의 진상을 밝히기 위해, 누군가는 피고인 편에 서야 한다. 그런 교과서적인 이유를 말한 뒤, "이렇게 설명해서는 아무도 납득 못 하겠지"라며 어머니는 미소 지었다.

"유죄율 99.9%. 뉴스를 본 사람 대부분이 그가 범인이라고 확신하고 있어. 유키나리는 어떻게 생각하니? 아, 말하지 않아도 괜찮단다. 생각은 자유니까. 온 세상 사람을 적으로 돌린 듯한 상황이야. 그렇다면 나 하나쯤은 편을 들어줘도 괜찮지 않을까?"

유창하게 말하는 어머니의 설명이 마음에 와 닿았다.

그 사건에서 피고인은 무죄를 주장하고 있었다. 구체적인 내용까지는 기억나지 않지만, 억지스러운 주장처럼 느껴져서 어머니의 속마음을 여쭤봤다.

"그렇게 느끼는 것도 네 자유란다. 어쩌면 나도 같은 의견일 수도 있고. 하지만 자신의 느낌이 반드시 맞는다고 확신해도 되는 건, 전지전능한 신뿐이야. 아쉽게도 우리는 평범한 인간이라서 그의 주장이 틀렸다고 단언할 수는 없단다."

그렇다면 판사는 어떻게 결론을 내리는지 묻자, "나도 궁금하니까 아버지한테 물어보렴" 하고 단신 부임 중인 아버지에게 대답을 위임했다.

어머니는 사건을 가리지 않고 맡았고, 막다른 길에 처한 이웃 간 분쟁이나 관련자 전원이 나쁜 놈 같은 금전 문제도 멋지게, 때로는 치열하게 해결해나갔다.

"어떤 사건이라도 변호사는 한 가지만 생각하면 돼. 어떻게 하면 의뢰인에게 최대의 이익을 가져다줄 수 있을까. 돈인가, 명예인가, 인간관계의 리셋인가…. 목표를 확인했으면, 힘차게 달려나가면 된단다. 설령 길이 없다 해도 끝까지 완주하면 이기는 거니까."

어머니가 운영하는 법률사무소에 들렀을 때, 몇 번인가 상담받으러 온 사람들을 본 적이 있었다. 상담 자리에는 당연히 동석할 수 없었지만, 긴장된 얼굴로 찾아온 고객이 중압감에서 해방되었다고 가슴을 쓸어내리던 모습은 인상에 남아 있다.

"자신이 나아갈 길은 스스로 결정하렴."

다음 날. 어머니의 가르침에 따라, 나는 싸움 상대였던 남자애에게 사과했다. 먼저 때린 내가 잘못했음을 인정한 뒤, 하루 늦게 그의 말을 반박했다.

내 어머니는 정의의 편이라고.

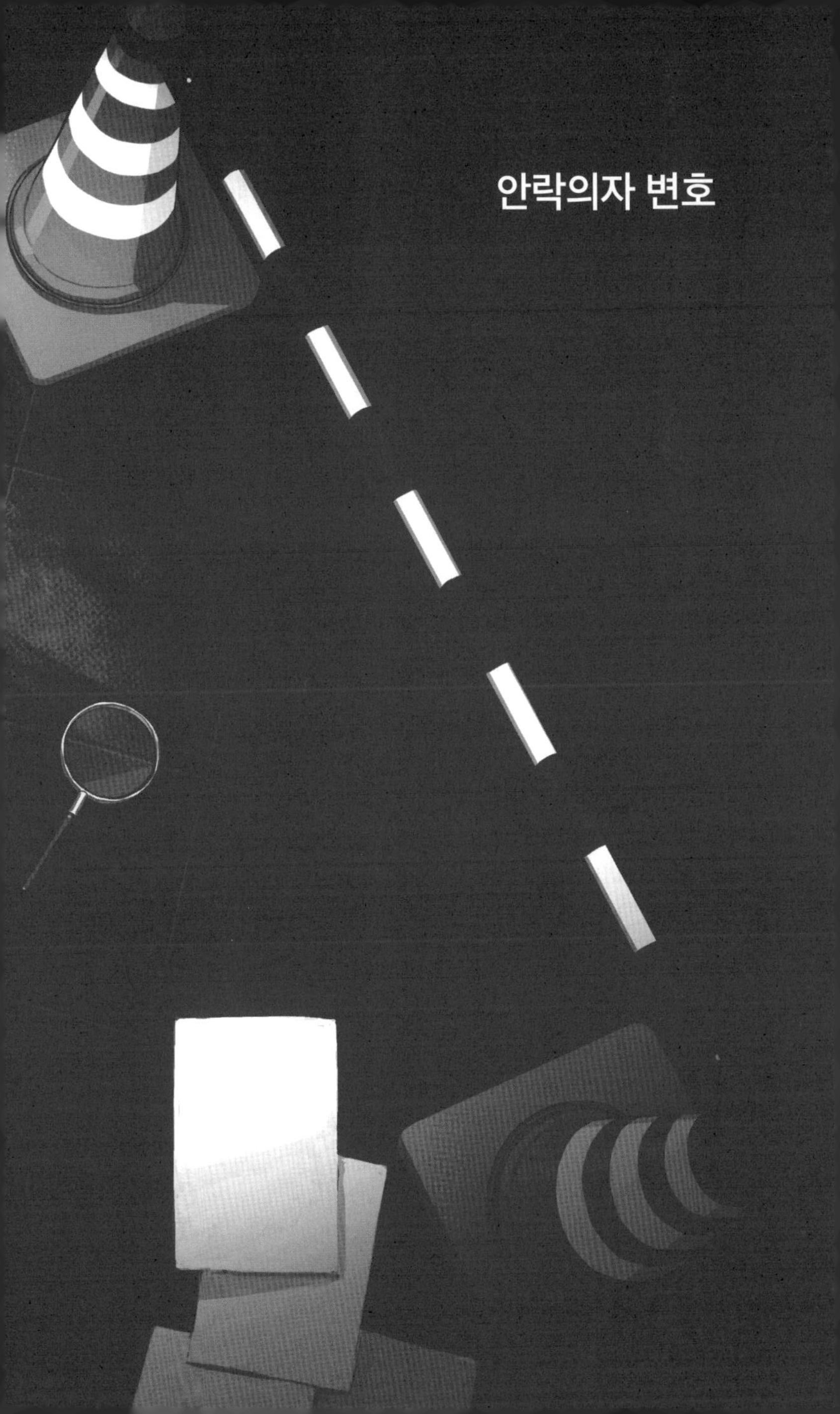

안락의자 변호

1

"오법도, 칠법도 아니고 육법인 이유가 있나?"

미후네 노보루는 케이스에 든《육법전서》를 손가락으로 툭 치며 내게 물었다.

궁금하게 여긴 적도 없었지만, 새삼 생각해보면 반드시 육법이어야 할 필연성은 없다. 이유가 뭐였더라… 머릿속 지식을 탐색한다.

시치미토가라시° 나 십육차는 원재료의 수다. 그렇다면《육법전서》는?

"육은 완전수지." 떠오른 단어를 입에 담는다.

일 더하기 이 더하기 삼. 자기 자신을 제외한 약수를 모두 더하면, 자기 자신이 되는 자연수.

"육 다음은 이십팔, 사백구십육, 팔천백이십팔…. 그다음은 여덟 자릿수가 될 때까지 발견되지 않아."

미후네는《육법전서》케이스를 앞뒤로 흔들며 줄줄 읊었다.

° 고추를 주재료로 하여 일곱 가지 향신료를 조합한 일본의 조미료.

"그걸 어떻게 다 기억해?"

"여덟 자릿수까지는 못 외워. 그런데 완전수와 법률이 관련 있는 거야?"

"아니, 시간을 벌려고 대충 대답했어."

케이스가 책상 위에 쓰러지면서, 책 무게라고는 생각되지 않는 소리가 났다.

칠천 페이지 가까이 되는《육법전서》는 평소 사용하기에는 적합하지 않고, 본령을 발휘하는 것은 비닐 시트의 누름돌 대용으로 쓸 때라고 어느 부교수가 말했다.

미후네는 휴대전화를 꺼내 들고, "무지를 인정하고 구글로 찾아보는 것도 지식인에 한 걸음 다가서는 일이야"라고 말했다.

"조금만 더 있으면 기억날 것 같아."

"그럼, 소수를 세면서 기다려주지."

오른쪽만 긴 비대칭 앞머리를 만지작거리며 미후네는 턱을 괴었다. 오른쪽 눈은 완전히 가려져 있고, 머리를 짧게 친 왼쪽 귓불에는 고리 모양 피어싱이 달려 있었다.

무료 법률 상담소 세미나실에서 우리는 마주 보고 있었다. 오후 여섯 시 반. 창밖은 완전히 어두워졌다. 붉게 물든 중정의 느티나무 잎이 지면, 이윽고 겨울이 찾아올 것이다.

그래, 혁명법제사 강의에서 부교수가 언급했었다.

구십칠까지 진행된 미후네의 소수 카운트를 중지시켰다.

“오래 기다렸어. 오늘날의 일본 법률은 메이지 시대[°]에 만들어진 것을 바탕으로 하고 있는데, 당시 나폴레옹이 제정한 다섯 개의 법전을 참고했다고 해.”

전쟁 영웅의 이미지가 강한 나폴레옹이지만, 내정 개혁에서도 법전 제정이라는 큰 실적을 남겼다. 프랑스 혁명 이후 제정된 민법, 민사소송법, 상법, 형사소송법, 형법을 ‘나폴레옹 오법전’이라 부르고, 거기에 헌법을 더해서 ‘육법’이라 총칭했다.

거기까지 설명하자, 미후네는 고개를 갸웃했다.

“왜 나폴레옹은 헌법을 포함하지 않았지?”

“프랑스 혁명에 마침표를 찍고, 새 정부와 헌법을 만든 후에 오랜 시간을 들여서 오법전을 편찬했어. 시기가 조금 다르기도 하고, 국가 권력을 제한하는 헌법은 특별해서 아닐까?”

정확한 지식은 아니지만, 터무니없는 억측도 아닐 것이다.

“흠. 너무 마니악해서 소개팅 때 들려줄 얘깃거리로는 못 쓰겠네.”

“그러면 완전수에서 유래했다고 거짓말하면 돼.”

미후네는 이학부 수학과 4학년이다.

“메이지 시대면… 백 년이 넘었잖아. 육법의 면면은 안 바

° 1868~1912년.

꿔었어?"

"법률 수는 점점 늘어서, 지금은 이천 개 가까이 된다더군."

"엄청나네."

미후네는 《육법전서》를 멀리 떨어뜨려놓았다. 《육법전서》라고 해도 팔백 개 정도밖에 수록되어 있지 않다.

"하지만 주요 법 분야는 지금도 변함이 없어. 굳이 꼽아본다면, 행정법이 일곱 번째가 되지 않을까? 사법시험에서도 육법과 행정법이 필수과목이거든."

"그런데도 '칠법전서'로 바뀌지는 않는 거야? 행운의 칠 쪽이 더 좋은데."

어감이 별로인 듯한 느낌이 들지만, 그저 익숙하지 않기 때문일지도 모르겠다.

"육법과는 달리 행정법이라는 법률은 존재하지 않아. 국가배상법, 행정절차법, 행정사건소송법처럼 행정에 관한 법률을 묶어서 행정법이라고 부르는 거야."

미후네가 감탄했다는 듯이 고개를 끄덕였다.

"오. 수학과, 물리학과, 우주지구물리학과, 화학과, 생물과를 다 합쳐서 이학부라고 부르는 것처럼 말이지?"

핵심을 꿰뚫었는지 아닌지 애매한 비유라서 반응하기에 난감했다.

미후네는 "고조 같은 법률이네"라고 내 이름을 언급하며 웃었다. “고조 유키나리. 행정법을 구현한 아이로 자랐으면 하는 마음에 부모님이 그런 이름을 붙인 것일지도 몰라.”

“그게 어떤 앤데.”

‘교세°’라고 놀림 받았던 고등학생 시절을 떠올렸다.

“사회에서 중요한 역할을 하는 존재지만, 실체를 파악할 수 없지.”

“이름에 그렇게 구체적인 바람을 담는다고?”

“네가 딱 그대로 자랐잖아.”

어디에나 있는 평범한 법학부생이다. 사회에 영향을 끼친 경험 따위 없다.

“슬슬 회의나 시작하자.”

인사 대신 나눈 잡담치고는 시간과 에너지를 너무 썼다.

전문서가 즐비한 책장에서 파일을 꺼내 책상 위에 올려놓았다. 미후네는 캔 커피를 마시며 휴대전화를 보고 있었다. 몇 번째인지 모를 만큼 회의를 거듭했고, 새삼 파일을 열지 않아도 사건 내용은 머릿속에 다 들어 있었다.

“다음 주 재판 말인데.”

본론을 꺼냈을 때, 문이 난폭하게 열렸다. 노크도 하지 않고, 조용히 문을 여는 법도 모른다. 이 조건에 해당하는 침입자는

° 유키나리(行成)의 한자를 다르게 읽은 것. 일본어의 ‘행정’과 발음이 동일하다.

한 명뿐이다.

"어, 손님이다."

검붉은색 추리닝에 후드티를 입은 도가 가린은, 나중에 다시 온다는 선택지를 지워버리고 안으로 들어왔다. 미후네는 흥미로운 얼굴로 방문객을 쳐다보았다.

"처음 뵙겠습니다. 무법률의 조수를 맡고 있는 도가입니다."

"수학과의 미후네라고 해요. 조수라… 흐음."

"멋대로 자칭하고 있을 뿐이고, 애초에 법학부생도 아니야."

내가 지적하자, "타 학부라도 자율 세미나에는 들어갈 수 있대요" 하고 도가는 입을 삐죽 내밀었다. "법률 상담이라면, 조수도 같이 들어도 될까요?"

미후네를 한 번 본 다음, 대답도 듣지 않고 다가오는 도가를 말로 제지했다.

"안 돼. 복잡한 사건이야."

"더더욱 신경 쓰이네요."

"내 말 안 들으면, 앞으로 출입 금지야."

"횡포예요."

"뭔가 재미있을 것 같은 친구네. 나는 상관없어."

미후네가 미소 지으며 말했다.

이번 일에는 관여시키고 싶지 않았지만, 사정을 숨기고 돌려보낼 구실도 떠오르지 않았다.

"… 미후네가 그렇게 말한다면 어쩔 수 없지."

"고조 선배가 다른 사람을 그렇게 친근하게 부르는 건 처음 들었어요. 친구분이세요?"

"같은 고등학교였어."

문과와 이과라서 반은 달랐지만, 입시 준비를 하면서 방과 후 수업에서 자주 얼굴을 마주쳤다. 가잔대를 준비하는 학생이 나와 미후네밖에 없었기 때문이다.

"고등학생인 고조 선배라니, 전혀 상상이 안 돼요."

"그다지 안 변했어. 콘택트렌즈로 바꾼 정도?" 미후네는 그렇게 말하고 나서 "그러고 보면 고등학생 때부터 법을 잘 알았지"라고 쓸데없는 말을 덧붙였다.

"그때부터 법률 기계의 싹이 보였었군요."

"법조인 집안이라서 그래. 그것보다…."

화제를 전환하려고 했지만, 미후네가 도가의 말에 반응하고 말았다.

"별명이 법률 기계야?"

"네. 정에 호소해도 법적인 해석을 우선하며 논파한다. 슬픔에 공감받지 못해서 눈물 흘린 상담자가 셀 수 없다. 심지어 무법률에서 세미나생들이 나간 이유도, 고조 선배와 법률 배틀을 해서 졌기 때문이라는 소문이에요."

"도가, 제발 입 좀 다물어."

"농담이에요. 이제야 나한테도 좀 편하게 말하네요?"

역시 도가의 동석을 허락하는 게 아니었다. 평소라면 농담으로 흘려듣겠지만, 이번에는 관계자가 정면에 앉아 있다.

미후네를 바라보자, 조금 전과 다른 종류의 미소를 짓고 있었다.

"이 세미나에서 사람들이 떠난 건 나 때문이야."

"네?"

도가가 되물었다.

"내가 무법률에 성가신 상담 거리를 가지고 왔고, 그 일을 맡은 고조가 종언제 집행위원회를 고소했어. 작년에 있었던 작은 화재 소동, 몰라?"

멈출 새도 없이 미후네는 사건의 핵심과 관련된 단어를 입에 담았다. '종언제'는 가잔 대학교 축제의 통칭이자, 나와 도가가 만난 계기가 된 이벤트이기도 하다.

도가는 당황한 표정으로 미후네를 응시했다.

"여러모로 오해의 여지가 있는 말이야." 내가 설명할 수밖에 없겠다. "집행위원회에 대한 재판을 제안한 건 사실이지만, 나는 변호사 자격이 없으니 고소한 사람은 미후네고, 나는 그저 도와줄 뿐이야. 게다가 사람들이 무법률을 떠난 데는 그 외에도 원인이 있고, 오두막이 전소했으니 작은 화재가 아니야."

"변함없이 꼼꼼하네" 하고 미후네가 쓴웃음을 지었다.

“처음에 오류를 지적해두지 않으면, 착각이 더 큰 착각을 불러일으켜서 폭주하게 돼.”

“그런 이유로, 도가 씨, 이 건은 작년 종언제부터 시작해서 일 년 넘게 둘이 함께 싸워온 사건이야. 그게, 드디어 클라이맥스에 접어들었어.”

돌이켜보면 일 년이 순식간에 흘러간 것 같다.

법원 판결을 구하는 소송은 시간이 걸릴 수밖에 없다. 초조함에 섣불리 행동하는 일이 없도록 상황을 충분히 검토하고 나서 조금씩 절차를 진행해왔다.

“저기….” 도가가 뺨을 긁으며 입을 열었다. “제가 있을 자리가 아니라는 건 이해했어요. 이 이상 방해하고 싶지 않으니 물러날게요. 정신 사납게 해서 죄송했습니다.”

웬일로 반성하고 있는 모양이다. 간다는데 막을 이유도 딱히 없다.

“고조, 우리도 정보를 정리해야 하지 않을까?”

“나는 다 정리됐어.”

“눈치 없는 녀석일세. 어차피 한가하지?”

“평균적인 학생보다는 바빠.”

졸업에 필요한 학점은 다 땄지만, 기록을 늘리기 위해서 많은 강의를 수강하고 있었다.

오래 알고 지낸 사이이다. 미후네가 무슨 생각인지는 대충 예상이 됐다.

"일단 셋이 저녁이나 먹으러 가자."

미후네가 먼저 소파에서 일어선 바람에 우리는 그를 올려다보는 위치가 되었다. 긴 앞머리가 흔들리면서, 잠깐이지만 가려져 있던 미후네의 오른쪽 눈이 보였다.

도가는 눈치챘을까.

눈에서 뺨까지 새겨진 얼룩덜룩한 화상 자국을.

2

집행위원회라는 말을 들었을 때, 나는 자원봉사 동아리를 떠올렸다.

고등학교에서 경험한 문화제를 상상했기 때문일지도 모른다. 평소에는 닫힌 세계로 존재하는 학교가 부지를 개방해서 외부 사람을 받아들인다. 노점이 늘어서고, 무대에서 다양한 대회가 열린다. 이익은 신경 쓰지 않고, 화려한 추억을 만들기 위한 무대다.

하지만 종언제의 실정은 달랐다. 사흘에 걸친 개최 기간 중 방문객은 삼만 명이 넘고, 총 운영예산은 약 1,000만 엔에 달한다. 집행위원회 스태프는 이백 명가량으로, 기획, 홍보, 회계, 서무, 섭외 등의 부서가 존재하고, 경비 계획 책정부터 자금조달에 이르기까지 대부분의 업무를 대학의 도움 없이 학생들만의 힘으로 해내고 있다.

삼만 명이면, 중규모 야외 페스티벌에도 뒤지지 않는 방문객 수라고 한다. 그런 큰 행사를 책임지고 관리하는 집행위원회는 자원봉사 동아리가 아니라 기업 못지않은 조직력을 갖추고 있다. 실제로 일반 사단법인의 법인격을 취득하고 있다는 사실이 나중에 판명되었다.

법인격의 유무는 단체의 실태를 파악하는 데 있어 큰 의미가 있다.

동아리나 동창회와 같은 임의 단체를 법인화하면 협상이나 거래 시 사회적인 신용을 얻기 쉬워지지만, 대신 번거로운 등록 절차를 거쳐야 하고, 회의록과 결산서 같은 문서의 작성도 요구된다. 내가 조사한 바로는, 법인격을 취득한 임의단체는 극히 일부밖에 없다. 무법률은 말할 것도 없고.

그런 거대 단체를 상대로 나와 미후네가 싸움을 걸었다.

보상하게 만들어야 했기 때문이다.

"추천 메뉴는 스태미너 라면. 사실 그것 말고는 선택지가 없어."

우리는 대학 근처 식당에서 함께 저녁밥을 먹고 있다. 학생 식당은 아니지만, 손님의 팔십 퍼센트는 가잔대 학생으로 보인다. 글자가 번진 메뉴판, 끈적이는 테이블, 불친절한 점원…. 가격과 위치라는 장점으로 학생을 끌어들이는 오래된 식당이다.

나와 미후네는 메뉴판도 펼치지 않고, 면에 시금치를 넣어 만든 스태미너 라면을 주문했다. 대표 메뉴라서 처음 왔다는 도가에게도 권했지만, 초록색 면에 거부감을 보인 도가는 카레 누들을 선택했다.

"이건…."

도가가 놀라움이 섞인 목소리로 중얼거렸다.

결국 도가 앞에 놓인 것은, 카레 안에 초록색 면을 집어넣은 음식이었다. 카레우동처럼 육수에 카레 가루를 푼 모양새도 아니다. 갈색과 녹색의 대비가 절묘했다.

"그래서 말했잖아."

"초록색 면의 세례를 받고 있어요."

도가가 젓가락으로 면을 집어 올렸다.

"다섯 번쯤 오면 맛을 알게 돼."

"그때까지는 고행을 견뎌야 하나요?"

국물 안에 다량의 마늘이 들어 있어 청결한 숨결과 맞바꿔서 몸이 따뜻해진다.

식사 중에는 지금까지 도가가 무법률에 가져온 사건에 관해 이야기했다. 물론 비밀유지의무에 저촉되지 않는 선에서 이야기했지만, 식사 자리에 어울리는 화제는 아니었을지도 모르겠다.

"굳이 따지자면, 고조가 조수 같아"라며 미후네가 느낀 점을 말했다.

"내가 휘말리는 쪽이니까."

"주위 시선도 바뀌지 않았어?"

얼마 전까지는 공기처럼 존재를 무시당하고 있었다.

"빤히 쳐다보는 사람들이 생겼어. 그리고 약간 법률 상담이 늘었고, 그 이상으로 법과 상관없는 문제를 들고 오고 있어."

경제학부 학생이 연루된 사건의 진상을 도가가 밝혀냈고, 그 모습을 촬영한 영상이 유튜브에 투고되었다. 동영상을 봤다는 상담자가 이미 몇 명이나 찾아왔다.

"일 보 전진, 일 보 후퇴군."

"나는 조용하게 활동하고 싶어."

도가에게 시선을 돌리니 카레가 튀지 않도록 신중히 면을 입으로 옮기고 있었다. 그 작업도 오 분 정도로 끝났고, 미후네는 물을 마시고 나서 본론에 들어갔다.

"나도 집행위원회 멤버였는데, 종언제 준비 기간 중에 화재에 휘말렸어."

"작년 화재, 기억났어요"라고 도가가 조심스럽게 말했다.

"종언제 한 달쯤 전에 창고가 불탔었죠?"

"맞아. 집행위원회 사무국 건물에서 조금 떨어진 곳에 비품 보관 창고가 있었거든. 매년 쓰는 간판이나 스태프 점퍼, 그리고 곧 있을 축제 때 사용할 제작 중인 포스터와 팸플릿 같은 것도 거기 놓여 있었어."

그 광경을 떠올리는 듯이 미후네는 꾀죄죄한 식당 천장을 올려다보았다. 전소된 창고는 뼈대도 철거되었기 때문에 지금은 흔적도 없이 사라졌다.

"화재 원인은 뭐였나요?"

"조사 결과로는 트래킹 현상으로 결론이 났어."

미후네의 대답에 도가는 고개를 갸웃했다.

"콘센트 화재의 일종이야."

내가 보충했다.

"문어발식 배선 같은 거요?"

도가는 얼굴 앞에서 손가락을 쫙 펼쳤다.

"콘센트에 플러그를 장기간 꽂아두면 먼지가 쌓이게 되고, 거기에 습기가 더해지면 플러그 표면의 탄화가 진행돼. 최종적으로 쇼트가 발생해서 발화하게 되는 것이 트래킹 현상이야."

"오, 무섭네요."

처음 미후네에게 설명을 들었을 때, 생소한 화재 원인이었기 때문에 나도 도가와 같은 반응을 보였다. 지금은 어느 정도 지식을 갖추고 있다.

"수시로 콘센트에 꽂았다 뽑았다 하는 사람은 많지 않잖아. 그러니까 흔히 발생하는 현상은 아니야. 먼지가 쌓이기 쉬운 가전제품 뒷면이나 결로가 생기기 쉬운 부엌 등에서 다른 조건도 충족되면 발화하는 경우가 있어."

"창고가 전소될 정도의 불꽃이 튀나요?"

"도미노 쓰러뜨리기처럼 처음에는 약한 불씨라도 번지기 시작하면 불길이 거세지거든."

"맞다. 근처에 타기 쉬운 물건이 있었네요."

현장 검증 조서에 기재되어 있었던 창고의 배치도를 떠올렸다.

"발화한 것은 벽에 고정되어 있었던 콘센트인데, 바로 옆에 커튼이 있었어. 방화 기능이 떨어지는 천 소재였는데, 불씨가 커튼에 붙어 화재로 번졌어. 거기까지라면 작은 화재 소동으로 그쳤을지도 모르는데, 도료용 시너에 불이 옮겨붙어버린 거야."

"시너요?"

"도장 작업에 썼던 거지?"

그렇게 질문하자, 고개를 끄덕인 미후네가 이어서 설명했다.

"메인 무대의 배경으로 쓸 대형 패널을 제작하고 있었어. 나도 담당자 중 한 명이었고. 얼룩 없이 바탕칠하려고, 시너로

도료를 희석했거든. 시너에 쓰이는 유기용제는 인화성이 강하기 때문에 거기서 단숨에 불이 번져나갔어."

"그래서 전소를…."

"팸플릿이나 간판처럼 타기 쉬운 것들뿐이었으니까. 게다가 목제 건물이었고. 정신 차리고 보니 창고에서 검은 연기가 피어오르고 있었지."

집중해서 듣던 도가가 물었다.

"미후네 선배도 현장에 있었나요?"

"응. 사무국 건물에서 바탕칠이 마르기를 기다리고 있었어. 건물 밖 흡연 공간에서 담배를 피우는데 검은 연기가 보이더라고. 놀라 창고로 달려가서 창문 안을 들여다보니, 주황색으로 물들어 있어서 바로 불이 났다는 걸 알았지. 보통은 도망가겠지만, 나는 안으로 들어갔어."

"왜요? 위험하잖아요."

"축제를 위해 만들어온 온갖 도구가 창고 안에 있었거든. 방대한 시간을 들였으니까 전부 소실되면 종언제를 개최할 수 없을 거라고 생각했어."

만일 무법률 세미나실이 불타고 있다면, 나는 두려움 없이 화염과 연기 속으로 뛰어들 수 있을까.

전문서나 사건기록이 사라지는 것은 아깝지만, 안전을 최우선으로 생각할 것이다. 다만 그것은, 어차피 전소되리라 전제하고 있기 때문일지도 모르겠다. 화재에 휘말리다니, 일생에 한 번 있을까 말까 한 일이다. 위험성을 제대로 판단하지 못할 가능성은 충분히 있다.

"안에서 무슨 일이 있었는지 물어봐도 될까요?"

"입구 왼편에 있는 커튼과 벽에 기대어 세워둔 패널이 타고 있었어. 패널의 불길이 거세서, 불이 번지는 건 시간문제라고 생각했지. 근처에 있는 간판만 회수해서 나가려고 했는데, 코드에 발이 걸려서 넘어지고 만 거야."

"발화한 콘센트의 코드였나요?"

"응. 아마 불 때문에 끊어졌던 것 같은데, 한 발로 밟고… 반대쪽 발이 걸려버렸어. 바보 같지? 일어서려는데 쓰러진 시너 용기가 보이더라고. 안이 젖어 있고, 시너의 인화성이 강한 건 알고 있었으니까 위험하다는 생각이 들었는데, 그때 머리 위에서 무언가가 쏟아져 내렸어. 당시에는 몰랐지만, 벽에 기대어 세워둔 패널이 앞으로 쓰러졌던 모양이야. 뜨거워서 기어 나오려고 했는데, 연기를 너무 많이 마셔서 의식을 잃었지. 눈을 떴을 때는 병원 침대 위였고, 온몸에 붕대가 감겨 있었어."

미후네는 오른쪽 앞머리를 살짝 들어 올렸다.

눈 밑으로 손바닥 정도 크기의 화상 자국이 남아 있었다. 화상을 입은 지 일 년이 넘어서 경도나 중도 화상으로 인한 붉은 흉터는 없었다. 기미처럼 거무스름한 색상의 얼룩 반점. 신경이 파괴된 탓에 색소침착이 일어났다.

"반응하기에 난감하지?"

"아… 죄송해요."

말을 잃고 굳어 있었던 도가가 사과했다. 대부분의 사람은 비슷한 반응을 보일 것이다.

"이래 봬도 꽤 좋아진 편이야. 한동안은 똑바로 바라보는 것도 힘든 상태였거든. 성형외과에서 계속 치료받았는데, 이 이상 흉터를 지우기는 어려운가 봐."

"재생 의료는 남아 있는 것 아니었어?"

내가 지적하자, "치료비의 자릿수가 달랐어"라고 대답한 미후네는 앞머리를 정리하면서 쓰게 웃었다. "당연히 자유 진료[°]고. 학생이 어떻게 해볼 수 있는 치료비가 아니야."

통상적인 치료를 지속해도 증상이 잔존한다고 판단되는 경우에 후유장애가 인정된다. 미후네는 안면 화상이라는 후유증을 안고, 앞으로의 긴 인생을 보내야 한다.

화재에 휘말린 탓에 미후네는 많은 것을 잃었다.

미후네가 추가 주문한 도테야키[°°]가 테이블 위에 놓였다. 그릇에서 김이 피어오르고, 된장에 졸여진 소의 힘줄과 곤약 냄새가 식욕을 돋운다.

° 공적인 의료보험이 적용되지 않는 의료 기술이나 약제에 의한 치료.
°° 소의 힘줄을 된장과 미림으로 졸인 음식.

"여기까지가 사건 편. 치료가 중단되고, 막막해진 나는 무법률에 도움을 요청했어. 자, 뒷얘기는 믿음직한 고조 선생님께 맡길게."

문과와 이과 캠퍼스가 떨어져 있기도 해서, 대학생이 된 후로는 좀처럼 얼굴을 볼 기회가 없었다. 고등학생 때와는 인상이 크게 달라진 옛 친구와 어떤 대화를 나누었던가….

옛 추억으로 이야기꽃을 피우고 있을 상황이 아니었기 때문에, 법률 지식에 관한 이야기를 계속 늘어놓았던 것 같다.

"미후네에게는 외모의 추상장애가 남았어. 바로 얼굴에 남은 손바닥 크기의 화상 말이야. 후유장애, 치료비, 정신적인 고통. 그러한 손해를 금전적으로 보상받기 위해서는 책임을 추궁할 상대부터 선정해야 했어."

격려와 위로의 말을 건네는 것은 무법률에 요구되는 역할이 아니다. 마이너스를 제로에 가깝게 되돌리기 위해 내가 할 수 있는 일을 생각했다.

"화재를 일으킨 사람인가요?"

교통사고나 쌍방 폭행이라면 가해자를 특정한다고 헤맬 일은 별로 없다. 하지만 실화失火의 경우, 반드시 가해자를 특정할 수 있는 것은 아니다.

"트래킹 현상이 화재 원인인 경우, 누가 가해자가 될까?"

"마지막에 콘센트를 뽑은 사람…은 아니겠죠?"

"고작 그걸로 책임을 추궁당하는 건, 해적통아저씨 게임보다 비합리적이야. 불이 옮겨붙어서 불길을 키운 시너도, 적절하게 사용했다면 과실은 없어."

"게다가 시너를 희석한 사람은 바로 나니까."

도테야키를 젓가락으로 뒤적이며 미후네가 말했다.

"흐음. 그러면 대표자는요?"

"그게 인정되면, 아무도 대표를 안 하려고 하겠지."

"그건 그렇네요."

도가의 답변이 다 떨어진 듯해서 우리의 결론을 말해줬다.

"등기부 내역을 거슬러 올라갔더니, 전소한 창고가 세워진 지 이십 년이 넘었다는 사실을 알게 됐어. 대학의 소유물이 아니라, 집행위원회가 관리 보관하는 부동산이었지. 적절하게 창고를 관리할 의무를 소홀히 하는 바람에 화재가 발생했다. 개인이 아닌 단체의 관리 책임을 물을 가능성을 찾았어."

"그게 가능해요?"

"통신판매로 대금을 지급했는데 상품이 오지 않으면 판매회사를 고소하잖아. 집행위원회는 법인격을 취득한 상태라서, 회사와 마찬가지로 책임을 물을 수 있었어. 대상을 정하고 나면, 법률을 구성해야 하지. 우리가 어떻게 주장했을 거라고 생각해?"

도가는 잠시 생각하더니 검토 결과를 읊었다.

"트래킹 현상을 방지하기 위해서 창고의 콘센트를 정기적으로 꽂았다가 뽑았어야 했다. 청소를 소홀히 해서 먼지가 쌓인 탓에 화재가 발생했다. 이런 식일까요?"

"그 구성도 검토했지만, 트래킹 현상은 일반적으로 알려진 현상이 아니라며 관리자의 책임을 부정한 판례가 있어. 일본은 목조 건물이 많이 남아 있어서 연소延燒로 인해 예상 밖의 피해가 발생하는 일이 드물지 않으니까, 요건이 엄격하거든."

잠자리에서 담배를 피우거나 폭죽을 터뜨린 후 허술한 뒤처리로 인한 연소라면 강하게 관리자의 책임을 물을 수 있지만, 트래킹 현상만으로 싸우기는 불안하다고 판단했다.

"무슨 말인지는 알겠지만…."

트래킹 현상은 개인의 실수로 발생하는 것이 아니다. 단체에 대한 책임 추궁도 부정한 판례가 존재한다. 개인도, 단체도 안 된다면 쓸 수 있는 방법이 없다. 상담 자리에 함께 있었던 무법률의 선배는 포기하자고 내게 말했다.

"그래서 트래킹 현상을 부정하기로 했어."

"하지만 조금 전에는…."

트래킹 현상으로 인한 실화는 소방국과 경찰이 내린 잠정적인 결론에 불과하다.

"우리는 방화에 의한 화재를 주장하고 있어."

3

불운에 휘말린 옛 친구를 딱하게 여겨 억지스러운 주장을 고집한 것은 아니다.

세미나실에서 미후네에게 사건 개요를 들었을 때, 트래킹 현상으로 인한 실화로 단정 지어서는 안 된다는 생각이 들었다. 명백하게 부자연스러운 점이 있었기 때문이다.

발화한 콘센트에서 커튼과 패널로 불이 번졌다. 여기까지는 당시의 창고 내부 배치를 생각하면 설명이 된다. 하지만 전소에 이르게 된 것은, 불길에 휩싸인 패널이 앞으로 쓰러지면서 용기에서 흘러나온 시너에 불이 옮겨붙었기 때문이라고 여겨지고 있다.

왜, 시너 용기는 쓰러져 있었을까.

골드버그 장치°처럼 앞으로 쓰러진 패널이 용기에 직격해서, 뚜껑이 벗겨지면서 옆으로 넘어진 것일까. 하지만 미후네는 코드에 발이 엉켜 넘어졌다가 용기에서 흘러나온 시너를 보고 도망치려는데, 머리 위로 패널이 쏟아져 내렸다고 말했다.

미후네가 넘어졌을 때는 이미 시너 용기가 쓰러져 있었다. 그렇다면 패널이 직격한 것은 원인이 아니다.

° 미국의 만화가 루브 골드버그가 고안한 연쇄반응에 기반을 둔 기계장치.

의식을 회복한 후, 참고인 조사를 위해 찾아온 경찰관에게 미후네는 자신이 목격한 화재 현장의 상황을 설명했다. 하지만 경찰은 피해자의 목격 상황을 토대로 수사를 진행하기는 커녕, 오히려 미후네가 시너 용기를 쓰러뜨렸을 가능성을 지적했다고 한다.

시너 용기를 걷어찼다면, 보통은 다리 감각이나 소리로 알아차릴 수 있다.

충격으로 기억에서 누락된 것은 아닌가… 혹은 부주의로 화재를 키웠다고 비난받을까 봐 두려워서 처음부터 시너 용기가 쓰러져 있었다고 거짓말하는 것은 아닌가.

그런 경찰의 불성실한 대응을 보고, 미후네는 무법률에 상담하기로 결심했다.

미후네의 진술을 믿는다면, 화재 발생 전에 쓰러진 시너 용기가 방치되어 있었거나, 고의로 창고에 시너를 뿌린 인물이 있다는 말이다. 전자와 같은 불운이 우연히 잇달아 발생했다고는 생각되지 않았다.

후자라면… 이 단계에서 방화에 대한 의심이 부상했다.

실화 가능성을 부정하기 위해서는 트래킹 현상의 원리를 이해해야 했다. 인터넷 검색으로 트래킹 현상을 재현하는 실험 영상을 발견했고, 인위적으로 콘센트를 발화시키는 방법을 알게 되었다.

콘센트와 플러그 사이에 틈을 만든 다음, 먼지 역할을 할 솜을 끼워 넣는다. 거기에 숯을 뿌리면 탄화한 먼지와 동일한 상태가 되기 때문에, 전류를 흘려보내기만 하면 쇼트가 발생해서 발화하게 된다. 어려운 작업이나 특수한 재료는 필요하지 않다.

솜은 불에 타 사라지고, 뿌린 숯은 화재로 발생한 재와 섞여 구분할 수 없게 된다. 불길이 강해질수록 증거 인멸의 기대치도 높아진다. 일종의 위장 공작인 이상, 경찰이 과학수사연구소에 의뢰해서 철저히 조사하면 플러그 표면의 열화 상태나 창고의 습도 등을 통해 의도적으로 발생한 발화인지 아닌지 구별할 수 있었을지도 모른다.

하지만 창고가 전소되고 심한 화상을 입은 피해자가 있음에도 불구하고, 경찰은 일 년 전 화재에 대해 깊이 있는 수사를 하지 않았다. 범죄 가능성이 없다고 판단한 것이다. 소방국이 작성한 조사 서류를 그대로 받아들여, 화재 원인은 트래킹 현상이라고 결론을 내렸다.

범죄 가능성이 없다는 판단은, 방화를 의심할 만한 뚜렷한 흔적이 남아 있지 않았을 뿐 아니라, 고의로 창고를 불태울 동기로 짐작되는 바가 없었기 때문일 것이다.

방화는 중죄다. 어지간한 이유가 아니라면, 사람은 범죄자가 될 위험을 감수하지 않는다.

우리는 동기 문제로 골머리를 앓아왔다.

평지에 세워진 문과 캠퍼스와 산 중턱에 세워진 이과 캠퍼스. 양쪽을 잇는 언덕길을 지나다니는 사람은 가잔대 관계자 정도밖에 없는데, 그 길 중간쯤에 집행위원회 관리국 건물과 창고가 덩그러니 세워져 있었다.

두 건물은 삼십 미터 정도 떨어져 있었고 산림에 인접해 있지도 않아서, 창고에서 다른 건물로 불이 옮겨붙거나 산불로 번질 위험성은 낮았다. 또 발화 시 창고에서 작업 중이던 사람은 없었고, 미후네가 뛰어들지 않았다면 인명 피해도 발생하지 않았을 터였다.

따라서 연소나 인명 피해의 위험성을 부인할 경우, 쾌락범이 아니라고 하면, 방화 동기는 창고의 소실 자체에서 찾을 수밖에 없다.

범죄 동기는 그것으로 무엇을 얻을 수 있는지를 중요하게 고려한다.

집행위원회에 원한을 가진 사람이 창고에 불을 내서 금전적인 피해를 주려고 한 것일까. 하지만 창고에는 귀중품이 보관되어 있지 않았고, 언제 샀는지도 모를 오래된 기재나 종언제를 위해 제작한 패널 등이 어수선하게 놓여 있었을 뿐이었다.

오히려 각종 전자기기가 보관된 근처 사무국 건물을 불태우는 쪽이 피해가 컸을 것이다.

금전 외에 손해로 상정되는 것은….

기재와 도구를 숯덩이로 만들어서 종언제를 중지시키고 싶었던 것일까.

화재는 종언제가 시작되기 한 달 전에 발생했다. 진행 중이던 대부분의 작업이 원점으로 돌아갔기 때문에 집행위원들이 연일 사무국에서 먹고 자며 간신히 일정을 맞췄다고 들었다.

가장 큰 문제는 갓 인쇄된 대량의 팸플릿이 소실되었다는 점이었다. 팸플릿에는 회장 안내도와 타임 테이블이 기재되어 있어서, 많은 방문객이 손에 들고 훑어본다. 집행위원회는 무료로 배포하는 팸플릿에 기업명이나 광고를 기재하는 조건으로 기업협찬금을 조달하고 있었다. 즉 종언제 당일까지 팸플릿을 준비하지 못하면, 계약불이행으로 협찬금 반환을 요구받을 가능성까지 있었다. 삼만 명이 넘는 방문객이 찾아오는 이벤트로 성장한 이상, 대학생의 주최라는 변명은 통하지 않는다.

결국 패널과 간판 등 장식은 간소하게 하기로 타협할 수밖에 없었지만, 팸플릿은 인쇄업체에 사정해서 초특급으로 다시 찍어낸 덕분에 종언제는 차질 없이 개회식을 맞이했다.

오히려 예상치 못한 사고를 극복한 스토리가 지방신문과 뉴스에서 다루어지며 역대 최다 방문객 수를 기록했다고 미후네는 말했다.

창고 소실로 집행위원회가 큰 타격을 입은 것은 틀림없다. 그런데 종언제를 중지시키고 싶었다면, 개최 직전에 불을 지르는 편이 더 효과적이지 않았을까. 그랬다면 불사조 같은 부활극은 보여주지 못했을 것이다.

나와 미후네는 재회한 당일에 이 부근까지 검토를 진행했다. 동기 문제는 여전히 남아 있었지만, 방화 가능성을 부인할 수 없는 이상 진상을 밝혀내야 한다는 결론에 이르렀다.

하지만 방화범을 찾아내기에는 정보가 너무 부족했다. 이때는 화재에 관한 조사 서류조차 수중에 없었다. 피해자라고는 해도 미후네 개인이 정보를 수집하는 데는 한계가 있을 수밖에 없었다.

앞으로의 인생을 좌우하는 소송으로 발전될 수도 있었고, 학생에 불과한 내가 발을 들여도 될 문제가 아니라는 생각이 들어서 변호사와 상담하라고 미후네에게 권했다. 변호사라면 관계기관에 조회를 요청해서 자료를 수집할 수 있었다.

미후네는 몇몇 법률사무소에 문의해서 사정을 얘기했지만, 대부분의 변호사들이 의뢰를 받아들이는 데 소극적인 태도를 보였다. 거액의 배상금을 요구해도 패소하면 보수를 받을 수 없기 때문에 질 것 같은 사건을 꺼리는 변호사는 많다.

경찰이 실화라고 결론을 내렸기 때문에, 그에 반하는 방화를 주장하기에 자신이 없었을 것이다. 검찰이 불기소한 사건이나 법원이 무죄 판결을 내린 사건이라도, 민사소송에서 유죄를 전제로 한 판결이 내려지는 일이 있다. 형사와 민사는 요구되는 입증 정도가 다르기 때문이다. 그렇다고 해서 그런 역전극이 흔하게 일어나는 일은 아니다.

패소를 염두에 두고 거액의 착수금을 지급한다면 사건을 맡겠다고 한 변호사는 있었지만, 의뢰 시점에 큰돈을 마련할 여유는 없었다.

소송의 입구 단계에서 좌절한 미후네는 다시 무법률을 찾아왔다.

어떻게든 도와주고 싶다. 그렇게 생각한 나는 금기를 범하면서 옛친구에게 손을 내밀었다.

"내 지시에 따라서 미후네는 본인소송을 진행해왔어."

"본인소송?"

방화를 의심하는 이유를 설명한 뒤, 미후네가 다시 무법률을 찾아왔을 때 어떤 상담을 했는지 말하는 도중에 도가가 되물었다. 이미 세 사람 모두 식사를 마쳤지만, 쫓겨날 기미는 보이지 않았다.

"민사소송은 원칙적으로 변호사가 법정에 서야 하지만, 대리인을 선임하지 않고 본인이 소송을 수행하는 것도 인정하고 있어. 그게 본인소송이야."

"그렇구나. 변호사만 고소할 수 있다고 생각했어요."

"변호사가 아닌 사람에게 도움을 받는 건 안 되지만, 본인이 자기 힘으로 맞서는 건 허용돼."

"신기한 제도네요."

변호사 대리의 원칙을 폐지하면, 자칭 전문가인 소송 청부인이 나타나서 고액의 선임료를 요구하는 사기가 횡행할 수도 있다. 본인소송이라면 지든 이기든 자기 책임이라는 한마디로 끝낼 수 있기 때문에 법률로 금지할 필요는 없다고 여겨지고 있다.

"소송을 제기하면 법원을 통해서 증거자료를 수집하는 절차를 이용할 수 있어. 사건을 맡아줄 변호사가 없다면 본인소송으로 싸울 수밖에 없지. 소장, 준비서면, 서증, 증거설명서. 필요한 서면을 내가 작성하고, 미후네는 법정에서 대본대로 행동하게 한 거야."

"꼭두각시처럼 말이야."

미후네가 장난스럽게 야유했다.

"다시 말해 고조 선배는 법정에 서지 않고, 어둠 속의 지배자 역할에 충실했다는 말인가요?"

도가의 과장된 표현에 나는 고개를 가로저었다.

"변호사 자격이 없으니까 서고 싶어도 설 수 없어."

"안락의자 변호네요."

"줄곧 방청석에서 지켜봤으니까 현장에는 있었지."

"울타리 안쪽까지만 현장이에요."

내 결정을 두고 세미나 안팎에서 비판이 쏟아졌다.

자격도 없으면서 서면을 작성하거나 소송 수행을 지시하는 등 마치 변호사처럼 배후에서 당사자를 조종한다. 그것은 변호사 대리 원칙의 잠탈°, 즉 위법행위라고 불러도 부정할 수 없는 행동이었고, 세미나의 신용도 걸려 있으니 손을 떼라고 설득당했다.

경찰이 범죄 가능성이 없다고 결론 내린 것도 주위의 태도를 경직시키는 원인 중 하나였다.

학생 간의 사적인 문제라면 몰라도, 우리의 주장은 실화로 판단된 사건을 다시 문제 삼아서 방화범을 단죄하는 것이었다. 경찰, 대학, 집행위원회…. 방화라고 단언할 분명한 증거도 없으면서 수많은 단체를 적으로 돌렸다.

그래도 나는 양보할 생각이 없었다.

당시의 무법률은 활동 방침을 두고 대표인 나와 부대표가 대립하고 있었다. 그런 와중에 날아든 미후네의 상담이 도화선이 되어 내부 분열이 일어났다. 꼴사나운 언쟁과 중상을 주고받은 끝에 나는 세미나에서 고립되었다.

그런 흑역사를 공개하는 건 아무 의미가 없으니….

° 규제나 제도 따위에서 교묘히 빠져나감.

"방화범이 누구인지 특정하지 못했기 때문에 집행위원회를 피고로 지정해서 소송을 제기했어. 관리 의무를 소홀히 해서 방화를 초래했다. 구차한 주장이지만, 위원회 멤버 중에 방화범이 있다면 감독 책임을 물을 수 있어."

"뭔가 순서가 뒤바뀐 느낌이네요." 도가가 그렇게 지적했다. "방화범이 누구인지 안 후에, 그가 소속된 단체를 고소한다. 그게 일반적인 흐름이잖아요. 만일 외부인이 창고에 침입해서 불을 질렀다면, 터무니없는 누명을 씌우게 되는 거니까."

"근처 사무국 건물에서 미후네와 다른 사람들이 대기 중이었으니까 낯선 사람이 창고에서 수상한 움직임을 보였다면 걸렸을 수도 있어. 쾌락범이 외딴곳에 있는 창고를 노렸을 것 같지도 않고. 여러 가지 상황을 종합해서 생각하면, 내부인이 범인일 가능성이 높다고 판단했어."

"흐음. 결론을 정해두고 이유를 끼워 맞추는 것처럼 들리는데요."

돌려 말하고 있지만, 도가는 설득력이 약하다고 말하고 싶은 모양이다.

"당사자는 결론을 정해놓고 주장을 구성해도 괜찮아."

"그렇게 생각하는 이유는?"

"원고와 피고가 각각 진실이라고 생각하는 스토리를 선보이고, 판사는 타당한 결론을 도출한다. 그게 재판의 본질이니까. 당연히 거짓말은 하면 안 되지만, 억지스럽다고 생각하면서 뻔뻔하게 주장하는 건 흔히 있는 일이야. 전략이라고도 할 수 있지."

"그렇군요."

마치 내가 직접 경험한 것처럼 말했지만, 변호사인 어머니에게 들은 이야기다.

어째서 흉악 사건의 변호를 맡는가. 악인의 편을 들면서 양심의 가책을 느끼지는 않는가. 의뢰인이 거짓말을 한다는 생각이 들어도, 자신의 직감을 배신하고 의뢰인의 말을 따르는가. 소박한 의문에 대해 어머니는 모호한 말로 얼버무리지 않고 진솔하게 대답해주었다.

이번 사건도 어머니에게 의뢰할 수 있으면 좋았겠지만, 어머니는 작년부터 변호사 등록을 일시적으로 취소하고 문부과학성에 파견되었기 때문에 힘을 빌리기 어려웠다.

"친구를 위해 구차한 주장을 밀고 나가려는 것이었다면, 인간미 넘치는 따뜻한 남자라고 선배를 다시 봤을 텐데."

"기대에 부응하지 못해서 미안하군."

미후네가 아닌 초면의 가잔대 학생이 상담자였어도 다른 세미나생의 반대를 무릅쓰고 손을 빌려줬을까. 망설이지 않고 의뢰를 수락했다고는 단언할 수 없다. 화상 자국이 없는 미후네의 맨얼굴을 알고 있었기에, 긴 앞머리로 얼굴을 감추고 있는 모습을 보고 충격을 받았다. 고교 시절의 미소를 되찾았으면 좋겠다고 생각했다.

사사로운 감정이 개입한 결정이라 해도 의뢰인의 이익이 되는 일이라면 어머니는 인정해줄 것이다.

“그래서 범인의 정체는 밝혀졌나요?”라고 도가가 물었다.

“단서는 있어. 사람이 없는 창고를 전소시킬 만한 동기, 뭐라고 생각해?”

행동 심리를 가늠하는 능력은 나보다 도가가 더 뛰어나다.

“그릇이나 내용물이 방해돼서?”

“창고가 그릇이야?”

“네. 기둥에 다잉 메시지가 새겨져 있거나, 천장 위에 사람 뼈가 묻혀 있었던 거죠. 없애려면 창고 자체를 불태워야 했다.”

“그렇군.” 생각지도 못했던 동기다. “내용물은 뭐야?”

“말 그대로 창고에서 보관하고 있던 물건이요. 뒤에서 몰래 대마 재배나 밀주 사업을 하고 있어서, 가택 수색이 들어오기 전에 증거를 인멸했다든가.”

도가의 풍부한 상상력에 감탄하고 말았다.

“마피아 조직 같네.” 미후네는 웃으면서 이렇게 지적했다. “하지만 창고를 불태울 필요까지는 없지 않아?”

일부에 문제가 있다면, 그 부분만 제거하면 됐을 테다.

“나무를 감추기 위해 숲을 불태웠다. 이건 어때요?”

"무슨 뜻이야?"

"남의 눈에 띄면 안 되는 물건이 창고에 보관되어 있었어요. 그렇지만 그것을 가지고 가면 사람들이 이상하게 생각할 수도 있었죠. 즉 집행위원회의 일부가 악행을 저지르고 있었던 거예요. 그 증거를 인멸하기 위해서 전부 불태웠다. 어때요, 그럴듯하지 않나요?"

나와 미후네는 서로 얼굴을 마주 보았다.

조금 더 빨리 의견을 들었어야 했다. 미후네도 그렇게 생각했을지도 모르겠다.

4

민사소송을 제기한 지 약 일 년. 많은 시간을 한 명의 여대생을 설득하는 데 소비했다.

우선 문서 송부 촉탁이라는 절차를 이용해서 화재 조사 서류를 손에 넣어보니, 소실 면적이나 발화 원인에 대해 전문용어를 섞어가며 상세하게 기재되어 있었다. 그것들을 정독한 뒤 취지가 불분명한 부분은 메일로 답변을 요구했다. 개인정보 공개에 소극적인 소방국도 일반론에 관해서는 정성껏 해설해주었다. 대학생이라고 밝힌 덕분이었을까.

'트래킹 현상에 의한 발화로 생각하여도 모순이 없음.'

모순이 없다는 것은 편리한 말로, 굳이 부정할 근거도 없지만, 적극적인 증거도 존재하지 않는다는 의미이다. 뒤집어 말하면, 방화를 의심할 이유만 제시할 수 있으면 싸울 여지는 충분히 남아 있다는 것. 우리는 그렇게 이해했다.

목표는 정해졌지만, 그 여정은 안개에 휩싸여 있었다.

방화범이 존재한다는 주장은 일종의 소망에 불과했다. 진상은 불의의 사고였고, 시너 용기가 쓰러져 있었던 것도 우연일지도 모른다. 혹은 미후네가 잘못 봤거나. 허위 기억을 만들어냈을 수도 있다. 그렇다고 하더라도 의뢰인을 믿는 것이 내 역할이라고 생각했다.

죄를 저지르고 도망쳐서 비웃고 있는 방화범이 어딘가에 있다.

그 정체를 밝혀내기 위해 관계자와 접촉해서 이야기를 듣기로 했다.

소장을 법원에 제출한 다음 날, 미후네는 집행위원회를 그만뒀다. 자신에게 화상을 입힌 범인이 내부에 있다고 의심해 버렸으니, 그곳에 계속 적을 둘 수는 없었을 것이다.

이것은 나의 판단 실수였는데, 대립 구조가 만들어지기 전에 정보수집을 마쳤어야 했다. 집행위원회의 관리 책임을 추궁하는 내용의 소장은, 그들에게 보내는 결투장이나 마찬가지다. 선전포고를 해온 적대자를 상대로 입이 무거워지는 것은 예상할 수 있는 일이었다.

어제의 적은 오늘의 친구. 그 반대도 마찬가지다.

미후네의 얼굴을 똑바로 바라보려 하지 않는 자들에게 차가운 대접을 받고, 사무국 건물의 출입조차 금지되었을 무렵, 미후네 외에도 집행위원회를 떠난 인물이 있다는 이야기를 주워들었다. 우리의 집요함에 질려서 말실수를 한 사람이 있었던 것이다.

아다치 지카. 연기를 마시고 의식을 잃은 미후네를 창고 밖으로 데리고 나온 생명의 은인이다.

화재 현장에서 무언가를 목격하고, 차마 혼자서 감당할 수 없어서 집행위원회를 그만둔 것일지도 모른다.

그녀는 문학부 4학년으로, 여러 번 학부동에 찾아가보았지만, 졸업에 필요한 학점을 다 땄는지 강의실에는 모습을 나타내지 않았다.

미후네가 보낸 메시지에도 반응이 없자 내가 작성한 장문의 글을 대신 전송해달라고 했다. 그 글 속에는 미후네의 후유증에 대한 설명도 포함되어 있었다. 미후네는 내용이 정에 호소하는 것 같다며 난색을 보였지만, 달리 수단이 없다고 설득했다. 재판에서도 양측의 주장이 대립해 교착상태에 빠져 있었고, 이대로 가다가는 소송이 종결될 수도 있다는 생각에 초조했다.

얼마 뒤, 아다치 지카에게 짧은 사과 메시지가 왔다.

—미안해요.

간신히 단서를 얻었다고 생각했다. 성급하게 추궁하지 않고, 신뢰 관계를 쌓기 위해 대화를 주고받았다.

단편적인 정보가 밝혀지고, 연락이 뜸해졌다가 다시 가까워졌다. 서서히 거리를 좁혀나가다가 결심하고 과감히 손을 내밀었을 때, 만나서 전부 이야기하겠다고 아다치 지카가 말했다.

그리고 현재에 이르렀다.

"재밌는 애네."

"도가 가린 말이야?"

"친근하게 이름만 부르는 건 쑥스럽다. 풀네임이라면, 기호로써 입에 담을 수 있다. 여전하구나?"

"냉정하게 분석하지 마."

"고조는 좋든 나쁘든 자기 완결적인 사람이니까, 억지로 껍질을 부수고 들어오는 타입과는 상성이 나쁠 줄 알았어. 그런데 상대방도 너를 신뢰하는 모양이고, 다행이야."

"휘둘리기 일쑤야."

식당에서 나온 뒤, 나와 미후네는 캠퍼스 뒤쪽 언덕길을 걸어서 올라갔다. 약속이 있다고 말하자, 무언가 눈치챈 듯 도가는 혼자서 돌아갔다.

저녁 아홉 시. 종언제가 마무리된 지 한 달 반 정도가 지나서 사후적인 서류 작업도 끝났기 때문인지 부지 내는 고요했다. 사무국 건물로의 출입은 금지되었지만, 약속 장소로 지정된 곳은 창고가 있던 자리였다.

그곳엔 아무것도 남아 있지 않았다. 건물이 있었다는 흔적조차 없었다. 종언제에서 사용하는 기재는 어디에 보관하고 있을까. 화재 예방이 잘되어 있는 건물이면 좋을 텐데.

"다음 주 재판에서 신문하는 거 맞지?"

미후네의 옆모습이 달빛에 비쳤다. 가급적 미후네의 왼편에 서려고 하고 있는데, 그런 행동이 배려로 받아들여지고 있는지, 오히려 그를 상처입히고 있는지는 잘 모르겠다.

"응. 기억하는 대로 대답하면 돼."

"그러면 되려나."

실제로는 꼼꼼하게 리허설을 하지만, 이번에는 특수한 사정이 있다.

예전에는 창고 입구가 있었을 장소에 서서 기다리는데, 니트 원피스를 입은 작은 체구의 여성이 다가왔다. 아다치 지카가 맞는지 눈빛으로 묻자, 미후네는 고개를 끄덕여 보였다.

한 번도 염색한 적 없을 것 같은 검은 머리카락이 눈썹을 덮는 길이로 가지런히 잘려 있었다.

"아다치, 와줘서 고마워."

미후네가 말을 건넨다.

"아니야. 불러낸 사람은 나니까."

멈추어 선 아다치는 어색한 듯 고개를 숙였다.

애타게 기다리던 대면의 순간.

"저는 미후네를 돕고 있는 법학부의 고조입니다. 끈질기게 메시지를 보내서 미안합니다. 하지만 메시지에 적은 내용은 다 사실이에요."

"그렇게 부담 주지 마."

미후네가 부드러운 말투로 말하자, 아다치는 얼굴을 들고 우리를 쳐다봤다.

"더 빨리 털어놓았어야 했어요."

"아다치는 뭔가 알고 있어?"

"…응."

"알려줄래?"

잠시 호흡을 가다듬은 뒤, 쌓인 것을 토해내듯 핵심 부분부터 아다치는 말하기 시작했다.

"내가 팸플릿 제작 담당이었잖아. 타임 테이블과 회장 안내도를 만들고, 광고 레이아웃을 정해서 인쇄업체에 발주했어. 업체가 보내준 샘플도 문제없어 보여서 지시한 수량만큼 인쇄해달라고 했거든. 창고에 반입되고 나서 찬찬히 다시 읽어보는데, 편집후기에 낯선 QR코드가 인쇄되어 있었어."

"QR코드?"

미후네가 되묻는다.

상품 패키지나 광고지 등에 인쇄되어 있는 정방형의 이차원 바코드로, 대응하는 애플리케이션을 사용하면 미리 등록된 정보를 확인할 수 있다.

"편집후기도 내가 썼으니까 이상하다는 생각이 들었어. 인쇄업체 홈페이지에 연결되기라도 하나 싶어서 휴대전화로 스캔해봤더니, 파일 다운로드 페이지 같은 게 나왔어."

팸플릿도 창고에 보관되어 있었다.

나무를 감추기 위해 숲을 불태웠다. 도가가 한 말이 생각났다.

"공개된 데이터가 있었다는 말이야?"

"응. 다운받아서 열어보니 엑셀 데이터였어. 숫자가 많이 적혀 있었고, 항목도 세세하게 분류되어 있었지. 내 담당이 아니라서 관련 지식은 없었지만, 과거에 열린 종언제의 회계 관련 서류 같았어."

"뭐…?"

"외부에 공개할 만한 데이터도 아니고, 어째서 내가 쓴 편집후기에 인쇄되어 있었는지 모르겠더라. 이대로 배포할 수는 없다고 생각했지만, 이미 창고에 산더미처럼 쌓여 있었지. 혼자 감당하기 어려워서 세자키에게 상의했어."

세자키 소우. 작년 종언제의 집행위원장을 맡은 인물이다.

등기부를 보면 위원장이 단체의 대표자를 겸임하고 있는데, 올해 종언제를 맞아 위원장이 바뀌었어도 대표자는 그대로 세자키 소우였다. 이번 소송이 마무리될 때까지는 대표자를 고정할 작정일 것이다.

"세자키는 뭐라고 했어?"

"놀라면서… 무슨 일인지 알아보겠다고 했어."

인쇄업체에 발주하기 직전에 누군가가 편집후기 데이터를 바꿔치기한 것인가. 회계의 엑셀 데이터를 몰래 집어넣었다…. 그 의도는 무엇일까.

"팸플릿 데이터는 어디서 관리하고 있었죠?"

이야기가 더 진행되기 전에 확인해두고 싶었다.

"사무국 건물 컴퓨터예요. 공용 컴퓨터라서 패스워드는 전원이 알고 있었어요. 폴더에 저장되어 있었던 최신 데이터를 업자에게 보냈어요."

"간단히 데이터를 갈아 끼울 수 있었다는 말이군요."

"네. 발주 전에 제가 제대로 확인해야 했는데…."

QR코드가 실수로 들어간 것 같지는 않다. 다운로드 페이지를 작성하고, QR코드로 변환하고, 편집후기에 삽입한다. 여러 단계의 절차를 거쳐 발각될 위험을 무릅쓰고 실행했다.

명확한 의도가 느껴진다. QR코드를 통해 무엇을 말하고자 했을까.

"범인은 찾았어?"

미후네가 묻자, 아다치는 우리의 뒤쪽을 바라봤다.

"일주일 뒤에 창고가 불탔어. 보관되어 있었던 팸플릿도 전부. 나도 그날 사무국 건물에서 작업하던 중이라서 연기를 알아챘거든. 창고 안에 들어가서 미후네를 보고, 난…."

"괜찮으니까 진정해."

팸플릿의 소실이 목적이었을 수도 있다는 이야기는 미후네와 가볍게 나눈 적이 있다.

팸플릿 인쇄 직후에 화재가 발생했기 때문이다. 보관 중인 부수가 많아서 남몰래 가지고 갈 수도 없었다. 하지만 그 목적을 알 수 없었다.

상당한 인쇄 비용이 들었기 때문에 잘못 발주한 사실을 깨달은 담당자가 책임 회피를 도모했을 가능성도 검토했지만, 그것만으로 방화까지 저지르리라는 생각은 들지 않아서 부인했다.

아다치는 눈물을 글썽거리며 말했다.

"회계 처리에 부정이 있었던 것 아닐까?"

"… 내부 고발인가."

미후네가 나지막이 말했다.

일반적인 동아리 회비나 위원회 경비와는 다르다. 법인격을 취득해서 기업에서 협찬금을 조달하고, 총 운영예산은 1,000만 엔에 달한다. 목돈이 움직이고 있었던 것은 틀림없다. 관계자가 횡령을 했다고 한다면.

"경비는 자기 신고였고, 영수증 관리도 명확한 규칙은 없었어. 장부 보는 법은 잘 모르지만, 아는 사람이 봤다면 부정을 알아차릴 수 있었을지도 몰라."

"아다치의 말대로 그런 내용이라고 하면, 그것을 방문객에게 배포하는 것은 부정의 증거를 뿌리는 일이나 다름없어. 축제의 운영 비화가 적혀 있을 거라 생각하고, 편집후기 QR코드를 스캔하는 사람이 어느 정도 있었을 테니까."

"관련 지식이 있는 사람이 봤다면, 회계 자료라는 것을 한눈에 알아챘을 거야."

아다치의 의견에 미후네는 고개를 끄덕여 보였다.

"기업 광고를 싣는 조건으로 자금을 조달하고 있으니 팸플릿 배포를 포기할 수는 없어. 그렇다고 해서 이유를 설명하지 않고 다시 인쇄할 구실도 찾을 수 없었지. 그래서 실화로 위장해서 창고째 불태웠다."

회계 부정의 증거 인멸은 창고를 전소시킬 이유가 될 수 있을까. 발각됐을 때의 리스크와 비교해서 균형이 맞는지 고민해보았지만, 결론은 쉽게 나오지 않았다.

"난 세자키한테밖에 말하지 않았어."

"세자키 본인이 관련되어 있었거나, 세자키에게 추궁당한 누군가가 폭주했거나."

부정을 저지른 사람이 한 명이라고는 할 수 없다. 오히려 졸업한 선배가 관여했을 가능성도 있었다. 회계 부정이 드러날 경우, 관계자는 형사책임을 지게 될 수도 있었다.

과거의 범죄를 어둠 속에 묻어버리기 위해 방화라는 새로운 범죄를 저지른 것인가.

"창고가 불타고 나서 세자키 씨와 어떤 이야기를 했나요?"

나도 질문했다.

"원래 데이터로 다시 찍자고 하길래 그 엑셀 데이터는 뭐였는지 물어봤어요. 그때는 팸플릿과 화재를 아직 완전히 연결 짓지 못해서… 아니, 생각하고 싶지 않았을 뿐인지도 모르죠. 세자키는 과거의 회계 서류였다고 말했지만, 부정의 증거라고는 하지 않았고, 팸플릿에 섞여 들어간 이유도 모르겠다고 했어요."

"그 팸플릿은 지금도 갖고 있나요?"

"아니요. 세자키에게 건네줬어요."

"인쇄업자에게 보낸 메일은 남아 있죠?"

교체 후의 데이터에는 QR코드가 삽입되어 있을 테다.

“네. 그런데 다운로드 페이지가 사라졌어요.”

집행위원회의 회계 부정이 드러났다면, 분명 나와 미후네의 귀에도 들어왔을 것이다. 고발자가 손을 뗀 것이다. 화재에서 협박 메시지를 읽었거나, 아니면….

“아다치 씨와 미후네 말고, 집행위원회를 그만둔 사람이 있나요?”

“없을 거예요.”

“세자키 씨와 다른 이야기는 안 했고요?”

아다치는 고개를 가로저었다. 앞머리가 살짝 흔들린다.

“세자키가 제게 ‘왜 창고가 불에 탔을까’라며 무표정한 얼굴로 물어봤어요. 갑자기 무서워져서, 저를 협박하는 걸지도 모른다는 생각이 들었어요. 아무에게도 상담할 수 없었고, 아무 일도 없었던 것처럼 종언제가 개최되는데, 머리가 이상해질 것 같아서… 도망쳐버렸어요.”

증거가 될 수 있는 데이터가 남아 있지 않기 때문에 회계 부정이 이루어지고 있었다고 단언하기도 어렵다. 아다치의 진술만으로 방화범을 특정하는 것은 불가능하겠지.

하지만 불씨로서는 충분하다. 남은 것은 제때 맞출 수 있느냐 없느냐.

“창고 밖으로 데리고 나와줘서 고마워. 많이 무거웠지? 아다치가 없었다면, 난 거기서 타 죽었을지도 몰라."

미후네가 감사 인사를 했다. 아다치는 그의 얼굴을 보려고 하지 않았다.

"내가 세자키에게 상담하지 않았다면, 화재는 안 일어났을…."

"그렇지 않아. 아다치가 책임을 느낄 일이 아니야."

"진실을 말하는 데까지 이렇게나 시간이 걸려버렸어."

"하지만 말해줬잖아."

아다치의 울음이 그치기를 기다렸다가 놓친 부분을 확인했지만, 유리하게 작용할 만한 정보는 없었다. 떠나기 직전, 아다치는 머리를 숙였다.

"내가 비겁한 사람인 건 알고 있어요. 하지만… 죄송합니다."

"오늘 해준 이야기로 충분합니다. 고마워요."

아다치의 뒷모습을 배웅하면서, 그녀로부터 들은 정보를 머릿속으로 되새겼다.

5

다음 날. 나는 한 상가건물 안에 있었다.

목적지를 발견하고, 중후함이 느껴지는 검은 문의 인터폰을 눌렀다. 문 위에는 '레지스트 법률사무소'라고 새겨진 철제 간판이 내걸려 있었다.

이번 소송에서 우리는 피고로 집행위원회를 선택했다. 하지만 실체가 존재하지 않는 단체가 소송 활동을 수행할 수는 없기 때문에, 대표자인 세자키 소우의 이름도 송장에 기재했다. 어디까지나 피고는 집행위원회이고, 세자키는 단체의 권리를 대신 행사한다는 명분이었다.

당연한 일이지만, 원고가 본인소송으로 소송 절차를 개시했다고 해서 피고까지 그럴 필요는 없다. 세자키는 스스로 법정에 모습을 드러내지 않고, 소마 변호사를 대리인으로 선임했다. 그는 레지스트 법률사무소의 대표 변호사다.

그리하여 '원고는 본인소송, 피고는 변호사가 대리권을 행사한다'라는 압도적으로 불리한 구도가 성립되었다.

"레지스트 법률사무소입니다."

스피커에서 여성의 목소리가 들려서 "소마 선생님과 약속한 고조라고 합니다"라고 대답하자, 안으로 들여보내주었다.

소송에서는 지원군 역할을 일관해왔지만, 결전 직전이 되자 홀로 적진에 뛰어들기로 마음먹었다. 오전에 전화를 걸어서 용건을 전달하고, 상대의 일정을 듣고 나서 면회를 신청했다. 임의 후견 계약법 강의와 겹쳤지만, 이미 출석 일수는 채웠기 때문에 이쪽을 우선했다.

"소마 변호사를 불러오겠습니다."

안내받은 곳은 테이블, 소파, 관엽식물, 내선전화가 놓여 있을 뿐인 간소한 공간이었다. 전문서로 가득 찬 무법률의 세미나실과는 달랐다. 이 방으로 안내받은 상담자는 어떤 심경으로 변호사가 오기를 기다리고 있을까.

그런 생각을 하는데, 응접실 문이 열렸다.

"기다리게 했군."

짙은 남색 정장 차림의 소마 변호사가 느긋한 발걸음으로 들어왔다. 삼십 대 중반 정도의 외모이지만, 법정에서의 행동까지 포함해 침착함과 여유가 느껴졌다. 보풀투성이 카디건을 입은 나와는 첫 대면 상대에게 주는 인상이 전혀 다를 것이다.

"시간을 내주셔서 감사합니다."

다리를 꼬고 턱에 손을 가져간 소마 변호사는 무언가를 생각하듯이 눈을 가늘게 떴다.

"아, 어디서 봤나 했더니 방청석에 앉아 있었던 학생이군."

변론 준비 절차로 불리는 비공개 절차에 부쳐질 때까지 미후네가 판사나 소마 변호사와 질의응답하는 모습을 방청석에서 지켜봐왔다.

"전화로 말씀드렸다시피 원고의 주장을 바탕으로 내용을 구성해서 일련의 서면을 작성한 사람은 저입니다. 세자키 소우 씨에게 무료 법률 상담소에 관한 이야기는 들으셨나요?"

"소문에 불과하다고 생각했어. 법학부 세미나 활동으로 소송 활동을 수임하고 있다는 말인가?"

"제 독단으로 한 일입니다."

아다치 지카의 이름은 꺼내지 않고, 도가가 말하는 '안락의자 변호'라는 사실을 밝혀서 소마 변호사와 만날 약속을 얻어냈다. 현역 변호사라면 흥미를 보일 것이라 생각했기 때문이다.

"본인소송치고는 괜찮은 소장과 준비서면이었어."

"감사합니다."

"그렇게 칭찬받고 싶어서 여기 온 건가?"

소마 변호사가 싸늘한 시선을 던졌다.

"아닙니다. 저는…."

"비변 활동이라는 말 정도는 알고 있겠지?"

안락의자 변호의 문제점을 정확하게 지적했다.

"자격 없이 변호사 업무를 수행하는 것이죠. 업무에 대한 보수를 받지 않으면, 법률로 금지된 비변 활동에 해당하지는 않습니다."

"본질은 보수의 유무가 아니야."

강한 어조로 소마 변호사는 말을 이었다.

"법률 분쟁은 다시 무를 수 없어. 분쟁을 미연에 방지하기 위해 예방책을 마련하는 것도, 해결을 위해 절충안을 찾는 것도 전문가가 해야 할 업무야. 자네 같은 아마추어가 끼어들어도 될 만한 영역이 아니라고."

"변호사라고 모든 분쟁을 해결할 수 있는 건 아니죠."

"우리는 배지와 직책을 걸고 사건과 마주하고 있어."

그의 재킷에는 해바라기와 천칭을 본뜬 변호사 배지가 달려 있다.

"자긍심을 말하는 겁니까?"

"서면에도, 판결에도 대리인으로 이름이 올라가. 부적절한 변호 활동을 하면, 징계처분을 받거나 배상책임을 지는 경우도 있지. 이런 게 바로 책임감이야. 학교에서 배운 지식을 선보이고 싶으면, 모의재판이라도 해."

"심심풀이로 하는 일이 아닙니다."

"이번 소송의 결과에는 기판력기판既判力이라고 하는 구속력이 발생해. 이번에 패소하면, 변호사에게 다시 의뢰해서 분쟁을 되풀이할 수 없다는 말이야. 패소라는 결과에 구속되기 때문이지. 변호 활동은 불가역적이야."

화재로 인해 미후네가 입은 손해의 배상을 우리는 집행위원회에 요구하고 있다. 소마 변호사의 지적대로, 이 소송에 패소하면 책임을 추궁할 길이 끊긴다. 후유증이라는 손해만이 미후네의 인생에 남게 된다.

최선을 다할 생각이라면, 실력 좋은 변호사에게 의뢰했어야 했다. 소송을 맡아주겠다는 사람이 없어서 고육지책으로 내가 나섰다. 그렇게 설명해봤자 이해해주지 않을 것이다.

"요컨대, 미후네가 승소하면 문제없다는 말씀이네요. 기판력은 승소 판결에도 발생합니다."

노골적인 한숨을 내쉰 소마 변호사는 단호하게 말했다.

"자만하고 있을지도 모르지만, 학생의 소송 활동은 형편없어."

"그렇습니까?"

"남성은 여성보다 화상 후유장애가 노동능력에 미치는 영향이 적다. 학생이 작성한 소장은 그런 상황을 전제로 주장을 펼치고 있었지. 용모를 중시하는 일의 남녀 비율 등으로 손해 인정에 차이를 둬야 한다는 논의가 존재하는 것은 사실이야. 하지만 그건 피고의 반론을 통해 발생하는 논점이야. 원고는 아직 학생이니, 졸업 후 직업 선택의 폭이 좁아져서 노동능력 상실에 성별 차이는 관계없다고 주장할 여지가 충분히 있었어."

내 반론을 기다리지 않고 소마 변호사는 말을 이었다.

"위자료 액수의 설정도 약해. 위자료가 200만 엔에 상당하다고 법원이 생각하더라도, 원고가 100만 엔밖에 청구하지 않으면, 그 금액을 초과하는 지불 명령은 내려지지 않아. 학생은 최종 절충안을 멋대로 상상해서 스스로 원고에게 불리한 구성을 선택했어. 그런 주제에 잘도 승소하면 문제없다는 소리를 하는군."

"… 충고 감사합니다."

"학생에게는 수많은 의뢰 중 하나일지도 몰라. 의뢰인의 인생을 좌우할 수 있다는 점을 진심으로 이해하고 있다면, 그렇게 가벼운 말은 입에 올리지 못했을 테지. 소송을 제기하고 일 년 이상 지났는데, 여전히 누가 방화범인지 특정하지도 않고 추상적인 주장으로 일관하고 있어. 죄다 어설퍼. 내가 학생을 만난 건 착각을 지적하기 위해서야."

무법률이 소송의 지원을 맡은 것은 이번 의뢰가 처음이다. 당연히 가벼운 마음으로 관여하는 것이 아니다. 패소했을 때의 불이익을 미후네에게 설명했고, 그렇다 하더라도 맞서기로 결심했다.

내가 최우선으로 생각하는 것은 의뢰인의 이익이다.

소마 변호사가 지적하는 듯한 피고와 법원에 대한 촌탁° 은 전혀 없었다.

"죄송합니다."

"사죄할 상대는 내가 아닐 텐데."

"아니요. 선생님을 더 실망시켜 드릴 것 같아서요."

휴대전화를 꺼내서 저장해둔 녹음 파일을 스피커로 틀었다.

° 남의 마음을 미루어서 헤아림.

"내가 팸플릿 제작 담당이었잖아…."

거기서 정지 버튼을 누르고, "이것은 집행위원회 소속이었던 아다치 지카 씨와 한 대화의 녹음 파일입니다"라고 설명했다.

"무슨 속셈이지?"

"방화 동기를 특정하지 못한 것이 저희 주장의 최대 난관이라고 생각했습니다. 아다치 씨가 그 대답을 알려주었어요. 집행위원회의 회계 부정을 폭로하는 내용이 담긴 팸플릿이 창고에 보관되어 있었고, 위원장인 세자키 씨에게 상담한 직후에 화재가 발생했다고. 녹음 파일을 드릴 테니, 자세한 내용은 천천히 들어봐주세요."

같은 데이터가 저장된 SD카드를 소마 변호사에게 건넸다.

표정에 큰 변화는 없었다. 분명 놀랐을 텐데, 변호사에게 요구되는 능력에는 포커페이스도 있는 것일까.

"다음 주 재판에서는 세자키 씨의 신문도 예정되어 있습니다. 그때까지 녹음 파일의 존재를 숨겼다가 반대 신문 때 허를 찔러서 동요하게 만든다. 그게 소송 전술의 이론이겠죠. 굳이 사전에 비장의 카드를 공개한 이유를 아시겠습니까?"

"아직 그 녹음 파일을 듣지도 않았어. 홍정에 어울려줄 생각은 없어."

"알겠습니다. 그럼, 이만 가보겠습니다."

자리에서 일어나자, SD카드를 손에 든 채 소마 변호사는 나를 올려다보았다.

"용건은 다 끝났나?"

"네. 건넬 것은 건넸고, 소마 선생님의 신념도 들을 수 있었으니까요."

이게 최선의 방법이라고 나는 생각했다. 진심이 닿지 않으면, 일 년간의 준비가 물거품으로 돌아간다. 쓸데없는 말은 덧붙이지 않고, 상가건물에서 나온 후에 크게 숨을 내쉬었다.

셔츠 속의 피부가 땀에 젖어 있었지만, 이상하게도 불쾌하게 느껴지지는 않았다.

6

낯선 정장 차림의 미후네가 303호 법정의 원고석에 앉아 있다. 법원으로 향하는 도중, 정장을 입는 것은 성인식 이후 처음이라고 미후네는 긴장을 감추듯이 미소 지으며 말했다. 수학과를 졸업한 뒤에는 그대로 석사과정에 진학한다고 했다.

피고석에는 소마 변호사와 대표자인 세자키 소우가 나란히 앉아 있다.

메탈 프레임 안경을 쓰고, 젊은 교사 같은 외모를 한 세자키는 지루한 듯이 휴대전화를 만지고 있었다. 소마 변호사도 방청석에 앉은 나와 시선을 마주치려고는 하지 않았다.

허리까지 오는 높이의 나무 울타리가 재판석과 방청석을 명확히 구분하고 있었다. 자격 없는 자가 이 울타리를 넘는 것은 용납되지 않는다. 개정이 고해지면, 내게는 발언권이 부여되지 않고, 재판을 지켜보는 것밖에는 할 수 있는 게 없다.

할 수 있는 일은 다 했다. 나머지는 그들의 판단에 맡길 수밖에 없다.

경제학부 세미나의 중간발표와 겹친 모양인지, 도가는 일정을 불평하면서 방청을 포기했다. 관공청인 법원은 평일 낮에만 열리기 때문에 학생이 빈번하게 방청하러 오기는 어렵다. 이 재판은 대학생 간의 다툼이라는 측면도 있고, 작년 종언제가 주목받기도 했기에 기자로 보이는 사람도 방청하고 있었다.

오늘 재판에서는 미후네와 세자키의 신문이 실시된다. 그 결과에 따라 소송 절차의 종결 여부가 결정된다. 방화범을 특정하지 못하면 집행위원회의 관리 책임을 물을 수도 없고, 판결에서 패소가 선고될 것이 뻔하다.

모든 것은 신문 결과에 달려 있다고 우리는 얘기해왔다.

정각에 남성 판사가 들어와 사건번호를 호명했다.

"지금부터 재판을 시작하겠습니다. 오늘은 양측의 신문을 실시할 예정이었죠?"

미후네가 고개를 끄덕인 것과 거의 동시에 소마 변호사가 일어섰다.

"존경하는 재판장님, 잠시 드릴 말씀이 있습니다."

"말씀하세요."

"피고는 원고의 청구를 인낙합니다."

돋보기를 쓴 판사는 안경 속 눈을 휘둥그레 떴다.

"인낙… 말입니까?"

"네. 청구의 일부가 아닌 전부를 인정하겠습니다."

미후네가 곤혹스러운 표정을 짓고 있었다. '인낙'이 무슨 뜻인지 모르는 것일 테다. 그것을 눈치챈 판사가 간단한 설명을 덧붙인다.

"청구의 인낙이라 함은, 소장에 기재된 원고의 청구가 옳다는 것을 피고가 인정하고, 재판을 끝내는 소송행위입니다."

"재판을 끝낸다고요? 그럼 제가 청구한 돈은 어떻게 되는 겁니까?"

미후네가 의문을 입에 담자, 판사가 아니라 소마 변호사가 대답했다.

"약 600만 엔. 일시금으로 가까운 시일 내에 지급하겠습니다."

내가 소장에 기재한 청구 금액 전액이다. 화상 후유장애에 따른 일실이익, 위자료, 기타 실비…. 어제 소마 변호사에게 지적받은 대로 상정되는 피고의 반론을 고려해 금액을 수정한 결과, 약 600만 엔이라는 청구 금액을 도출했다.

"…어째서죠?"

미후네가 물었다.

"어째서라니요?"

"이 타이밍에 인정한 이유 말입니다."

원고석과 피고석은 증언대를 사이에 두고 설치되어 있어서 대화하려면 나름 큰 목소리를 내야 했다.

"세자키 씨를 비롯한 집행위원회 전체의 의견입니다. 불의의 사고라고는 하나, 일찍이 함께 활동했던 미후네 씨가 휘말려서 큰 화상을 입게 된 점을 그들은 마음 아파하고 있습니다. 이렇게 법정에서 다투는 것도 본의가 아니었습니다. 자금계획이 세워졌기 때문에 신문을 실시해서 대립이 심화하기 전에 청구를 인낙하기로 결정했습니다."

세자키는 가만히 대리인의 설명을 듣고 있다.

"그렇다면 발화 원인도…."

"청구의 인낙에 따라 재판은 끝났습니다. 모르는 것이 있다면, 직접 조사하거나 법률을 잘 아는 친구에게 물어보세요."

미후네의 발언을 가로막고, 소마 변호사는 판사 쪽을 바라봤다.

"사전에 서면을 제출하지 못해서 죄송합니다"

"구두라도 상관없습니다. 그럼, 방금 말씀하신 사항을 기재한 인낙조서를 작성하겠습니다. 조서가 완성되면 양측에 연락하도록 하지요."

채 십 분도 되지 않아서 오늘의 기일이 종료됐다. 아니, 지난 일 년간 이어졌던 재판이 종료된 것이다.

먼저 법정을 나와 벤치에 앉아 있는데, 미후네가 빠른 걸음으로 다가왔다. 엘리베이터는 반대편이라서 세자키나 소마 변호사와 마주칠 걱정은 없었다.

"대체 뭐야, 인낙이라니."

나는 판사와 똑같은 답변을 되풀이했다.

"청구한 금액이 전부 지급될 거야. 이긴 거나 다름없어."

"이겼다니…. 여전히 누가 방화범인지 모르는 상태잖아. 마지막 기회였던 세자키의 신문도 안 한다는 말이지?"

"응. 소송절차가 종결됐으니까."

시끄러운 대학 캠퍼스와는 달리 법원은 정적에 휩싸여 있다. 목소리를 낮추지 않으면, 지나가는 사람에게 다 들리고 만다.

"일 년이나 지나서… 왜 이제 와서 태도를 바꾼 거지?"

"신문 전에 손을 쓰고 싶었다잖아."

"그게 말이 돼?"

앞머리가 흐트러져서 화상 자국이 보였다. 분명 복잡한 심경이겠지.

법정에서 소마 변호사가 한 설명은, 화재 책임을 인정한 것이 아니라 집행위원회가 선의로 배상액을 마련했다는 듯한 말투였다. 마치 모금이나 기부처럼.

"청구의 인낙은 금전 지급이라는 결론을 받아들일 뿐, 그 이유를 명확히 밝힐 필요까지는 없어. 그러니까… 발화 원인을 특정하는 것도 불가능해."

"거부하면 안 돼?"

"뭐라고?"

나도 모르게 되묻고 말았다.

"재판을 끝내지 않고 신문까지 하고 싶어. 신문으로 세자키를 무너뜨릴 수 있다면, 분명 판사도 회계 부정의 증거를 감추기 위한 방화였다고 생각할 거야."

"그건 불가능해. 청구의 인낙에 원고의 동의는 필요하지 않아. 무조건으로 주장을 인정하고 있으니, 원고에게 불이익은 없다고 판단되었어. 재판은 청구의 옳고 그름을 판단하는 절차고, 그 과정에서 반드시 진실이 밝혀지는 것은 아니야."

"납득 못 하겠어."

미후네는 아직 상황을 정확하게 파악하지 못했다. 시간을 두고 이야기하는 편이 나을 수도 있다.

하지만 과연 자신을 보호하기 위해 미루는 것이 아니라고 단언할 수 있을까.

“신문의 실시는 피해야 한다고 피고는 판단했어. 미후네의 입에서 집행위원회의 회계 부정에 대한 말이 나오는 것을 두려워한 거야.”

“아다치가 우리에게 사실을 털어놓았다는 걸 세자키 쪽은 모르잖아.”

“내가 말했어.”

미후네는 눈을 부릅떴다.

“… 네가?”

“소마 변호사의 사무실에 찾아가서 녹음한 음성 파일을 건네줬어. 아다치 씨와 창고 부지에서 만났을 때, 대화 내용을 녹음하고 있었거든. 소마 변호사가 그걸 들은 후에 세자키 소우와 의논했을 거야.”

“왜, 그런 짓을….”

내 쪽에서 시선을 피하면 안 된다.

“상대가 어떻게 나올지 살피고 싶었어. 신문할 때 흔들기 위해서, 심리전으로 끌고 갈 생각이었거든. 설마 이렇게 되리라고는 예상도 못 했어.”

“하지만….”

“신중하게 움직였어야 했는데. 내 판단 실수야.”

“미리 상의해줬으면 좋았잖아.”

"미안."

십 초 이상 침묵이 흘렀다. 미후네는 통로를 바라보다가 마침내 입을 열었다.

"기뻐해야 할 결과겠지."

"돈은 지급될 거야."

약 600만 엔. 손해의 대부분을 보전할 수 있는 금액이라고 나는 생각했다.

"알았어. 정리가 안 되니까 혼자서 생각해봐야겠어. 다음 주쯤 세미나실로 갈게. 나머지는 그때 이야기하자."

붙잡을 말이 떠오르지 않았다. 미후네가 떠난 뒤, 높은 천장을 올려다봤다.

예상했던 반응이다. 감상에 젖어 있을 시간은 없다.

"왜 사실대로 말하지 않았지?"

흰 셔츠를 입은 장신의 세자키 소우가 근처에 서 있었다.

"엿들었습니까?"

"고생 많았다고 인사하러 왔더니, 분위기가 험악해서 신경 쓰이더라고. 완벽한 승리의 주역인데, 보람이 없네."

"…."

"청구의 인낙이 이길 수 있는 유일한 방법이었다. 그렇게 설명했으면, 미후네도 납득했을 텐데."

"무슨 말인지 모르겠습니다."

조금 전까지 미후네가 있었던 곳에 세자키가 앉았다. 레몬과 라임이 섞인 듯한 향수 냄새. 소마 변호사의 모습은 보이지 않았다.

"직접 대화해보고 싶었어. 소마 선생님에게 이야기를 듣고 놀랐거든. 아다치와 접촉할 거라는 예상은 했지만, 설마 이런 식으로 이용할 줄은 몰랐어."

"재판에서는 녹음 파일을 사용하지 않았습니다."

"어설픈 소장을 제출한 것도 작전 중 하나였지?"

침묵을 긍정으로 받아들였는지 기분 좋게 말을 이었다.

"즉 너는 이 소송에는 승산이 없다고 봤던 거야. 막판에 이르러서가 아니라, 처음부터. 방화를 뒷받침할 적극적인 증거는 존재하지 않아. 목격자를 찾더라도 화재 직후의 참고인 조사 때 나서지 않은 이상 전황을 뒤엎을 조커가 될 수 있을지는 의문이지. 모든 전개를 예상하고, 최선의 해결책은 무승부라고 결론지었어."

고동이 빨라진다. 나와 대화하기 위해 미후네가 자리에서 떠나기를 기다린 것일까.

"말이 많으시네요."

"드디어 만나게 돼서 흥분했거든. 뭐, 조금만 더 말할게. 소송을 원고의 승리에 가깝게 끝내는 방법은 세 가지가 있다더군."

세자키는 구태여 손가락을 하나씩 세우며 말했다.

"승소 판결, 화해 그리고 인낙. 판사가 최종적인 결론을 이끌어내는 것이 판결이고, 당사자가 해결을 위해 주체적으로 움직이는 것이 화해와 인낙. 기분 좋게 이기는 방법은 판결이겠지만, 이번처럼 증거가 빈약한 사례에서는 승소 판결을 기대할 수 없어. 남은 두 개 중 양측이 서로 양보해서 해결의 실마리를 찾는 것이 화해고, 피고가 전면 항복하는 것이 인낙. 내가 이해한 게 맞아?"

"…대강은요."

화해의 경우, 당사자가 합의하면 유연한 해결 방법을 선택할 수 있다.

소송이 제기된 사건이라도 절반 가까이는 화해로 해결이 이루어진다고 한다. 그에 비해 피고가 인낙을 선택하는 일은 거의 없다. 청구에 이의를 제기하지 않는다면, 애초에 소송에 이르기 전에 대화로 해결되었을 것이기 때문이다.

"소마 선생님은 원고가 화해를 통한 해결을 노린다고 예상했어. 100만 엔 정도 건네주면 분명 만족할 거라고. 하지만 방화를 의심하는 미후네는 우리를 크게 원망하고 있었어. 그 정도의 화상을 입었으니 당연한 일이야. 격정에 지배당한 인간은 시야가 좁아지거든. 압도적으로 불리한 상황을 알려주며 양보를 권해도 본인이 납득하지 않으면 화해는 성립하지 않지."

"당신이 책임을 인정했다면, 미후네도 대화에 응했을 겁니다."

"그 선택지는 처음부터 존재하지 않았어. 게다가 화해 시 대화는 공개된 법정이 아니라 당사자밖에 들어갈 수 없는 밀실에서 진행돼. 즉 네가 지시를 내릴 수 없다는 점도 마음에 걸렸겠지. 만일 재판장이 설득을 포기해버리면, 패소행 직행열차를 타게 될 테니까."

가벼운 말투와는 달리 눈빛은 날카로웠다.

"무슨 말이 하고 싶으신 건가요?"

"거기까지 정확하게 분석해서, 본래라면 가장 가능성이 낮은 인낙을 해결책으로 삼았어. 제대로 된 변호사가 사안을 검토했으면, 원고에게 승산이 없다는 건 바로 알아챘을 거야. 그런 상황에서 전면 항복인 인낙을 선택하다니 무능함의 극치지."

"소마 선생님은 뛰어난 변호사라고 생각합니다."

본인소송을 가볍게 보고 전황을 제대로 파악하지 못하는 변호사였다면, 이렇게 전개되지는 않았으리라.

"낚싯줄을 몇 개나 늘어뜨려서 엉뚱한 선택지를 떠오르게 했어. 그중 하나가, 소마 선생님이 맹렬하게 비판했던 소장이야. 자세한 법률 지식은 없지만, 피고의 반론을 예측해서 절충안을 찾는 내용이었다며?"

"그런 얘기를 들었습니다."

화상으로 인한 노동능력의 상실에 대한 남녀 차이, 위자료 액수, 소마 변호사에게 지적받은 사항 외에도 몇 가지 수정 요소를 포함시켰다.

"정신적인 고통이나 미래에 미칠 불이익을 금액으로 변환하는 작업에는 어쩔 수 없이 모호한 가치판단이 요구되지. 이과인 나라도 그 정도는 이해할 수 있어. 원래는 원고와 피고가 자신에게 유리한 금액을 제시하고, 판사가 균형을 잡는 역할이지?"

"재판의 본질을 잘 알고 있네요."

비꼬는 말이었지만, 반은 진심이다. 머리가 잘 돌아가는 사람인 것은 분명하다.

"이번 재판에서는 해결사인 네가 관여할 수 있는 장면이 한정되어 있었기 때문에, 특수한 규칙이 추가되었어. 처음부터 피고가 허용할 수 있는 한도액을 제시해야 했지. 인낙은 원고의 청구를 전부 받아들이는 거니까, 나중에 조정하는 방법은 쓸 수 없어. 전면 항복으로 보이지만, 사실은 양측이 서로 양보하고 있는 거야. 화해와 인낙이 동등한 가치의 선택지가 되게끔 몰아넣으면, 그런 상황을 만들어낼 수 있어. 안 그래도 섬세한 절차인 조정을, 진의를 감춘 채 성공시키기 위한 수단이 바로 무능함을 가장한 소장 구성이었어."

손해배상 청구는, 가격 인하를 전제한 상담商談 같은 것이다.

최초에 제시하는 금액으로 상대방이 응하리라 기대하지는 않고, 관계자의 분위기를 살피면서 타당한 절충안을 찾아나간다. 상대방도 비슷한 생각이라서, 한 푼도 지급하지 않겠다고 주장하면서도 어느 정도의 지출은 각오하고 있는 경우가 많다.

즉 양측의 생각이 일치하는 금액으로 협상에 임하면 흥정을 생략하고 상대방에게 선택을 강요할 수 있다. 확실히 나는 인낙을 통한 해결을 목표로 하고 있었다.

이를 언급하는 사람이 있다면, 소마 변호사일 거라고 생각했었다. 설마 세자키에게 간파당할 줄이야.

"그냥 무능한 것일 수도 있어요."

"그건 그것대로 재밌어. 일 년 전부터 인낙의 낚싯줄을 늘어뜨리고 있었는데, 물고기는 물지 않았지. 매력적인 먹이가 달리지 않았거든. 제한 시간이 끝나기 직전에 묶어둔 것이 아다치의 폭로 음성이었어. 방화범의 특정도, 회계 부정의 증명도 불가능하지만, 협박으로 쓰기에는 충분한 먹이였어."

"협상 카드로 썼을 뿐입니다."

협박과 협상. 녹음 파일을 받은 소마 변호사는 어느 쪽으로 받아들였을까.

"재판에 관심 있는 기자도 방청하러 와 있었어. 역전의 한 수는 되지 않아도 그 녹음 파일을 법정에서 틀면, 냄새를 맡고 다니는 녀석들이 생길 수도 있지."

"그렇게 되면 곤란한가요?"

"시시한 탐색전은 그만두자고. 시간 낭비야. 그렇지…. 아다치가 증인으로 서기를 거부한 것도 알고 있어. 진실을 털어놓는 대신 재판에는 협력할 수 없다고 했겠지. 그런데 무단으로 녹음하다니, 약속 위반 아니야?"

그 교환 조건도 미후네에게는 알리지 않았다. 아다치가 증언대에 선다고 미후네는 믿고 있었다.

나는 얼마나 많은 거짓말을 거듭해왔을까.

"용서받을 수 있는 배신이라고 생각했습니다."

"그 녹음 파일을 듣고 처음으로 우리가 고민하는 처지가 됐지. 네 생각은 바로 이해했어. 소장뿐만이 아니야. 그 이후의 서면에서도 누가 방화범인지 특정하지 않고, 굳이 추상적인 주장에 머무르고 있었어. 청구를 인낙하더라도 방화를 인정하게 되는 것은 아니고, 터무니없는 금액을 청구해오지도 않았어. 내 등을 떠미는 듯한 느낌이더군."

쓴웃음을 지으면서 세자키는 말을 이었다.

"오랜만에 감격했어. 그 녹음 파일이 유출된들 큰 문제는 되지 않을 거야. 하지만 이렇게까지 밥상을 차려주니 경의를 표하고 싶어지더라고. 소마 선생님은 반대했지만, 내가 인낙하겠다고 결정했어."

약 600만 엔이라는 금액은, 어느 정도 수입이 있는 사회인이라도 큰 부담을 느낄 액수일 것이다. 대학생인 세자키가 그 돈을 지급하겠다고 결정했다.

"돈은 확실히 지급해주는 거죠?"

"내 부모님이 자산가라는 사실도 너라면 이미 조사했겠지? 부모님께 빌려서 지급할 테니 걱정하지 마. 어차피 금방 갚을 수 있을 거고. 최신 재생 의료를 받고 미후네의 화상 자국이 개선되기를 기도할게."

소마 변호사가 청구를 인낙하겠다고 말했을 때, 나는 안심했다.

그런데도 가슴의 술렁거림이 가라앉지 않았다.

"당신이 불을 질렀습니까?"

"왜 그렇게 생각하지?"

"회계 부정 사실을 뒷받침하는 데이터의 유출이 겁나서 창고째 팸플릿을 불태운 거죠. 실행범은 아니더라도 위원장이었던 당신이 관여했을 가능성이 높습니다."

"기분 내키는 대로 언제든지 600만 엔을 준비할 수 있는 내가 그런 푼돈을 위해 위험을 무릅쓸 사람으로 보였다는 게 충격이군."

총 운영예산이 1,000만 엔에 달한다고는 해도 수백만 엔이라는 규모로 회계 부정을 저질렀다면 더 일찍 드러났을 가능성이 크다.

푼돈이라 주장한다면, 더는 할 수 있는 말이 없다.

"자산가는 당신이 아니라 부모님입니다. 목돈을 마련하려면 이번처럼 이유를 설명해야 했어요. 그게 귀찮아서 회계 부정으로 자유롭게 쓸 돈을 수중에 두려고 했다. 얼마든지 설명은 가능합니다."

"억지소리로밖에 안 들려."

"졸업 후에는 외국계 증권회사에 취직하는 것이 확정됐다는 말을 미후네가 하더군요. 게임 감각으로 관여했던 회계 부정 때문에 완벽한 경력에 흠집이 나서는 안 된다. 그래서 전부 불태우기로 했다. 이것도 억지소리 같습니까?"

"동기를 말할 수 있을 정도로 네가 나를 잘 안다고 생각해?"

도발적인 말을 던져도 동요하는 기색이 전혀 없었다.

"절차가 종결됐는데도 일부러 내 앞에 나타나서 답 맞히기를 요구했습니다. 그게 당신의 본질이겠죠. 늘 주도권을 잡지 않으면 직성이 풀리지 않아요. 내 의도를 이해하고 청구의 인낙에 응한 것도 결정권을 다른 사람에게 넘기는 것을 참을 수 없었기 때문에…."

"타인에게 분석당하다니 신선한 기분이네."

"자신을 신봉하는 후배에게 회계 부정을 명령했다. 자신이 모르는 곳에서 발생한 폭주를 힘으로 수습했다. 대표의 권한을 남용해서 최대한의 이익을 누리려고 했다. 당신이 관여되어 있다면, 어느 것이 진상이라 해도 놀랍지 않습니다."

상식으로는 잴 수 없는 가치 기준에 따라 움직이는 인간은 일정수 존재한다. 하지만 그 대부분은 사회 부적응자로 낙인 찍혀서 고립되어 있을 것이다.

그럼에도 집단에 집어삼켜지지 않고, 오히려 다수파를 지배한다. 자신의 선택이 옳다고 확신하고, 패자가 될 수 있다는 생각은 전혀 하지 않는다.

세자키는 그런 인생을 살아온 것이 아닐까.

“그 말의 증거가 하나라도 있어?”

“물적 증거는 없습니다. 아다치 씨의 진술뿐입니다.”

“너는 아다치도 의심하고 있어. 그래서 주저 없이 음성을 녹음한 거야.”

전부 다 꿰뚫어 보고 있다는 듯 세자키는 희미하게 웃었다.

“우리는 사고방식이 비슷해. 특히 근본적으로 타인을 신용하지 않는 부분이.”

“같은 취급 하지 마시죠.”

“아다치의 부자연스러운 변명을 그대로 믿었어?”

“그건….”

제작한 팸플릿에 낯선 QR코드가 인쇄되어 있다는 사실을 깨닫고, 집행위원회의 회계 관련 데이터를 발견했다. 회계 부정이 의심되어 세자키에게 상의했더니 그 일주일 뒤에 창고가 불타는 바람에 아무것도 믿을 수 없어서 위원회에서 도망쳤다.

고발자의 존재를 암시하는 아다치 지카의 설명에는 수긍하기 어려운 점이 있었다.

내부 고발이 목적이었다면, 대학의 교무과나 경찰에게 알리면 되는 일이다. 그런데 왜 팸플릿이라는 번거로운 방법으로 고발했을까. 발주 직전에 데이터를 교체했다고 해도, 배부 전에 QR코드의 존재가 들킬 위험성은 고려하지 않았던 걸까. 거기까지 준비해놓고서 화재 발생 후에 다시 고발을 시도하지 않은 이유는 무엇일까.

"아다치 씨는 당신을 협박했던 것 아닙니까?"

고발이 아닌 협박.

아다치의 악의를 인정할 경우, 많은 의문이 해소된다.

"그것 봐, 의심하고 있네."

"회계 부정을 눈치챈 아다치 씨는 당신을 협박해서 금품을 강요했습니다. 부모님이 자산가고, 졸업한 선배와도 인맥이 넓은 모양이니 입막음 비용부터 취업처 알선까지 생각나는 협상 재료는 많네요. 하지만 이번 소송과 마찬가지로 당신은 꼬리를 보이지 않았고, 협상은 결렬되었죠. 포기하지 못한 아다치 씨는 요구에 응하지 않으면 부정의 증거를 팸플릿에 담아 퍼뜨리겠다고 협박했습니다."

관계자가 입을 열지 않는 이상, 세부적인 부분은 상상으로 메꿀 수밖에 없다.

"그래서?"

"팸플릿을 통한 고발은 세자키 씨가 요구를 받아들이게 하려는 블러핑이었을지도 모릅니다. 부정을 공표해봤자 협상 카드만 잃을 뿐, 아다치 씨에게는 아무런 이득이 없어요. 하지만 협박이라는 일선을 넘었다면, 본래의 목적을 잃고 폭주할 가능성도 제로는 아니죠. 그리고 그 진위를 확인할 방법이 없었습니다."

"손에 들고 확인하면 되잖아."

상대의 불안감을 키우려면, 일부 팸플릿에만 다운로드 페이지 링크를 삽입하는 등 폭탄의 장소를 애매모호하게 암시하는 것이 효과적이다.

"팸플릿에는 기업 광고와 종언제 정보가 적혀 있었습니다. QR코드나 홈페이지 주소도 많이 있었겠죠. 어딘가에 회계 데이터가 섞여 있지 않을까, 하는 의심을 불식할 수 없는 이상 팸플릿을 배부할 수는 없었어요."

"그래서 불태웠다고?"

"창고 일부만 불태울 생각이었을지도 모릅니다. 하지만 시너의 인화성이 상상 이상으로 강해서 전소하게 되었죠."

아니, 만전을 기하기 위해 진상을 알아챌 수 없도록 창고째로 불태운다.

세자키 소우라는 인간이기에 거기까지 철저했을 수도 있다.

잠시 대화를 나눈 것만으로도 날카로운 통찰력과 논리적인 사고능력을 겸비한 인물임을 알 수 있었다. 이 대화조차 게임의 일환으로 즐기고 있는 것은 아닐까.

"추리는 끝났어?"

"신변의 위험을 느낀 아다치 씨는 손을 뗐어요. 협박까지 했으니 참고인 조사에서 나설 수 없었겠죠. 경찰이 실화로 결론짓고 끝났다고 생각했는데, 피해자인 미후네가 끈질기게 메시지를 보내왔습니다. 그 이상 들쑤시고 다니면, 화재의 진상에 도달할지도 모르죠. 그렇게 되기 전에 불리한 사실은 감추면서 우리가 납득할 만한 방화 스토리를 들려주기로 한 겁니다."

아다치가 숨겨야 했던 것은 자신이 관련된 협박 사실뿐이었다. 전부 꾸며내면 불가해한 상황을 설명할 수 없고, 우리의 추궁을 받아넘기기도 어려워진다. 그래서 고발자의 존재와 QR코드에 관한 설명 외에는 진실을 말했던 것이 아닐까.

내가 너무 깊이 생각했을 뿐, 미후네의 화상 후유증을 안 아다치가 양심의 가책을 견디지 못해 자신이 아는 사실을 숨김없이 털어놓은 것일 수도 있다.

아마도 미후네는 아다치가 거짓말했다고는 생각하지 않을 것이다. 아다치를 더 오래 본 사람은 미후네다.

선입관과 시의심猜疑心. 어느 쪽의 판단이 틀렸는지는 알 수 없다.

“증거가 없으면, 추리는 망상으로 격하되지.”

“아다치 씨의 진술에 운명을 맡길 수는 없었습니다. 그래서 녹음 파일을 소마 선생님에게 건넸습니다.”

창고 부지에서 얼굴을 마주 보고 이야기했지만, 그녀의 고백을 완전히 믿을 수는 없었다.

“미후네에게 전부 털어놓고, 함께 타협점을 찾을 수도 있었어. 너는 아다치뿐만 아니라 친구인 미후네조차 신용하지 않았어.”

반박할 수 없었다. 인낙을 통한 해결을 목표로 한 것은 사실이다.

“비판하려는 게 아니야. 오히려 합리적인 사고방식이라고 생각해. 냉정함을 잃은 미후네는 돈보다 진상 해명을 우선하겠다는 말을 꺼냈을지도 몰라. 방금도 비슷한 말을 했었고. 진상에 집착하다가 패소하면, 한 푼도 받지 못하고 재생 치료는 그림의 떡으로만 남겠지. 당장은 납득하는 모습을 보여도 언젠가는 자기만족이었다며 후회할 거야. 장기적인 시점에서 보면, 친구를 속여서라도 돈을 받게 한 네 판단이 옳아.”

세자키에게 이해받을수록 공허함이 밀려왔다.

지난 일 년간 수없이 고민했고, 그럼에도 결론은 흔들리지 않았다. 책임 추궁이 불가능하다면, 손해만이라도 회복할 수 있게 하고 싶었다.

"미후네에게 진실을 말해줄 수 없습니까?"

"왜?"

"그가 납득하고, 앞을 바라보며 살 수 있길 바라니까."

"시시하군. 그리고 뭔가 착각하는 것 같은데."

세자키는 자리에서 일어나 나를 내려다보며 말했다.

"진상을 어둠 속에 묻어버린 사람은 바로 너야."

막간

추상격렬秋霜激烈

"언제까지 내 그림자만 쫓을 생각이야?"

고등학교 3학년 가을. 나의 제1지망이 가잔 대학교 법학부라는 사실을 알게 된 형은 자주성 없는 나를 꾸짖듯이 한숨을 내쉰 후, 그걸로는 직성이 풀리지 않았는지 다시 입을 열었다.

"같은 고등학교, 같은 동아리 활동, 같은 대학교. 보이는 것만 따라 하고 만족하니까 어중간한 성적밖에 못 남기는 거야. 법률의 길에 발을 들여놓을 생각이라면, 제대로 각오를 다져. 시험도, 자격도, 법률도 수단이지 목적이 아니니까."

딱 그 무렵, 형은 높은 등수로 사법시험에 합격해서 법률가로의 직행 티켓을 손에 넣었다. 대학 재학 중에 이룬 쾌거였다. 부모님도 놀라움을 감추지 못했고, 우쭐해진 형이 설교를 늘어놓아도 흘려듣는 것은 허락되지 않았다.

수험생의 의욕 따위 아랑곳하지 않고, 형은 자기 이야기를 계속 늘어놨다.

"중학생 때는 부모님께 인정받고 싶어서 검사를 목표로 하겠다고 말했지만, 대학에서 본격적으로 법률을 배우며 생각했지. 역시 내 적성에는 검사가 맞는다고 말이야. 소극적인 이유로 선택한 게 아니야. 전부 내 의지였어."

스스로 다짐하는 말처럼 들리기도 했다. 아직 사법 연수도 받지 않은 이 시기에 자신은 검사 외길이라고 단언할 수 있을 만큼 큰 애착은 없었을 것이다.

"유죄율 99.9%. 이 숫자가 유지되는 것은, 형벌을 내려야 할 사건인지 아닌지 검사가 올바르게 준별하고 있기 때문이야. 법원에서 판결이 내려지는 사건은 일부분에 불과해. 기소 권한을 가진 검사가 사실상 피의자를 재판하고 있는 거야."

풍부한 실무 경험과 실적을 지닌 부모님에 비하면, 형의 설명은 어딘가 어설프게 느껴졌다. 그래도 신념이 흔들리는 일 없이 형은 사법연수를 마치고 염원하던 검사로 착임했다.

"한정된 시간 내에 피의자의 기소 여부를 결정해야 해. 좁은 방 안에서 마주 보고 계속 대화하는 거야. 거짓말하고 있지는 않은지, 말뿐인 반성인지, 감추고 있는 여죄는 없는지. 생각할 게 산더미야. 매일 끈기 싸움, 눈치 싸움을 하는 기분이라니까."

형도 대학 재학 중에는 무법률에 소속되어 있었다. 검사 지망이면서 왜 법률 상담과 관련된 세미나를 했을까. 넌지시 물어보자, 균형 감각을 기르기 위해서라고 형은 대답했다.

"검사와 변호사가 늘 적대하는 것은 아니야. 사건에 대한 접근 방식이 다를 뿐 협력할 수 있을 때도 많아. 무법률 활동은 어설프긴 해도 변호사의 기초적인 사고방식을 배울 수 있는 기회였어. 그리고 어머니의 위대함도 알게 됐지."

나는 형과 교대하듯이 무법률의 문을 열었다.

엘리트 가도를 달리는 수재의 동생으로 영입되어, 1학년 무렵부터 법률 상담 대응을 맡게 되었다. 형과 비교당하고 싶지 않으면, 다른 자율 세미나에 들어가면 됐을 것이다.

지적받은 대로 나는 형의 그림자를 쫓아왔다.

"고민할 여유가 있으면 움직여. 때가 무르익기만 기다렸다가는 아무런 결단도 내리지 못하니까."

추상열일秋霜烈日°. 그 엄격함이 내게는 너무 눈부셨다.

° 가을에 내리는 찬 서리와 여름의 뜨거운 태양이라는 뜻으로, 형벌이 엄하고 권위가 있음을 비유적으로 이르는 말.

오야코시라즈

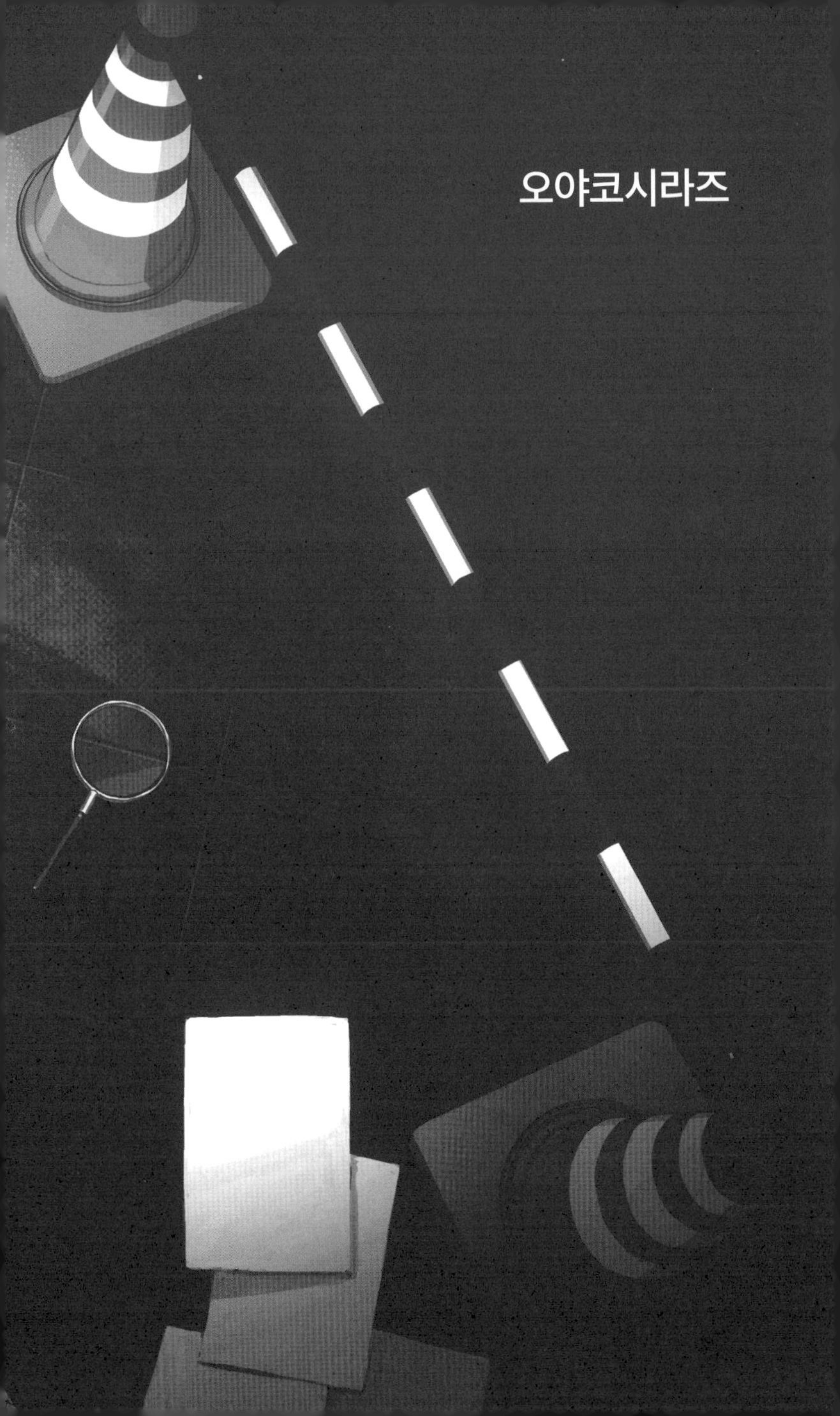

1

"안녕하세요. 오늘은 가족의 날이에요."

일요일 아침. 샤워를 하고 커피를 내린 뒤 정기 구독하는 법률 잡지를 펼쳤을 때, 도가에게 전화가 걸려왔다. 아침 인사에 이어 알려준 소식은 오늘이 중요하지 않은 일본의 국가기념일이라는 것. 굳이 말할 필요도 없지만, 나와 도가는 가족이 아니다.

"그래서?"

"선배… 아침에 약한 편이에요?"

"휴일 아침 정도는 느긋하게 보내고 싶어."

전국의 법원에서 매일 새로운 판례가 탄생하고 있다. 정기적으로 살펴보지 않으면, 법률 정세에 뒤처지고 만다. 법대생에게 휴일은 없다. 채권각론 담당 노교수가 은퇴 직전의 수업에서 남긴 말을, 나는 졸업을 코앞에 둔 지금도 계속 지키고 있다.

"마음은 알겠지만, 가족의 날은 11월의 셋째 주 일요일이라고 정해져 있어요. 즉 필연적으로 휴일과 겹치고 만다고요."

"기념일 때마다 나한테 연락할 생각이야?"

그런 귀찮은 알람을 부탁한 기억은 없다.

"아뇨. 오늘은 특별해요."

"왜 가족의 날에 집착하는지 모르겠네."

애초에 일본의 국가기념일에 이렇다 할 흥미도 없다. 공휴일이라면 일상에 변화를 초래하지만, 언어유희로 정해지는 경우도 많은 기념일은 밸런타인데이나 만우절 등 극히 일부를 제외하면 사람들이 알지도 못하는 게 대다수일 것이다.

"가족의 인연을 소중히 하기 위한 날이래요."

"그렇다면 연락해야 할 사람은 내가 아니야."

도가의 가족 구성은 모르지만, 아르바이트로 생활비나 학비를 번다는 이야기를 들은 적이 있다. 만일 가정환경이 복잡하다면, 무신경한 발언이었다.

"이날을 위해 고조 선배 몰래 준비해온 것이 있어요."

"뭐, 생이별한 형이라도 찾아준 거야?"

"그런 사람이 있었어요?"

"농담이야."

전화로는 아무래도 쓸데없는 소리를 하고 만다.

우리 형은 검사로서 사법의 일익을 담당하고 있다. 일요일인 오늘도 휴일을 반납하고 피의자 심문에 임하고 있을지도 모른다.

"제 말 끊지 마세요."

"얼른 본론으로 들어가줘."

"무법률에 부족한 건, 가벼운 마음으로 상담할 수 있는 낮은 문턱이라는 사실을 깨달았어요. 캠퍼스 끄트머리에 위치한 법학부동의 후미진 곳에 있는 세미나실. 책으로 가득 찬 음울한 공간. 눈매가 사납고 쌀쌀맞은 대표. 비밀유지의무 탓에 입소문도 퍼지지 않죠. 삼 대 악조건을 다 갖췄어요."

"세 개 이상 말했잖아."

하지만 분석 자체는 정확했다.

"현 상황을 타개하기 위해서 출장 법률 상담을 기획했어요."

"…출장?"

무법률의 홈페이지와 SNS 계정을 만들고, 진실과 거짓이 뒤섞인 홍보 글을 올려서 새로운 상담자를 모집했다고 한다. 가족의 날을 기념해서 '가족 문제, 뭐든 해결해드립니다'라는 허풍을 떨면서. 과대광고도 정도가 있지.

"나는 상담도, 보고도 못 받았어."

"깜짝 기획이니까 어쩔 수 없어요. 인원수 제한은 따로 두지 않았는데, 결과적으로 선착순 한 분이 되셨어요."

"한 명밖에 문의를 안 했다는 말이군."

오히려 반응이 있었다는 점에 놀라야 하나. 두 달 전까지는 전 분야에 대한 상담을 신청받아도 늘 파리만 날렸다. 가족 관계 문제는 지금까지 한 손으로 꼽을 수 있을 정도밖에 경험한 적이 없다.

"상황은 이해됐나요?"

"이해는 했지만, 납득은 안 했어."

"잠에서 깬 지 얼마 안 돼서?"

"마음대로 생각해."

잠이 부족해서가 아니라, 일주일 넘게 비슷한 상태가 이어지고 있었다.

"대충 대답하지 마세요. 안락의자 변호를 완수한 뒤로 뭔가 힘이 없잖아요. 번아웃 증후군인가 했는데, 아무리 기다려도 나아질 기미가 안 보이고."

무슨 일이 있었는지 도가에게는 말하지 않았다. 시간이 해결해주리라 생각했었다. 하지만 마음 한구석의 꺼림직함이 언제까지고 사라지지 않는다.

"졸업 전 우울증일지도."

결혼 전 우울증에 빗대어 대답했다.

"깜짝 파티를 개최한다 해도 고조 선배가 신나서 떠드는 모습은 상상이 안 돼요. 그래서 이번에는 과격한 치료법을 준비했어요. 법률 기계라면, 법률 상담으로 이겨내세요."

"그러니까…."

"선배의 사정으로 곤란한 사람을 내버려둘 생각이에요?"

도가가 정곡을 찔렀다. 하려던 말을 삼키고, 한숨을 내쉬었다.

"상담 내용을 듣고 나서 판단할게."

"그건 선배 마음대로 하세요. 그럼, 제1회 출장 무료 상담의 장소를 말씀드릴게요."

한 시간 뒤. 전화로 들은 반지하 카페에서 나는 도가를 기다리고 있었다.

홈페이지에 적혀 있는 설명에 따르면 미술품 전시 갤러리로 사용했던 장소를 리모델링했다고 하는데, 앤티크풍 실내 장식이 감각적으로 배치되어 있었다. 선반에 진열된 책들의 책등에도 통일감이 있어서 어수선한 느낌은 전혀 없었다.

쇼팽이라는 가게 이름을 듣고 상상했던 대로, 대화에 방해가 되지 않을 정도의 작은 소리로 클래식 음악이 흐르고 있었다. 다만 피아노와 바이올린 소리 정도밖에 구분하지 못하는 나로서는 쇼팽의 곡인지 아닌지는 모르겠다. 어쩌면 클래식조차 아닐 수도 있었다.

"주문하시겠습니까?"

동년배로 보이는 여성 점원이 물이 든 잔을 테이블 위에 내려놓았다. 커피를 마신 지 얼마 되지 않았기 때문에 디카페인 허브차를 주문했다.

"네, 알겠습니다."

가족 문제라는 말을 듣고, 어떤 상담과 마주하게 될지 생각해보았다.

민법에는 가족 관계를 규율하는 조문이 삼백 개 이상 존재한다. 대표적인 분야는 이혼과 상속일 것이다. 부부 관계의 종료나 친족의 사망에 따른 재산 청산. 그러한 인생의 결정적 시기에는 특히 분쟁이 발생하기 쉽다. 시작하기는 쉽지만, 끝내기는 어려운 법이다.

가족의 날은 '패밀리'에서 따와, 11월 23일로 하는 안도 있었다고 한다°. 이 안이 채용되었다면, 좋은 부부의 날(11월 22일)과 좋은 가족의 날(11월 23일), 두 기념일이 연속되었을 것이다.

'좋은'이라는 수식어가 붙는다는 사실 자체가 '좋지 않은' 부부나 가족의 존재를 전제하는 것은 아닌지 의심하게 된다. 일요일인 오늘, 일본 각지 수천만 세대의 가족은 어떤 시간을 보내고 있을까.

"저 왔어요."

털을 깎기 직전의 알파카. 그런 인상을 주는 흰색 털 재킷을 입고 나타난 도가는 잠시 생각하더니 내 옆에 앉았다. 상담자의 자리를 비워둬야 하니 어쩔 수 없지만, 모르는 사람 눈에는 남들을 의식하지 않는 커플처럼 비칠지도 모르겠다.

"그거, 한겨울 옷 아니야?"

"인조털이라서 바람은 잘 통해요."

° 패밀리의 일본식 발음인 '화미리'를 고로아와세(발음의 유사성을 사용한 일본식 언어유희)로 표현하면 숫자 23이 된다.

“아, 그래.”

도가는 따뜻한 코코아를 주문한 뒤, 가게 안을 둘러보며 “멋진 카페네요”라고 말했다.

“무법률에도 참고하고 싶어.”

“안 어울릴 것 같으니까 관두는 편이 좋아요.”

확실히 이 분위기를 해치지 않고 융합시키기는 어려울 것 같다. 오히려 수상함만 더해지겠지. 문턱 낮은 법률 상담소로 가는 길은 험난해 보인다.

“상담자는 언제 온대?”

“코코아와 함께 나타날 거예요.”

몇 분 안 남았다는 말인가. 늘 그렇듯이 사전 정보를 거의 듣지 못했다.

“출장 상담은 그렇다 치고… 다른 손님이나 점원에게 이야기가 들리면 곤란하지 않아?”

“제대로 설명했으니 걱정 마세요. 게다가 무법률을 방문하는 데도 위험 요소가 있어요. 방음이 잘된다 해도 세미나실에 들어가는 모습을 보면 상담하러 온 게 티가 나니까요. 솔직히 둘 다 거기서 거기예요.”

“그런가.”

무법률과 관련되는 것이 불명예라는 말을 들은 기분이었다.

“남의 눈을 피하는 방법도 생각해둬야 해요.”

가게 안에는 홀을 담당하는 여성 점원, 카운터에 중년 남성, 식사를 하는 손님이 드문드문 보였다. 뭐, 본인이 승낙했다면 문제는 없을 것이다.

"상담 내용은?"

"아무것도 못 들었어요. 신선한 기분으로 상담에 임하시죠."

"좋지 않은 예감밖에 안 드는군."

법률 상담이 아니라 연애 상담이나 인생 상담이라면 어쩌려는 것인지. 휴일을 희생해가며 외출할 만한 옷차림으로 갈아입고 찻값까지 들였다.

출장 상담 금지령을 내릴지 말지는 이번 상담자가 들고 오는 문제에 달렸다.

"의욕이 생겼어요?"

"…평소랑 같아."

몇 없는 친구 중 하나가 제기한 소송의 지원을 떠맡은 나는, 거기서 독단적인 해결 방법을 선택하고 말았다. 어떻게 해야 했을지 여전히 답은 모르겠다.

도가가 캐묻지 않는 것은 흥미가 없기 때문일까, 그녀 나름의 배려인 것일까.

"아, 하지만 이름은 들었어요."

"점쟁이도 그것보단 더 들을 거야."

"이름만 듣고도 어떤 상담인지 짐작이 되더라고요."

그런 일이 가능하면 초능력자다. 허브 향기로 마음을 진정시켰다.

"오래 기다리셨습니다."

따뜻한 코코아가 든 컵을 도가 앞에 내려놓은 여성 점원은 그대로 앞치마를 벗고 우리 앞에 앉았다.

"저…."

이곳의 접객은 원래 이런 식인가 싶었지만, 분명 평범한 카페처럼 보였다.

"보세요, 코코아와 함께 나타났죠?"

옆에 앉은 도가의 의기양양한 목소리를 듣고 상황을 이해했다.

"당신이 상담자입니까?"

"네. 간호학과 3학년 스즈키예요. 잘 부탁드립니다."

어깨에 닿는 길이인 진갈색 머리카락. 팔다리가 늘씬하게 길고, 어른스러운 인상이다. 조금 전까지 입고 있었던 줄무늬 살롱 에이프런도 잘 어울렸다.

"여기서 이야기해도 괜찮습니까?"

"네. 직원이 한 명 왔거든요."

몇 분 전까지는 없었던 남성 점원이 옆 테이블에서 주문을 받고 있었다.

"상담 내용이 다른 점원에게 들릴 수도 있는데요…."

"괜찮아요. 제 문제는 다들 알고 있으니까."

'문제'라고 스즈키는 표현했다.

"소개가 늦었지만, 법학부 4학년 고조와 경제학부 3학년 도가입니다."

둘을 합쳐서 한 번에 소개하자, 언제나처럼 도가는 조수라는 직함을 덧보탰다.

"상담 내용은 뭔가요?"

대답 대신 스즈키는 가잔대 학생증을 우리에게 보여줬다. 얼굴 사진은 스즈키 본인이 틀림없다. 친절하게 신분을 증명해준 것이라고 생각했다.

하지만 이름을 본 순간 놀라고 말았다. 스즈키라는 성 뒤에 '椰子実'라고 적혀 있었기 때문이다.

"제 이름, 읽으실 수 있겠어요?"

2

몇 초간 곰곰이 생각했다.

'椰子'를 읽는 방법과 의미. '椰子'와 '実'의 조합°. 이름이라

° 椰子는 야자, 実는 열매나 과실을 뜻한다.

는 전제.

—이름만 듣고도 어떤 상담인지 짐작이 되더라고요.

조금 전 도가가 했던 말. 그 의도.

"스즈키… 야시미 씨?"

침묵 끝에 스즈키는 말없이 학생증을 집어넣었다.

따뜻한 코코아의 달콤한 향기. 도가의 싸늘한 시선. 오답임을 알려주는 어색한 분위기.

"저는 맞혔어요."

그렇게 말한 도가에게, "단번에 맞힌 사람은 오랜만이에요"라고 스즈키가 대답했다.

"발음을 우선해서 이름을 정한 게 아닐까 싶어서 다양하게 변환해봤죠."

야시, 야코, 야코미? 사용법이 한정된 한자다. 야자열매. 코코야자. 아니… 변환이라고 하면 일본어가 아닐 가능성도 있다는 말인가?

"코코넛?"

"스즈키 코코나가 정답입니다. 못 읽는 게 당연해요. 꿰맞추기도 정도껏 해야지. 특별한 의미도 없어요. 신혼여행지인 하와이에서 임신했고, 거기서 마신 코코넛 주스의 맛에 어머니가 감동해서 이렇게 지었대요. 어떻게 생각하세요?"

대답하기에 난감했다. 자연스럽게 코코나로 읽을 수 있는 한자 이름 후보가 여럿 떠오른다. 그들에 비해 椰子実가 변화구, 혹은 마구에 속한다는 사실은 부정할 수 없다.

"개성적인 이름이네요…."

"다들 인정하는 키라키라네임°이에요."

차가운 말투로 스즈키가 말했다.

가족 문제, 난해한 이름의 상담자. 그렇군. 도가가 말한 대로 두 개의 정보만으로 이번 상담의 방향성이 어렴풋이 짐작된다.

"부모님과의 관계에 대한 상담인가요?"

"어머니와 연을 끊고 싶어요."

즉답이었다. 음색과 표정에 강한 의지가 드러나 있었다.

"가족 관계를 정리하고 싶다는 뜻입니까?"

"아버지와 어머니는 결혼하고 삼 년 만에 이혼했어요. 아버지가 어디에서 뭘 하는지는 전혀 몰라요. 생판 남이 됐거든요. 어떻게 하면 저도 그렇게 해방될 수 있나요?"

"어머니와 피가 이어져 있으시죠?"

"네. 하지만 이제 한계예요."

어디부터 설명해야 할까. 부부와 부모 자식의 관계성 차이.

° 일반적이거나 전통적이지 않는 방식으로 한자를 읽거나, 인명에 잘 쓰이지 않는 단어를 사용한 독특하고 기발한 이름의 총칭.

법률상의 부양의무. 성인이 됨으로써 발생한 변화. 내가 망설이고 있자, 도가가 입을 열었다.

"고조 선배, 보통은 두 사람 사이에 무슨 일이 있었는지를 먼저 확인하지 않나요?"

"자세한 사정을 몰라도 절연할 수 있는지 아닌지는 대답할 수 있어."

"그런 문제가 아니에요."

"언급하기 싫을 수도 있잖아."

우리가 말다툼하는 모습을 본 스즈키는 입가에 웃음을 띠었다.

"말할 생각으로 왔으니 들어주실래요?"

"물론이죠."

도가가 고개를 끄덕이며 말했다.

밝은 이야기는 아닐 것 같지만, 굳이 만류할 이유도 없다.

"부모에게 받는 첫 선물이 이름이라고들 하잖아요. 평범한 이름이라면, 멋진 선물이라고 생각해요. 특이한 이름이더라도 거기에 의미가 담겨 있다면 농담거리로 삼을 수도 있었겠죠. 하지만 저처럼 아무 이유도 없으면 그건 그냥 저주예요."

"취업 준비할 때 고생한다고 들었어요."

"자기소개를 할 때마다 원망했어요. 이름을 말했을 때는 귀여운 이름이라고 칭찬받아요. 하지만 한자를 알려주면 쓴웃음을 지어서, 마이너스 상태로 인간관계가 시작돼요. 이런 이름을 붙인 부모가 어떤 사람일 것 같으세요?"

"기분파, 자식과도 친구처럼 지낸다, 명품으로 도배한 패션… 등이네요."

도가가 술술 대답했다. 아마 스즈키의 기분이 상하지 않을 경계선을 순식간에 파악했을 것이다. 나는 아무리 해도 흉내 낼 수 없다.

"어머니를 본 사람들은 다 저를 동정해요. 상상했던 그대로의 독친毒親° 이라서 그렇겠죠. 고등학생 때까지는 불만이 있어도 참아왔어요. 집안일을 강요해도, 돈 씀씀이가 헤퍼도, 여러 남자를 데리고 와도."

"집을 떠나지 않으면, 이상하다는 것도 깨닫지 못하죠."

핵심을 찌르는 도가의 맞장구에 스즈키도 놀란 것 같았다.

"정말로 그래요. 대학생이 되어서 혼자 살기 시작했더니, 단숨에 시야가 넓어졌어요. 보통이라고 생각했던 것이 그렇지 않았고, 제가 자유를 억압받고 있었다는 사실을 깨달았어요. 길러준 것은 분명 감사하다고 생각해요. 하지만… 제 인생에서 잘라내고 싶어요."

구체적으로 무슨 일이 있었는지는 듣지 못했다. 하지만 스

° 자식에게 독이 되는 부모라는 뜻의 신조어.

즈키가 어머니와의 관계를 청산하고 싶다고 바라는 것은 사실이고, 그 마음이 틀렸다고 단정 지을 수도 없기 때문에 다시 생각하라고 설득하는 것은 주제넘은 짓이다.

부모와 자식의 인연은 영구불멸이라고 믿을 정도로 나도 순진무구하지는 않다.

"학비와 생활비는 받고 있지 않습니까?"

"받지 않아요. 휴일은 이 카페에서, 평일 밤은 병원에서 간호 보조 아르바이트를 하고 있어요. 야근 수당 덕분에 어떻게든 버티는 상황이에요."

간호학과 3학년이라고 스즈키는 말했다. 전공 분야와 관련된 아르바이트를 선택했다고는 해도 실습도 있을 텐데, 바쁜 나날을 보내고 있는 듯하다.

"부모님의 지원이 없어도 살아갈 수 있다는 말이죠?"

나는 한 번 더 물었다.

"오히려 그쪽이 저한테 기생하고 있어요."

기생. Parasite.

"무슨 뜻인가요?"

"어머니는 생활보호를 수급받고 있고, 일정한 직업도 없어요. 성실히 일하는 사람을 바보 취급하든, 사회복지사에게 추파를 던지든 멋대로 하라고 생각하고 있었죠. 그런데 작년 여름쯤 갑자기 제가 사는 곳에 들이닥쳐서 매달 5만 엔을 내놓으라고 요구했어요."

어디서 나온 숫자인지 알 수 없어서 말문이 막혔다.

"…제가 집을 나온 탓에 수급액이 줄었으니 책임을 지라더군요."

"말도 안 돼."

도가가 중얼거렸다.

생활보호는 세대원 수에 따라 수급액이 증감한다. 최저한의 생활을 보장하기 위한 안전망이기 때문에 보호할 인원수에 따라 망의 크기가 달라지는 것은 당연하다.

여러 번 되풀이한 이야기라서 그런지, 스즈키는 막힘없이 설명을 계속했다.

"물론 거절했어요. 그 자리에서 연을 끊겠다고 말하고, 메신저도 차단하고, 착신도 거부했어요. 한동안 연락이 없었는데, 반년 정도 지났을 무렵에 방에 도둑이 들어서… 빈집털이인 줄 알고 경찰을 불렀어요. 조사해보니 범인은 어머니였어요. 건물 관리회사에 연락해서 멋대로 여분 열쇠를 만들었대요. 담당자도 설마 딸 방에 숨어들 거라고는 생각 못 했겠죠."

자조하듯이 웃으면서 스즈키는 우리의 반응을 살폈다.

코코나라는 이름, 줄어든 생활보호 수당의 요구, 침입 절도. 일부 에피소드를 들었을 뿐인데 스즈키가 절연을 결심하는 것도 무리는 아니라는 생각이 들었다.

"범죄 맞죠?"

도가의 시선이 느껴져서, "친족상도례"라고 짧게 대답했다.

"상도례?"

"친족 간의 범죄에는 특례가 규정되어 있는 사항이 있어. 그 대표적인 예가 절도인데, 부모가 자식의 재산을 멋대로 가져가도 처벌은 할 수 없어."

학자나 실무자들의 비판도 많은 논점이다. 골치 아프게 됐다.

"험악한 사이라도?"

"예외는 정해져 있지 않아."

"따로 살고 있어도?"

"형제 등은 동거하는 경우로 한정되지만, 부모의 경우는 관계없어."

"왜 특별 취급하는 거예요?"

"'법은 가정에 들어가지 않는다'라는 격언으로 설명되는 부분이 많아. 즉 가정 내에서 일어난 일정한 문제는 경찰이 개입하기보다 가족 간의 대화로 해결해야 한다는 사상이야."

메이지 시대부터 내려온 규정인데, 당시는 가장이 막강한 권한을 가지고 있었기 때문에 재산도 아버지나 할아버지가 관리한다는 생각이 뿌리 깊게 박혀 있었다.

"무책임하게 떠넘기는 거잖아요."

"나도 현대의 가치관과는 맞지 않는 규정이라고 생각해. 하지만 삭제되지 않는 한 경찰도 따를 수밖에 없어. 범죄를 저지른 가족을 숨겨주는 범인은닉죄 같은 것은 '면제할 수 있다'라는 특례니까, 처벌 여부에 선택의 여지가 있어. 하지만 '면제한다'라고 단언하고 있는 친족상도례의 경우는, 아무리 심한 사안이라도 절도에 그치는 한 묵인할 수밖에 없어."

"딸의 돈은 마음대로 훔쳐도 된다는 말이네요."

스즈키가 툭 내뱉었다.

"무단으로 열쇠를 복제해서 방에 들어왔으니 주거침입죄도 성립합니다. 주거침입죄에는 친족상도례 같은 규정이 존재하지 않아요. 다만, 죄가 면제되는 절도의 준비 행위로서 침입한 이상 경찰이 움직일 가능성은 적다고 생각합니다."

"경찰도 거의 비슷하게 말했어요."

"폭력을 행사해서 금품을 가져가는 것처럼 강도죄 성립까지 인정되면, 친족상도례는 적용되지 않습니다. 절도, 사기, 횡령. 그런 쪽이 형벌 면제의 대상이거든요."

"다 똑같은 범죄인데, 이상해요."

스즈키는 진심으로 어머니를 고소하려고 했을 것이다. 여기까지 관계가 악화되면, 간단히 복원될 것 같지는 않다.

"두 번째 피해가 있었습니까?"

"돈을 모아 이사하고 나서 새 주소는 아무에게도 말하지 않았어요. 그런데 그 집도 어머니가 알아내서…."

스즈키의 어머니가 집을 알아낸 방법이 예상되어서 "운전면허증이 있으면 보여주세요"라고 말했다.

운전면허증을 받아서 뒤집었다. 비고란에 새 주소가 기재되어 있었다.

"이게 지금 주소인가요?"

"네."

이사 후에 주소 변경 절차를 밟았다는 것을 알 수 있다.

"우편물 전송서비스를 신청하거나 주민표도 이전했습니까?"

"네."

"전송서비스를 신청한 주소에 간이 등기우편을 보내면, 배송조회 서비스로 제일 가까운 우체국이 어디인지 알 수 있습니다. 그 이상으로 성가신 것이 주민표의 제표와 호적 부표인데, 대책을 마련하지 않는 한 전출지 주소가 기재됩니다. 주민표의 제표를 발급받으려면 본인의 위임장이 필요하지만, 같은 성씨니 인감을 위조하기는 어렵지 않을 겁니다."

원래 '주민표의 제표'는 주민 등록이 삭제된 사실을, '호적부표'는 주소지의 변천을 명확히 하기 위해 이용된다. 둘 다 개인정보의 집합체 같은 증명서로서 본인 이외의 발급을 제한하는 방법도 마련되어 있지만, 거기까지는 생각하지 못했을 것이다.

"왜 그렇게 잘 아세요?"

스토커 기질을 의심하듯이 도가는 눈을 가늘게 떴다.

"독친 대처 방법에 관심이 있어서 얼마 전에 조사했거든."

"적의 수법까지 탐구하다니, 고조 선배답네요."

스즈키는 고개를 끄덕이고 나서 다시 이야기를 시작했다.

"이사한 곳에서도 문을 두드리거나 인터폰을 연타해서 경찰에 신고했어요. 경찰관이 주의를 줬다는데 꽤 겁을 먹었다고 하더군요. 집 근처에서 안 보이길래 드디어 포기한 줄 알고 안심하고 있었는데…, 최근에 다시 시선이 느껴지기 시작했어요."

"어머니의?"

"저한테 접촉해오지 않아서 모르겠어요. 하지만 느낌이 왠지 남자 같아요. 어머니가 남자친구를 시켜서 저를 감시하고 있을지도 몰라요."

"스토커일 가능성은 없습니까?"

"제게 집착하는 사람은 어머니밖에 없어요."

신변의 위험을 느낀 스즈키는 경찰에 상담했지만, 현시점에는 움직일 수 없다는 말을 들었다고 했다. 직접적인 위해를 가하는 것은 아니기 때문일 것이다. 두 번째 이사를 결심하면서 근본적인 문제를 해결하기 위해 도가가 모집한 출장 법률 상담에 신청했다고 한다.

간절한 마음은 너무나도 충분히 전달되었다.

"사정은 대충 알겠습니다. 우선, 코코나라는 이름을 바꾸는 방법은 있습니다."

본론인 절연 이야기로 들어가기 전에 말해두는 편이 좋을 것 같았다.

"법원에서 절차를 밟는 거죠?"

"네. 정당한 사유가 있을 때는 가정법원의 허가를 받고 이름을 변경할 수 있다고 호적법에 정해져 있습니다. 스즈키 씨의 경우에는 읽기 어렵고 기괴한 이름이라고 주장할 수 있으니, 인정될 가능성이 있다고 생각합니다."

그 밖에 오랜 세월 동안 속칭을 계속 써왔거나, 출가해서 법명을 부여받은 경우 등에도 이름 변경이 인정된 사례가 있다.

열다섯 살 이상이라면 친권자의 동의 없이도 절차를 진행할 수 있다.

"쉽게 인정해주지는 않는다고 들었어요."

스즈키도 대략적인 지식은 이미 알고 있는 것 같았다.

"지금 이름을 그대로 사용하면 어떤 불이익이 있는지, 앞으로 얼마나 큰 어려움이 예상되는지, 그런 점을 구체적으로 주장해서 판사를 설득해야 합니다."

"본인이 바꾸고 싶다는데, 왜 판사가 트집을 잡는 거죠?"

도가가 질문을 던졌다.

"서명, 명부…. 이름은 개인을 식별하는 중요한 요소니까 무제한으로 변경을 인정하면 신분 관계가 불안정해져. 예를 들면, 범죄를 저질러서 실명이 보도된 사람이 새 인생을 살겠다고 바로 개명하려고 한다는 건 이상하지 않아?"

"그렇네요. 제대로 십자가를 짊어지고 살아야 한다고 생각해요."

"그래서 개명 절차는 허가제로 운용되는 거야."

스즈키의 경우는 주장만 잘 구성하면, 충분히 개명이 인정될 여지가 있을 것이다. 바꾸어 말하면, 그 정도로 기괴한 이름이라고 내가 생각한다는 뜻이다. 개명 절차는 변호사에게 의뢰하지 않아도 진행할 수 있기 때문에 무법률이 그 일을 돕는 것은 가능하다. 하지만 스즈키가 안고 있는 문제는 이름만이 아니다.

"이름을 바꾸고, 결혼해서 상대방의 성을 선택하면… 스즈키 코코나는 말소할 수 있어요. 언젠가는 그렇게 하고 싶다고 생각해요. 하지만 어머니가 따라다니는 한 저는 계속 두려워해야겠죠. 그러니 먼저 연을 끊고 싶어요."

역시 그것이 가장 큰 바람인가.

"부부라면 이혼, 입양이라면 파양으로 관계를 끊어낼 수 있습니다. 하지만 혈연관계가 있는 부모와 자식의 절연은, 지금의 일본 법률에서는 인정되지 않습니다."

"다른 사람의 양자로 들어가면, 어떻게 되나요?"

"친부모와 양부모가 호적에 병기되기 때문에 어머니가 부모가 아니게 되는 것은 아닙니다."

"빠져나갈 길은 없나요?"

'부모 절연'을 인터넷에서 검색하면, 법적인 방법이 존재하지 않는다는 것을 설명하는 사이트가 많이 나온다. 건전한 부모 자식 관계를 유지하고 있다면 잡학의 영역에 머무르는 정보일 테다. 반면, 독친이라는 단어가 존재하듯이 부모의 독니에 괴로워하는 자식이 적지 않다.

법적인 관점에서는 한정된 조언밖에 할 수 없다.

"실질적으로 부모와의 관계를 끊는 방법밖에 없다고 생각합니다. 스즈키 씨가 시도했듯이 들키지 않게 거주지를 옮기고 나서 우편물 전송서비스 신청이나 주민표의 흔적을 남기지 않는다. 어머니가 연락할 만한 사람들에게도 사정을 설명하고 협력을 구한다…. 그런 대책을 철저하게 세우면, 쉽게 알아내지는 못할 겁니다."

"어머니가 죽을 때까지 계속 눈치 보면서 도망 다녀야 하나요?"

"온갖 수단을 다 써도 못 찾으면, 포기할…."

"그런 사람이 아니에요. 아… 죄송합니다."

마음을 진정시키려는 듯이 스즈키는 진갈색 머리카락을 귀 뒤로 넘겼다.

민법상 부모와 자식은 서로 부양의무를 부담하고 있다. 단, 부양의 정도는 처지에 따라 다르다. 미성년 자녀를 양육하는 부모는 자녀가 자신과 동등한 수준의 생활을 할 수 있도록 해야 한다. 자녀가 부모에 대해 부담하는 의무는 그것보다 가볍고, 여력이 있는 범위 내에서 부양하면 충분하다. 즉 자신의 생활까지 희생하도록 요구받지는 않는다.

어머니가 접촉해와도 보살필 의무가 없다고 거절해도 된다. 그렇게 조언해봤자 스즈키에게는 아무런 도움도 되지 않을 것이다. 그녀의 어머니는 여벌 열쇠로 방에 숨어들고 있다. 일선을 넘은 상대에게 법률론을 내세운들 순순히 물러날 것이라고는 생각되지 않는다.

"부모 자식 관계가 계속되는 한, 친족상도례로 보호받는 거군요"라며 도가가 말했다.

"이제 어떻게 하면 좋을지 모르겠어요."

스즈키는 테이블을 응시한다. 영구불멸의 부모 자식 관계, 친족상도례. 이 두 가지를 합치면, 이렇게까지 골치 아픈 문제가 될 줄이야.

그리고 두 규정 모두 예외는 두고 있지 않다.

"제 지식으로는 이 이상의 해결안은 나오지 않습니다."

애매모호하게 얼버무리느니 모자란 실력을 인정해야 한다고 생각했다. 평소에는 기발한 아이디어를 제시하는 도가도 팔짱을 낀 채 움직이지 않았다.

"알겠습니다. 감사합니다."

"도움이 되지 못해서 죄송합니다."

어색한 분위기가 흘렀다. 미지근하게 식은 허브차를 목구멍으로 흘려보냈다.

"오야코시라즈를 쓰면 되지 않을까요?"

통로 건너편에 있는 테이블에서 들린 목소리는 우리를 향한 것이었다.

3

"느닷없이 미안해요. 참견할 생각은 없었는데, 막다른 골목에 몰린 듯해 보여 내가 조금이나마 도움이 될 수 있을 것 같아서요."

타탄체크 무늬 니트를 입은 여성이 앉은 채로 말을 걸어왔다.

과감한 쇼트커트 스타일인지 머리카락은 브라운 컬러의 뉴스보이캡에 가려서 보이지 않았고, 화장도 짙어서 나이를 가늠할 수 없었다. 사십 대, 혹은 오십 대…. 가느다란 지팡이가 테이블에 기대어 세워져 있었다. 화려한 옷차림도 카페 분위기와 어우러져서 묘한 기품이 느껴졌다.

"'오야코시라즈'라고 하셨나요?"

도가가 여성에게 질문했다.

"그래요. 부모 자식(親子)에 모른다(不知)라고 써요."

사랑니(親知らず)°도, 부모 마음 자식은 모른다(親の心子知らず)°°는 속담도 아닌 오야코시라즈. 무엇을 가리키는 것인지 전혀 모르겠다. 도가와 스즈키도 반응을 보아하니 처음 듣는 모양이었다.

"그쪽에서 얘기해도 될까요?"

스즈키의 반응을 살피자, 잠시 망설이더니 "네" 하고 옆자리를 권했다.

다른 손님에게 상담 내용이 들릴 수도 있다. 도가에게 말한 염려가 실현되고 말았지만, 당사자는 시치미 뗀 얼굴로 난입자를 관찰하고 있었다.

"가잔대 학생이죠?"

학생증이 보였다고 여성은 덧붙였다. 스즈키가 이름을 밝혔을 때다. 지금까지 한 이야기는 다 들렸다고 생각하는 편이 좋을 것 같다.

"내 아들도 가잔대 의학부거든요."

"와, 대단하네요."

° 일본어로 오야시라즈.
°° 일본어로 오야노고코로코시라즈.

도가가 반응했다. 의학부는 가잔대 안에서도 독보적으로 들어가기 힘든 학부다. 학생 수가 한정되어 있고, 캠퍼스도 문과동과 멀리 떨어져 있어서 의학부생과는 좀처럼 부딪칠 일이 없다.

"순 망나니예요."

은근히 잘난 척한다는 생각에 김이 빠졌다. 애초에 의학부라고 콕 집어 말할 필요도 없었을 텐데. 순식간에 흥미를 잃었지만, 이제 와서 냉정하게 돌려보낼 수도 없었다.

"에이, 괜히 그러신다."

여성의 상대는 도가에게 맡기기로 했다.

"지금 4학년인데, 갑자기 의사가 되고 싶지 않다며 대학을 중퇴하겠다는 거예요. 사귀는 여자친구와 결혼하고 싶다면서."

"정말요?"

의학부는 육 년제인데, 마지막 학년에 실시되는 국가시험에 합격하면 의사면허를 취득할 수 있다. 법학부도 로스쿨을 포함하면 사법시험의 수험 자격을 얻을 때까지 육 년이 걸리기 때문에 전체적인 제도의 설계에 공통점이 있다.

"의사가 되고 나서 결혼하면 된다고, 당연히 몇 번이나 설득했어요. 그런데 여자친구가 임신을 했다더군요. 국가시험, 연수 과정 등 의사는 제대로 돈을 벌기까지 시간이 너무 오래 걸린다면서, 아이를 키우기 위해 바로 일하고 싶다는 거예요.

본말전도라고 생각하지 않아요?"

"의사보다 잘 벌 수 있는 직업은 별로 없죠."

결혼은 미룰 수 있어도 아이의 탄생은 기다려달라고 할 수 없다. 오 년 후의 1,000만 엔보다 반년 후의 100만 엔… 이라는 말인가.

"입학할 때까지는 힘들어도 국가시험은 웬만해선 떨어지지 않는다길래 안심했는데. 정말 어떻게 해야 할지 모르겠어요."

"여자친구의 임신 때문에 마음이 조급해져서 냉정한 판단을 내리지 못하는 것일 수도 있어요."

도가가 위로의 말을 건넸지만, 여성은 "아니, 결심을 굳힌 모양이에요. 얘기해봐도 금세 싸움이 되고 마니까"라며 속상하다는 듯이 말했다.

어느샌가 여성이 들려준 사연에 푹 빠지고 말았다.

"저기, 오야코시라즈라는 건…."

조용히 대화를 지켜보던 스즈키가 본론에 들어가도록 유도했다.

"그래서 나도 정나미가 떨어진 거죠. 생각을 고치지 않으면 연을 끊겠다. 이 주 정도 전에 그렇게 선언했어요. 그때는 아들도 바라던 바라며 뻔뻔하게 나왔지만, 결국 돈이 궁해서 울며 매달릴 게 뻔해요. 그냥 나를 믿고 억지 부리는 거야."

의외의 전개로 생각되기도 하지만, 몇 번이나 대화를 거듭한 끝에 내린 결단이었으리라.

“나는 싱글맘인데, 수입 가구 판매 사업으로 성공한 덕분에 나름 재산이 있거든요. 여차하면 도와주겠지, 그렇게 낙관하고 있는 것 같아요. 제대로 착실하게 산다면 지원을 아끼지 않겠지만, 결혼이니 중퇴니… 너무 제멋대로잖아요? 아무리 친아들이지만, 다 큰 성인이 돼서까지 보살펴줘야 한다니. 여기저기 알아보다가 절연 대행 서비스를 발견했어요.”

“절연 대행 서비스요?” 스즈키가 되물었다.

“원래는 종활을 돕는 사단법인을 운영했었다고 해요. 뒤끝없이 인생을 매듭짓기 위한 ‘임종 준비 활동’ 말이에요. 그런데 자식에게 유산을 남겨주고 싶지 않은 부모들의 상담이나, 반대로 부모의 간병을 하고 싶지 않은 자식들의 상담이 늘기 시작했다는군요. 그 수요에 응하기 위해서 설립한 것이 바로 오야코시라즈예요.”

스즈키는 성인이 된 직후에 모친과의 절연을 결심했지만, 보통 부모와 자식의 관계가 가장 악화되기 쉬운 시기는 부모의 노후라는 이야기를 들은 적이 있다. 간병, 후계 문제, 상속. 양쪽의 부담과 이익이 뒤얽히기 때문에 본심이 새어 나와 난장판이 되기 쉬운 것일지도 모른다.

“대행이라면, 구체적으로 무슨 일을 하나요?”

스즈키가 묻자, 여성은 막힘없이 말했다.

"대화의 중개 역할을 맡아서 부모와 자녀의 의견이 절충되는 안을 찾아요. 뭐… 기본적으로는 돈이죠. 돈이 떨어지면 정도 떨어진다는 말이 있잖아요. 아니다, 연을 끊으려고 돈을 주는 거니까 반대인가? 돈을 주고 연을 끊는다. 상상이 돼요?"

"대충…."

스즈키는 말을 흐렸다.

"위자료로 목돈을 건네주는 대신 간병도 장례식도 책임지지 않는다는 허락을 부모에게 받아낸다. 금전 요구를 거절하는 대신 매월 일정한 금액을 자식의 계좌에 입금한다."

"간병 같은 쪽은 이해가 되는데, 계좌에 돈을 입금하는 것이라면 금전 요구를 받아들인 거나 마찬가지 아닌가요?"

"약속을 받아내는 게 중요하다는 거죠. 요구받을 때마다 돈을 주면, 그냥 허공에 돈을 뿌리는 것이거든. 금액을 정해서 정식 서면으로 남긴다. 그 작은 수고가 더해지면, 상대방도 제멋대로 주장할 수 없게 돼요. 가족이면 흐지부지 넘어가고 그러잖아요? 제삼자가 사이에 들어감으로써 감정에 휩쓸리지 않고 이야기를 진행할 수 있어요."

오야코시라즈는 법률상의 절연이 불가능하다는 전제하에, 그럼에도 관계를 끊어내고 싶다고 바라는 사람들을 위한 서비스인 모양이다.

정식 서면으로 남긴다고 여성은 말했다.

공정증서 등을 이용해 한쪽은 금전 지급을, 다른 한쪽은 접촉 금지나 부양의무로부터의 해방을 서로가 동의하는 내용의 조항으로 규정한다. 어디까지 강제력을 확보할 수 있을지는 조항에 따라 다르겠지만, 구두 약속에 비하면 실효성이 인정될 것이다.

"어머니에게는 1엔도 주고 싶지 않아요. 얼마나 저를 괴롭혀왔는데…."

"오빠나 언니는 없어요?"

여성은 흥미로운 눈빛으로 스즈키를 응시한다.

"네."

"자식도 부모에 대한 부양의무를 부담해요. 그렇죠, 법학부 학생?"

갑자기 말을 걸어와서 놀랐다.

"네. 하지만 자식의 경우에는 여력이 있는 범위 내에서 부양하면 됩니다. 자신의 살림을 아끼면서까지 부양할 필요는 없습니다."

"부모가 자리보전하게 되어도 모르쇠로 일관할 수 있나요?"

"그건… 부양의무를 부담하는 친족이 손을 내미는 것이 원칙입니다. 같이 살면서 간병하거나, 시설의 비용을 지원하거나."

"우선순위가 높은 쪽은 혈연관계가 가까운 사람이죠?"

"기본적으로는요."

"원칙, 기본적. 말투가 정말 법대생답네요."

여성은 희미한 미소를 띠며 다시 스즈키 쪽을 바라보았다.

"학생 어머니가 몇 살인지는 모르겠지만, 나이를 먹는 건 순식간이에요. 어머니가 돌아가실 때까지 도망 다닐 수도 있고, 어머니의 집념으로 발견될 수도 있죠. 어느 쪽이든 그날이 올 때까지 어머니의 그림자에서 계속 벗어나지 못할 거예요."

"그러니 위자료를 지급하라고요?"

스즈키가 미간을 찌푸리며 말한다.

"매달 5만 엔을 요구받는다는 말을 아까 들었어요."

"도저히 감당할 수 있는 금액이 아니에요."

줄어든 생활보호 수당의 보전. 법적으로든, 도의적으로든 스즈키가 지급할 이유는 전혀 없었기 때문에 나는 따로 언급하지 않았다.

"학생이 일하기 시작하면, 더 큰 돈을 요구해올 거예요. 지금 바로 결단 내리지 않아도 돼요. 부르는 값에 응할 필요도 없고요. 하지만 직업이나 가족에 대한 책임이 생기기 전에 결론을 내야 해요. 소중한 것이 생길수록 약점을 잡히니까."

"돈 말고는 해결할 방법이 없을까요?"

"무언가를 얻기 위해서는 대가가 필요하고, 화근을 남기고 싶지 않다면 돈보다 더 좋은 게 없죠."

옆에 앉은 도가는 휴대전화로 오야코시라즈의 홈페이지를

보고 있었다.

어떤 흐름으로 대화가 진행되는지, 중개 수수료는 발생하는지, 실적은 어느 정도인지, 그런 부분은 꼼꼼히 알아볼 필요가 있다.

부모 자식의 연을 끊기 위한 서비스. 사회적인 비난의 목소리는 클지도 모른다. 다만, 그 존재 의의까지 부정할 수는 없지 않을까.

"이용하셨나요?"

스즈키의 짧은 질문에 "나와 아들 말이에요?"라고 여성이 대답했다.

"네."

"자료를 모아서 얼마 전부터 상담을 시작했어요. 매달 10만 엔을 입금하는 대신 아들의 연락을 금지하고, 상속도 최소한의 돈만 준다. 이 정도가 절충안일 것 같은데. 어때요? 부모로서 실격이라고 생각해요?"

스즈키는 말없이 고개를 가로저었다.

"변명처럼 들릴지도 모르지만, 아들을 위해서도 관계를 끊는 편이 좋다고 생각해요. 언제까지고 내 도움을 받으면 훌륭한 부모가 되지 못해요. 매월 10만 엔…. 생활비에 보탬은 될 테니 나머지는 본인의 노력에 달렸죠."

자신을 타이르듯이 말한 뒤, 여성은 천천히 자리에서 일어났다.

"방해해서 미안했어요. 그럼, 후회 없는 선택을 하길 바라요."

"오야코시라즈, 알아보겠습니다."

스즈키가 대답했다.

"이용한 사람들의 후기도 홈페이지에 올라와 있으니 참고가 될 거예요."

여성은 우리 테이블의 계산서를 집어 들고, 그 대신 명함을 스즈키 앞에 놓았다.

"저기…."

"오야코시라즈를 이용할 마음이 들면, 정보를 교환하자고요."

지팡이를 손에 들고 계산대로 향하는 자그마한 뒷모습을 배웅했다. 옆 테이블에서 심각한 고민을 상담하는 소리가 들려서 자신의 경험을 바탕으로 조언해야겠다는 마음이 든 것이겠지.

— 주식회사 비퍼니처 대표이사 호리 지에

스즈키는 알 수 없는 표정으로 테이블에 놓인 명함을 응시하고 있었다.

4

그 주 금요일. 강의를 다 듣고 난 해 질 녘.

전통 의상에나 있을 법한 문양이 들어간 카디건을 입은 도가가 찾아와, 익숙한 손놀림으로 세미나실 커피메이커를 세팅한 다음 출장 법률 상담을 반성하기 시작했다.

"상담 내용을 사전에 들어뒀어야 했어요."

"조사할 시간이 있었더라도 조언할 수 있는 내용은 바뀌지 않았을 거야."

"저희가 오야코시라즈를 소개할 수 있었을지도 몰라요."

중간에 끼어든 여성에게 주도권을 빼앗긴 점이 신경 쓰이는 것일까.

"법률 상담에는 어울리지 않는 서비스야."

"의뢰인이 바라는 건 깨끗한 법률 지식보다 방법이 거칠든 무력행사를 하든 상관없으니, 문제 해결로 이어지는 결정적인 아이디어예요."

도가의 말도 일리는 있다. 어디까지가 법률 상담인지 구분 짓기는 어렵다. 그렇다고 분별없이 행동하면, 탐정이나 심부름꾼 대열에 합류하는 꼴이 된다.

"그래서 설욕전을 계획 중이에요."

도가는 수첩을 꺼내며 말했다.

"출장 법률 상담의?"

"네. 후보가 될 만한 기념일을 골라왔어요."

"그 방향성부터 다시 생각하는 편이 좋겠어."

내 지적을 무시하고, 도가는 수첩을 손가락으로 덧그린다.

"12월 23일, 쌍둥이의 날. 1874년부터 이어진 유서 깊은 기념일로, 이해의 12월 23일에 '쌍둥이는 먼저 태어난 쪽을 형이나 누나로 한다'라는 내용의 법률이 정해졌대요. 그때까지는 먼저 태어난 쪽을 동생으로 하는 지방이 있었다고 하는데…."

"쌍둥이 문제와 관련된 법률 상담 같은 건 절대 안 와."

누가 먼저 태어났는지 다투고 싶다, 다른 한쪽인 양 행세한 악행의 책임을 묻고 싶다… 하는 분쟁이 많을 것 같지도 않고, 애초에 지난번의 '가족 문제'에 포함된다.

"그럼, 12월 21일이요. 숫자로 쓰면 1221. 양 끝의 1이 한 사람을, 가운데 2가 두 사람을 나타내고 있어요. 무슨 날인지 아시겠어요?"

"음… 실 전화기의 날°?"

왜인지 도가는 웃고 나서, "아깝다. 장거리 연애의 날이에요"라며 답을 알려주었다.

떨어져 있을 때는 한 사람이고, 함께 보낼 수 있는 시간은

° 실의 양 끝에 종이컵을 매달고 소리를 전달하는 '실 전화기'를 떠올린 것.

한정되어 있다는 뜻이라며.

"귀찮은 의뢰일 것 같으니까 기각."

"와, 편견이 지나치시네."

새삼스러운 말이지만, 기념일과 상담 내용을 연관 짓는 이유를 모르겠다. 분쟁이 기념일을 노려서 발발하는 것도 아니고, 오히려 범위를 좁히고 있다.

원래 무료 상담이니, 기념일 한정 특별 가격으로 서비스를 제공할 수도 없다. 다시 말해, 이 대화는 무익했다.

"오야코시라즈를 조사해봤는데…." 나는 화제를 바꿨다. "법인 등록도 되어 있고, 수상한 서비스처럼 보이지는 않았어. 내용은 그 여성분이 말한 그대로야. 각자의 주장을 듣고, 절연을 위한 중재안을 제시해. 해결 실적도 있는 것 같고, 스즈키 씨도 문의 정도는 했을지도 모르지."

홈페이지는 문제의 심각성이 느껴지지 않는 디자인이었고, 설명도 알기 쉬웠다.

옵션도 다양하게 준비되어 있었는데, 예를 들면 부모의 노후 돌봄을 거부하는 경우는 추가 요금 지급으로 간병과 장례식 준비 같은 애프터 케어까지 통째로 위임할 수 있었다. 그런 쪽은 원래 운영했던 종활 지원의 노하우를 활용했을 것이다.

"저요, 운 좋게 사랑니가 안 났어요."

도가는 오른뺨 아래쪽을 손가락 끝으로 눌렀다.

변함없이 화제가 여기저기로 튄다.

"나는 네 개 다 났어."

"이름의 유래에는 여러 설이 있대요. 부모 곁을 떠날 나이쯤에 나기 시작하니까 부모가 인식하지 못한다°고 그렇게 부른다는 설을, 개인적으로는 제일 믿고 있어요."

영어로는 'wisdom tooth(지혜의 이)'라고 한다. 일본어보다 세련됐지만, 이를 빼면 지력이 떨어진다는 오해를 부를 것 같은 이름이다.

"사랑니를 뽑듯이 부모와 자식을 떼어놓는 방법이 있어도 된다고 생각해?"

"부부는 이혼할 수 있는데, 가족의 절연은 불가능하다는 게 이해되지 않아요. 법적인 절차가 마련되어 있지 않으니까 오야코시라즈 같은 서비스가 나온 거잖아요."

"이혼도 무제한으로 인정되지는 않아."

합의가 이루어지면, 어떠한 이유라도 이혼신청서는 수리된다. 하지만 한쪽이 거절하는 경우에는 법정 이혼 사유가 인정되지 않으면 이혼은 성립하지 않는다.

"이 사람과 평생 함께하기로 결정했으니까 결혼하는 거잖아요. 스스로 상대를 선택했고, 책임의 무게도 이해하고 있겠

° 일본어로 사랑니를 뜻하는 '오야시라즈(親知らず)'를 직역하면 '부모(親)가 모른다(知らず)'라는 뜻이 된다.

죠. 그러니 이혼을 제한하는 건 이해할 수 있어요. 하지만 부모 자식은 무작위로 배정되잖아요. 특히 자식은 부모를 고를 수 없고, 낳지 못하게 막을 수도 없어요. 그런데도 연을 끊을 여지조차 없다는 건 좀 그래요."

"다양한 의견이 있을 수 있겠지만, 오히려 고를 수 없기 때문에… 그런 것 아닐까?"

"무슨 뜻이에요?"

"자식은 부모를 고를 수 없다고들 하지만, 부모도 자식을 원하는 대로 고를 수 있는 건 아니야. 어떤 아이로 자랄지는 알 수 없잖아. 생각했던 것보다 예쁘지 않았다, 머리가 좋지 않았다, 몸이 약했다. 그런 이유로 부모에게 버림받으면, 아이는 살 수 없어."

부양의무는 경제적인 약자를 보호하기 위해 부과된다. 낳은 이상 제대로 키워야 한다. 그럼에도 무책임하게 육아를 포기하는 부모가 끊이지 않는다.

친부모와의 친족 관계를 소멸시키는 특별한 양자 결연도 일단은 존재한다. 단, 조건이 엄격하고, 아이가 일정 나이를 넘으면 신청할 수 없다.

"그럼, 아이가 절연을 신청하면요?"

"인정하는 경우에 발생할 수 있는 폐해가 많아. 부모가 자식을 협박해서 멋대로 절차를 진행할 수도 있어. 양육하는 부모도 대가 없는 사랑이라고 하면서, 한편으로는 노후의 돌봄을 기대할지도 모르지. 부모와 자식의 관계는 끊어낼 수 없는 편이 키우는 쪽도, 키워지는 쪽도 안심할 수 있어."

"흐음. 알듯 말듯 하네요…."

"성인이 된 이후의 부모 자식 간 부양의무는 여유가 있는 범위 내에서 서로 도와주자는 수준의 이야기니까, 절연하지 못해도 실질적 손해는 거의 없어. 나머지는 기분의 문제고."

그렇게 단언하자, 도가는 불만스러운 듯이 입을 내밀었다.

"빈집을 털러 온 어머니를 붙잡을 수 없는 건, 아무리 생각해도 실질적 손해예요."

"스즈키 씨의 경우는… 재난이긴 하지."

"그거 봐요."

"일률적으로 수천만 쌍의 부모와 자식을 대상으로 하니까 다소의 예외가 발생하는 건 어쩔 수 없어. 이번 경우는 민법과 형법이 조합되면서 발생한 시스템 오류 같은 거고."

"당사자를 앞에 두고, 시스템 오류니까 포기하라는 소리 따윈 할 수 없어요."

친족상도례를 수정하거나, 부모와 자식의 절연 가능성을 인정하거나. 둘 다 험난해 보이는 길이다. 도가와 대화하다 보면, 법률의 한계를 변명거리로 쓰는 자신의 안이함을 반성하는 일이 생긴다.

"그러면 어떻게 해야 한다고 생각해?"

"모르니까 반성회를 열고 있는 거예요."

"스즈키 씨의 경호라도 설래?"

모친의 사주로 누군가가 따라다니는 듯한 느낌이 든다고 스즈키는 말했다.

"그거 좋네요."

도가는 진지한 얼굴로 대답했다.

"뭐, 경호는 농담이지만, 우리에게 위해를 가한다면 친족상도례는 적용되지 않을 테니 어머니는 체포되겠지…. 스즈키 씨도 거기까지는 안 바라려나?"

가족의 추문은 스즈키 자신에게도 불이익이 된다.

"애초에 그런 발상이 없을걸요."

"그런가."

친족상도례에 따라 형벌이 면제되는 대상에 관해서는 자세히 설명했다고 생각한다.

"아들과 연을 끊으려는 어머니도 있고, 부모 자식 문제는 천차만별이네요."

오야코시라즈에 대해 알려준 여성을 말하는 것이겠지. 의학부를 자퇴하고 연인과 결혼하겠다고, 아무리 설득해도 들으려 하지 않는 아들과 연을 끊고 싶다는 이야기였다.

"스즈키 씨가 받은 명함에 이름과 회사명이 적혀 있어서 오야코시라즈와 같이 조사해봤어. 신경이 조금 쓰였달까."

이름과 직함을 조합해서 검색하면 동성동명인 인물의 정보는 제외할 수 있다. 회사를 경영한다고 말했으니, 페이스북이나 인터뷰 기사가 나오지 않을까 하는 가벼운 마음으로 검색 결과를 확인했다.

"수수께끼의 여성이었죠. 사장님이셨던가요?"

"응. 투병 블로그를 발견했어."

도가는 "투병"이라고 중얼거리고 나서, 의미를 이해한 모양인지 놀란 표정을 지었다.

"그러고 보니 지팡이를 썼었죠. 중병이에요?"

"말기 암이라고 적혀 있었어."

"아…."

몇 개의 글을 훑어보고, 대략적인 상태는 파악할 수 있었다.

유방암 진단을 받은 것이 약 삼 년 전. 전신 치료 후 유방을 절제하기에 이르렀다. 예후는 순조로워 보였지만, 경과 관찰 결과, 간에 전이된 것이 발견되었다. 골전이까지 확인되어 4기 말기 암 진단을 받았다.

"연명 치료는 받지 않고, 자택에서 호스피스 케어를 받기로 한 모양이야."

고통을 완화하는 의료와 간호에 중점을 두고, 수명이 다할 때까지 생활의 질을 유지한다. 시한부 선언을 받은 후에도 블로그 갱신은 계속되었고, 많은 응원 댓글이 남겨져 있었다. 모든 글이 담담한 문체로 쓰여 있어서 감정의 기복은 읽히지 않았다.

"그렇게는 안 보였어요."

실내에서도 모자를 쓰고 있었던 이유는 항암제 부작용 때문일지도 모른다. 지팡이를 가지고 다니는 이유는 골전이로 인해 보행에 지장이 생겨서인가.

자택에서 요양 중이니 어느 정도는 자유롭게 외출할 수 있을 것이다.

"죽음이 임박한 상황이라서 아들과의 관계 청산을 서두르는 걸까?"

"아, 그렇구나. 상속 문제도 있으니까요."

대학을 중퇴하겠다는 말을 꺼낸 아들에게 모친이 절연을 선고한다. 대화가 결렬된 결과라고 하더라도 감정이 앞서고 있다는 인상은 부정할 수 없다. 하지만 시한부인 상황에서는 계속 설득하기도 어렵고, 강제적인 방법으로 해결할 수밖에 없었던 것 아닐까.

"정신적인 케어를 해야 할 아들이 오히려 정신적인 피로를 증대시키는 문제를 가져왔다. 정나미가 떨어져서 유산도 최소한으로만 주기로 했다. 말기 암이라는 사정을 알고 나면, 그 사람의 마음도 이해할 수 있을 것 같아."

그것도 내 선입견이 빚어낸 착각일 수 있지만.

“그야말로 망나니 아들이네요.”

“얼마 전까지는 빈번하게 아들이 블로그에 등장했었거든.”

“불평하는 내용으로요?”

“긍정적인 내용이었어. 헌신적으로 잘 돌봐준다든가, 온천 여행에 데려가주었다든가. 꽤 사이가 좋았나 봐.”

“그렇게 친한 사이였는데 절연이라니…. 극단적이네요.”

부모님께 감사함을 느끼고 있어도 그 마음을 솔직하게 전할 기회는 거의 없다. ‘오래오래 사실 테니까 효도는 사회인이 되고 나서 마음에 여유가 생겼을 때 하면 돼.’ 죽음이 임박했다는 사실을 알면, 그런 느긋한 생각은 버리고 당장 만나러 가겠지.

“아들의 미래가 불안정한 채라면, 안심하고 최후를 맞이할 수 없다.”

“역시, 불효예요.”

도가가 독설을 내뱉었을 때, 세미나실 문이 열렸다. 노크 소리는 나지 않았고, 무단 침입 상습범은 이미 실내에 있는 상태였기 때문에 누구인가 싶어서 입구로 시선을 돌렸다.

“오랜만이야. 유키나리.”

예상치 못한 손님에 놀라서 반응이 늦었다.

하운즈투스 체크 무늬 정장을 맵시 있게 입고, 파마를 한 머리는 가운데 가르마를 탔다. 수많은 피의자를 노려봐왔을, 전보다 위압감이 더해진 눈빛.

"어, 손님이신가요?"

도가가 엉덩이를 떼면서 말했다.

좌우지간 의뢰인은 될 수 없다. 정반대의 처지에 있는 사람이기 때문이다.

"아니, 졸업한 선배."

"거기서는 형이라고 소개해줘야지."

"형? 고조 선배의?"

도가가 물음표를 늘어놓았다.

형은 우리가 앉아 있는 소파로 다가와서 "처음 뵙겠습니다. 고조 렌입니다. 혹시 도가 가린 씨인가요?"라고 말했다.

"네. 고조 선배한테 늘 신세 지고 있습니다."

"그래요, 응. 마침 잘됐네."

도가의 존재를 형이나 가족에게 말한 적은 없었다. 누구에게 들었을까. 애초에 정장을 입고 나를 만나러 온 이유가 뭐지?

커피를 따르러 간 도가에게 감사 인사를 한 뒤, 형은 세미나실을 둘러보았다.

"세미나생이 없어진 것 외에는 아무것도 안 변했네. 좁은 걸로 악명이 높았는데, 지금은 공간이 남아도는군. 역대 대표들이 알면 슬퍼할 거야."

"뭐 하러 왔어?"

"어리석은 동생의 모습을 살피러 왔지. 단, 업무의 일환으로."

형인 고조 렌은 지방검찰청 수사부의 검사다. 작년에 신임 딱지를 뗀 검사로서 고향에 돌아왔다. 서로 자주 연락하지도 않고, 얼굴을 보는 것도 몇 달 만이다.

그런 현역 검사가 업무의 일환이라고 말했다.

"학교에서 사건이라도 발생했어?"

수사부에 배속되어 있다고는 해도 검사가 현장으로 향하는 기회는 한정되어 있을 것이다. 경찰에서 넘어온 사건의 보충 수사를 하기로 했나? 아니면, 큰 사건으로 수사본부가 설치되어서 검사도 초동 수사에 참여하게 되었나?

어느 쪽이든 난해한 사건이리라 예상된다.

"그래. 학생이 죽었어."

"…살인?"

"아직 몰라. 사고인지, 사건인지, 반반이야."

가잔대 학생이 목숨을 잃었다. 그리고 사건일 가능성이 대두되고 있다…. 도가가 요령 좋게 머그컵 세 개를 들고 돌아와서 테이블에 내려놓았다. 커피를 한 모금 마시고 마음을 진정시켰다.

"그렇게 빠른 단계부터 검사도 움직이는구나."

"단독 행동이야. 경찰한테 걸리면 미운털 박히는 짓이지. 전달받은 수사 자료를 보는데, 어리석은 동생의 이름이 튀어나와서 가만히 있지 못하겠더라고."

머그컵을 들어 올린 채 동작을 멈추고 형을 바라보았다.

"피해자는 누구야?"

"누구일 것 같아?"

"됐으니까, 대답해."

"스즈키 코코나. 야자나무 열매라고 써서, 코코나."

말이 나오지 않았다.

조금 전까지 화제에 오르고 있던 상담자가… 사망했다?

"몰랐어? 죽은 건 이틀 전이고, 뉴스에도 나왔는데."

재판 결과는 확인하고 있지만, 수사 단계의 보도는 신경 쓰지 않는다. 이런 종류의 정보는 도가에게 듣는 일이 많았다.

"저, 화요일부터 휴대전화가 정지돼서 SNS도 인터넷 뉴스도 못 봤어요…."

이용 요금을 미납한 건가. 지금은 그런 걸 추궁하고 있을 때가 아니다.

"사인은?"

"뉴스에 다 적혀 있어. 살던 연립주택의 외부 계단에서 후두부 강타로 사망한 채 발견됐어. 이 이상은 말 못 해. 나는 정보를 주러 온 게 아니라고."

자신의 어머니로부터 달아나기 위해 이사한 집이다.

외부 계단에서 후두부를 강타…. 넘어진 것일까, 추락한 것일까.

"누가 밀었다고 의심하는 거야?"

사건 가능성이 없는 게 확실하다면, 검사는 관여하지 않고 사고로 처리된다.

"그러니까 아직 모른다고 했잖아. 피해자의 생전 행동을 정리한 보고서에 이 세미나 이름이 적혀 있었어. 쇼팽이라는 카페에서 한 시간 가까이 피해자와 대화했다고. 트위터에서 나눈 대화도 확보했어."

"트위터?"

"코코나 씨, 트위터에 정보를 올리고 있었어요."

형이 아니라 도가가 대답했다.

"무슨 정보?"

"독친을 상대하는 법, 독친에게서 달아나는 법 같은 내용이요. 실명은 밝히지 않았던 것 같은데, 출장 법률 상담을 신청했다는 트윗도 올렸어요."

그렇군. 무법률 활동과는 관계없다고 주장하기는 어려워 보인다.

"어떤 상담 내용이었는지 자세히 말해봐."

스즈키가 사망한 것은 수요일이라고 형은 말했다. 쇼팽에서 법률 상담을 한 날로부터 사흘 뒤다. 목격자는 카페 안에 많이 있었지만, 단편적인 상담 내용밖에 들리지 않았을 것이다.

"비밀유지의무가 있으니 말할 수 없어."

"이봐, 유키나리."

형은 머그잔을 입으로 가져간다.

"변호사가 수사 협력을 거절할 수 있는 이유는, 변호사법으로 엄격한 비밀유지의무가 부과되기 때문이야. 학생의 장난에 불과한 자율 세미나에는 책임도, 권한도 없으니 안심해."

형도 가잔대에 다니던 시절에는 무법률에 소속되어 있었다.

"장난이라고 생각 안 해."

"정색하지 마. 의뢰인은 이미 죽었어. 상담 내용을 밝히지 않으려는 건 의뢰인의 명예를 지키기 위해서야? 아니면 개인적인 감정? 사람이 죽었다는 게 어떤 의미인지 한 번 더 생각해. 형제 싸움은 다음에 또 상대해줄 테니까."

사건 가능성이 있다고 판단된 경우, 피해자의 인간관계는 중요한 의미를 가진다. 동기와 직결될 수도 있기 때문이다. 부정적인 관계라면 더욱더 말해두는 편이 좋다.

"쇼팽의 직원은 알고 있다고… 코코나 씨도 말했어요."

도가는 난처한 표정을 지으며 말했다. 아르바이트처인 쇼팽에는 제일 먼저 찾아갔을 것이다.

"… 피해자는 어머니와 연을 끊으려고 하고 있었어."

"흠."

형은 메모도 하지 않고, 관자놀이를 손가락으로 톡톡 두드리며 내 이야기에 귀를 기울였다.

자신의 이름을 저주라고 표현했던 것. 여러 아르바이트를 병행하며 학비와 생활비를 벌어서 자립하려고 했던 것. 생활보호를 수급하던 어머니가 트집을 잡으며 돈을 내놓으라고 요구했던 것. 무단으로 여벌 열쇠를 만든 어머니가 방을 엉망으로 만든 것. 이사 후의 거처도 들켜서 경찰에 도움을 청한 것. 최근에도 누군가의 시선을 느끼고 있었고, 어머니와 연을 끊기 위해 무법률을 찾아온 것.

"대충 이 정도야."

"어머니 외에 다른 이야기는 없었어?"

형은 다리를 다시 꼬며 물었다.

"최근에 따라다니는 사람은 남자 같다고 말했어. 그것도 어머니의 사주라고 스즈키 씨는 생각했던 모양이야."

"그 남자의 특징은?"

"자세한 얘기는 못 들었어."

어머니와의 관계에 관해서 추궁하리라 생각했는데, 형은 무언가 고민하듯이 팔짱을 꼈다.

"그 밖에 피해자에게 듣거나, 네가 이야기한 건?"

"개명 절차에 관해서 설명했어. 그리고… 어쩌다 보니 오야코시라즈 이야기가 나왔어."

"뭐? 절연 서비스를 하는 거기?"

범죄 외에는 세상사에 둔한 형이 반응을 보여서 놀랐다. 그 정도로 유명한 서비스인 걸까, 아니면 오야코시라즈가 범죄에 이용된 적이 있는 걸까.

그때 형의 휴대전화가 울렸다. 전화를 받고 사무적인 대화를 나누며 커피를 들이켰다.

"미안, 호출이야. 도가 씨, 맛있는 커피 고마워."

"앗… 별말씀을요."

"네 조사는 내가 담당하겠다고 경찰에 말해둘게."

"경찰 쪽이 좋은데."

가족보다 제삼자 쪽이 훨씬 대하기 편하다.

"어쨌거나 이상하게 관계되지는 않아서 다행이야. 체포된 동생을 조사하는 건 아무래도 마음이 아프잖아. 그럼, 또 보자고."

형이 떠난 소파에는 재스민 향기가 남아 있다. 늘 뿌리는 향수 냄새다. 질문 공세를 받을 줄 알았는데, 도가는 말없이 머그잔을 응시하고 있었다.

비록 한 번뿐이지만 대화를 나눈 사람이 죽었다.

무슨 일이 일어났는지 알지 못하면, 그녀의 죽음을 애도할 수도 없다.

5

기억을 더듬는다.

법률 상담을 했을 때, 주소 변경 절차를 밟았는지 확인하기 위해 스즈키 코코나에게 운전면허증을 보여달라고 했다. 직관 기억처럼 편리한 능력은 보유하고 있지 않아서 상세한 주소는 기억나지 않는다. 다만, 건물명은 '선파크'였다.

부동산 사이트에 접속해 동일한 이름으로 검색된 물건 정보의 주소를 확인했다. 어렴풋한 기억과 일치하는 곳이 있어서 스즈키가 살던 연립주택이리라 예상했다.

"현장을 보고 올게."

사건 현장인지 사고 현장인지는 아직 알 수 없다.

"어떻게 찾았어요?"

"운전면허증에 건물명이 적혀 있었어."

"저도 갈게요."

도가가 일어섰다.

날은 어두워졌지만, 평소보다 훨씬 진지한 표정으로 쳐다봐서 고개를 끄덕일 수밖에 없었다. 둘 다 자전거로 통학하고 있었기 때문에 지도 앱으로 경로를 찾아보면서 자전거 주차장으로 향했다.

자전거를 타고 이십 분 정도 가자, 목적지가 보였다.

빛바랜 오렌지색 외벽, 비가 샐 것 같은 함석지붕. 이 층짜리 연립주택은 외부에 설치된 세탁기가 위화감 없이 어울릴 정도로 낡은 외관을 하고 있었다.

"여기에 살고 있었던 건가…."

"부모에게 의지할 수 없으니 이런 아파트밖에 빌릴 수 없었을 거예요."

도가의 말을 듣고, 문제는 임대료만이 아니라는 사실을 깨달았다. 아르바이트를 여러 개 병행해도 대학생이 보증인을 세우지 않고 사회적인 신용을 얻기는 어렵다.

방은 일 층과 이 층에 세 개씩. 주변을 한 바퀴 둘러본 바로는 계단과 제일 가까운 이 층의 한 방을 제외하고 실내의 불이 켜져 있었다. 형사 같은 사람이 건물 부지 안에서 작업하는 모습도 보이지 않았다. 스즈키는 불이 꺼진 방에 살고 있었던 걸까.

조금 떨어진 장소에서 계단을 올려다봤다.

열다섯 단의 직선 계단으로, 기대면 뚝 부러질 듯한 난간이 설치되어 있었다. 층계참이 없어서 중간에 발을 헛디디면 계단 아래까지 굴러떨어질 가능성도 있었다.

디딤판과 뼈대만으로 구성된 철골 계단. 녹슨 부분이 많고, 시공 시의 처리가 미흡했던 탓인지 디딤판 모서리가 날카롭게 솟아 있었다. 뒤로 넘어져서 운 나쁘게 디딤판에 후두부를 강타당하면, 생사에 직결되는 큰 부상을 입지 않을까.

한 단 한 단 주의 깊게 관찰하면서 위로 올라갔지만, 강철로 보이는 계단에는 혈흔이나 움푹 팬 부분 같은 흔적은 보이지 않았다. 하지만 계단은 여기 한 곳에만 설치되어 있기 때문에 열다섯 개의 디딤판 중 어딘가에 분명 후두부를 부딪쳤을 것이다.

이틀밖에 지나지 않아서 현장이 봉쇄되어 있을 수도 있다고 생각했다. 하지만 생각해보면, 다른 주민도 있는데 하나밖에 없는 계단의 왕래를 금지하는 것은 현실적이지 않다. 사건이라는 확증이 없는 상황이라면 더더욱 그렇겠지.

계단 끝까지 오르고 나서 아래를 내려다봤다. 내 옆을 통과해 도가도 통로에 섰다.

여기서 무슨 일이 일어났을까. 통로에는 지붕이 설치되어 있지만, 계단은 비바람을 그대로 맞게 되는 구조였다. 비가 내리면, 디딤판이 젖어서 미끄러지기 쉬울 것이다.

"그저께 날씨 기억해?"

"한동안 비는 안 내렸을걸요."

내 생각을 꿰뚫어 보듯이 도가가 대답했다.

노후화되기는 했지만, 계단을 오를 때 특별히 위험하다는 느낌은 없었다. 일상적으로 여기를 오르내렸던 스즈키가 젖지도 않은 계단에서 과연 발을 헛디뎠을까?

등 뒤에 도가의 기척이 느껴진다. 내가 계단 제일 윗단. 도가는 통로.

이런 위치에서 등을 떠밀렸다면…. 양손을 앞으로 내밀고, 충격을 완화하려고 했을 것이다. 갑자기 일어난 일에 몸이 굳었다고 해도, 후두부를 디딤판에 강타당하는 자세가 되는 것은 부자연스럽다.

누가 불러서 뒤돌아봤을 때 떠밀렸나? 하지만 왜 허를 찌르지 않고 굳이 정면을 향하게 했는지 모르겠다.

윗단에서 떠밀렸다고 생각하기에는, 후두부를 부딪쳤다는 상황과 들어맞지 않는다.

그렇다면 계단을 오르는 도중에 등 뒤에서 누가 잡아당겼을까?

칠십 센티미터 정도밖에 안 되는 계단 폭을 보고, 그것도 어렵다는 결론을 내렸다. 옆을 스쳐 지나가기도 힘든 폭이고, 피해자의 저항에 따라서는 범인도 함께 떨어질 수 있다. 난간 밖으로 몸을 내밀면 피해자만 추락하게 만드는 것도 불가능하지는 않겠지만, 구태여 그렇게 불안정한 상황을 선택한 이유에 의문이 남는다.

유일하게 불 꺼진 방 앞에 섰지만, 문이나 우편함을 봐도 특별히 신경 쓰이는 점은 없었다. 방 안까지 포함해서 이미 경찰이 다 조사했을 것이다.

이것저것 생각하는데, 203호실로 보이는 방의 문이 열렸다.

"가자."

"…네."

수상하게 생각되지 않도록 계단을 내려와 건물 부지 밖으로 나갔다.

선파크라는 건물명의 유래가 되었는지는 알 수 없지만, 바로 근처에 공원이 있어서 들어가보았다. 도가는 그네로 향했고, 벤치가 보이지 않아 나도 나란히 그네에 걸터앉았다. 딱딱하고 비좁은 안장. 몇 년 만에 느껴보는 감촉인지 모르겠다.

12월이 얼마 남지 않아서 쌀쌀했다. 조명등을 바라보며 도가에게 물었다.

"어떻게 생각해?"

"코코나 씨 어머니가 수상해요."

도가는 다리를 뻗어서 발끝에 시선을 줬다.

"아무래도 그렇겠지."

"무엇보다 다른 후보가 없어요. 전에 살던 방도 도둑질을 당했고, 아무에게도 알려주지 않은 새 방도 알아냈죠. 전부 코코나 씨가 말해준 일이에요."

"그 연립주택에서 마주쳤다든가?"

형의 이야기를 듣고, 제일 먼저 떠오른 장면이었다.

"또 몰래 방에 숨어들었을 수도 있어요. 코코나 씨에게 들키는 바람에 통로에서 몸싸움이 벌어진 거죠. 어머니가 억지로 팔을 뿌리쳐서… 균형을 잃은 코코나 씨가 계단에서 추락했다. 그런 게 아닐까요?"

몸싸움 도중에 계단에서 뒤로 추락했다면, 후두부를 강타당했을 수도 있다.

상대가 어머니라서 제압할 수 있다고 생각하고 뒤쫓았다. 경찰에 신고하는 것이 아니라 직접 해결하는 방법을 선택했다. 친족상도례에 의해서 체포되지 않는다는 사실도 알고 있었다.

큰 모순은 보이지 않는다.

"하지만 형의 생각은 달라. 스즈키 씨 어머니는 진짜 용의자가 아니라는 거지."

그렇게 단언하자 도가는 고개를 갸웃거렸다.

"왜 그렇게 생각하세요?"

"딱 한 번 얘기를 들었을 뿐인 우리조차 스즈키 씨 어머니를 의심하고 있어. 스즈키 씨는 카페 직원에게도 상담했었으니, 형도 무법률에 오기 전부터 두 사람의 관계가 비틀려 있다는 사실은 알고 있었을 거야. 그런데도 스즈키 씨 어머니의 이야기를 적극적으로 끄집어내려고는 하지 않았어."

오히려 흥미를 보인 쪽은, 최근 시선이 느껴진다는 남성의 존재와 오야코시라즈에 대해서였다.

"호출받고 갔으니, 도중에 흐지부지 끊긴 것일 수도 있어요."

"목적을 달성할 때까지 돌아가지 않는 성격이야. 게다가 정말로 궁금한 건 제일 먼저 물어봐."

"좋아하는 것부터 먼저 먹는 사람처럼요? 그래도 평상시와 일할 때의 행동이 반드시 똑같다고는 할 수 없죠."

경험칙에 불과하기 때문에 근거를 제시하기는 어렵다.

"방금 얘기한 것 같은 흐름으로 스즈키 씨를 밀어 떨어뜨렸다면, 말다툼 소리든 뭐든 다른 주민이 듣지 않았을까? 그 허름한 건물의 방음이 뛰어날 것 같지도 않고."

"건물에 아무도 없었을 가능성도 있어요."

"인터넷 뉴스를 봤는데, 스즈키 씨를 발견한 사람이 신고한 것은 저녁 여덟 시 무렵이었어. 딱 지금 정도의 시간대지."

"아까는 이 층의 한 방을 제외하고 다 불이 켜져 있었죠."

건물 주위를 확인했을 때, 도가도 나와 같은 부분을 보고 있었던 모양이다.

"주민이 다 방에 있었던 건 우연이겠지만, 반대로 이 시간대에 아무도 없었다고 생각하기도 어려워. 게다가 하나밖에 없는 계단은 건물 입구와 가까운 곳에 있어서, 어느 방의 주민이든 드나들 때 반드시 눈에 들어오지. 반면, 건물 부지 밖에서는 담장에 가려 계단 아래쪽은 보이지 않아. 사망 추정 시각을 모르니 단언할 수는 없지만, 편의점이라도 가려던 주민이 사망 시각에서 그렇게 오래 지나지 않은 타이밍에 발견한 것 아닐까?"

근처에 자판기와 편의점이 있는 것은 여기 오는 도중에 확인했다.

"경찰이 주민 전원을 탐문 수사했을 테니, 말다툼 소리든 뭐든 들은 사람이 나왔다면 범인은 바로 알았을 거라는 말이죠?"

"적어도 사건 가능성이 있다는 전제로 경찰은 움직였을 거야."

"하긴, 그건 그렇네요."

형은 사고일 가능성도 부정할 수 없다고 말했다. 어떤 주민에게서도 문제를 암시하는 말소리나 소음에 대한 진술을 듣지 못했던 것은 아닐까.

고요한 주택가. 이웃 주민들의 센서를 그리 쉽게 빠져나갈 수 있었을 리 없다.

"그러니까 격한 몸싸움은 없었다고 생각해."

"연을 끊으려는 딸이 용서되지 않아서 틈을 노려 밀었을 가능성은요?"

"살의를 가지고?"

"거기까진 모르겠어요."

그 패턴은 조금 전에 대충 검토했다.

"계단을 내려가려고 했을 때였다면, 후두부가 아니라 안면을 부딪치게 돼."

"올라가고 있을 때는요?"

"계단 폭이 좁아서 옆을 스쳐 지나가는 것도 힘들어 보였어. 뒤에서 잡아당겼다면, 범인도 같이 굴러떨어질 가능성이 높아. 기습적으로 앞에서 미는 것도 어렵고."

계단을 오르는 중에 앞사람이 뒤돌아보면, 무슨 일인가 싶어서 경계할 것이다.

"음… 그렇네요."

"설령 몰래 밀어 떨어뜨릴 방법이 있었다고 해도 장소나 상황을 생각하면, 스즈키 씨가 범인이 누구인지 모르는 상태로 실행할 수는 없었을 거야."

"일격에 해치울 생각이었던 것 아닐까요?"

"스즈키 씨의 목숨을 확실히 빼앗을 수 있다는 확신이 있었다면, 죽은 사람은 말이 없으니 대담한 범행을 저질렀을지도 모르지. 하지만 제일 위에서 밀어 떨어뜨려도, 열다섯 단… 이 층에서 일 층으로 떨어져서 죽을 확률이 그렇게 높을까?"

"골절 정도로 끝나지 않을까요?"

디딤판의 뾰족한 부분에 후두부를 직접 강타당하게 만들 방법이 있다면 이야기는 달라지겠지만.

"범행이 들통나는 걸 신경 쓰지 않을 만큼 격앙되어 있었다고 생각하면, 이번에는 주민이 말다툼 소리를 듣지 못했다는 문제가 다시 부상해."

발밑의 자갈을 운동화로 걷어찬 도가가 중얼거렸다.

"사방이 다 막혔네요."

"사고였다고 생각하면, 일단 설명은 돼."

계단을 오르던 중 디딤판을 헛디뎌서 운 나쁘게 후두부를 강타당했다. 스즈키가 술을 마신 상태였다면, 그 불운도 현실감을 띠게 된다.

"사고… 일까요?"

차가운 공기 속에 내뱉은 도가의 의문에 나는 대답할 수 없었다.

"오늘은 편의점 야간 근무예요"라는 말을 남기고 도가는 공원 밖으로 나갔다. 아르바이트를 여러 개 겸하고 있다고 했다. 늦은 시간이라 근처까지 데려다주려고 했지만, "이런 건 일상다반사예요"라고 말하고는 손을 흔들었다.

혼자 남은 후에도 그네에서 일어날 기운이 없었다.

스즈키의 간절한 상담을 들은 직후에 일어난 비극이고, 사고라는 결론에 납득할 수 없는 것은 나도 마찬가지였다. 얼굴도 본 적 없는 스즈키의 어머니에게 어쩔 수 없이 의심의 눈초리가 향하고 만다.

하지만 형과 나눈 대화와 연립주택의 광경이 앞서나가려는 사고에 제동을 걸었다.

오야코시라즈에 대해 말했을 때, 형은 의외의 반응을 보였다.

오야코시라즈에 문의한 흔적, 혹은 이미 절연 절차를 진행한 흔적이 스즈키의 휴대전화나 컴퓨터에 남아 있었다면….

서비스 담당자에게 중개 연락을 받은 스즈키의 어머니는 격앙했을지도 모른다.

딸에게 배신당했다는 생각에 스즈키의 방에 들이닥쳤다.

말다툼 소리를 들은 주민은 없다. 즉 스즈키는 부재였다.

가정에 가정을 거듭한 추측이라는 것은 알고 있다. 하지만 생각할 가치는 있다.

스즈키의 어머니는 바로 포기하고 돌아갔을까. 아니, 무언가 선물을 받아 가려고 했으리라.

두 사람이 연립주택에서 마주치는 일은 없었다. 그것이 대전제다.

집에 돌아간 스즈키. 그리고 그녀는 계단에서 굴러떨어졌다.

무엇을 보고, 무엇을 생각했을까.

무슨 일이 일어났을까.

그 공백을 메꾸어야 한다.

쇼팽에서 상담하고부터 사흘 뒤. 내가 말했던 내용. 법률 지식.

휴대전화를 꺼내 형에게 전화를 걸었다.

"아직 일하는 중이야."

언짢은 목소리. 아랑곳하지 않고 나는 물었다.

"피해자의 방, 어지럽혀져 있었지?"

"… 대답 못 해."

통화가 종료된다. 대답하기 전 몇 초의 정적.

망설임도, 모호한 대답과도 무연한 성격.

부정의 부정은, 긍정이다.

스즈키의 어머니는 그녀의 방에 들어갔다. 범인이 떠나고, 피해자가 돌아왔다.

쇼팽에서 나눈 대화가 뇌리를 스치고….

나 때문에 스즈키는 목숨을 잃은 것인가.

6

다음 날 저녁. 나와 도가는 쇼팽의 테이블 좌석에 나란히 앉아 있었다. 지난번과 같은 자리였다. 정면의 소파는 만나기로 한 사람을 위해 비워뒀다. 지난번과 다른 점은 그 상대뿐이다.

"정말 진상을 알아냈어요?"

도가가 물었다.

"응. 모순 없이 설명할 수 있어."

"아직 정보가 부족한 것 같은데."

"아니, 이미 충분해."

점심 시간대와는 달리 조도를 낮춘 가게 안에는 클래식이 아닌 재즈가 배경음악으로 흐르고 있었다. 알코올을 즐기는 손님도 있지만, 우리 주위는 비어 있어서 지난번처럼 대화 내용이 유출될 걱정은 없었다.

커피 한 잔을 다 마신 무렵에 짙은 남색 정장 차림의 형이 나타났다.

"학생이 이렇게 좋은 데를 다녀?"

"이 자리에서 피해자와 이야기했어."

"알고 있어." 형은 재킷을 벗었다. "그래서, 용건이 뭐야? 학생은 상상도 못 할 만큼 시간에 쫓기는 몸이라서 말이야."

형은 맥주를 주문했다. 나와 도가는 추가 커피를 주문했다.

"피해자가 굴러떨어진 이유를 알았어."

검사가 얼마나 바쁜지는 잘 알고 있기 때문에 불러낸 이유를 단도직입으로 말했다.

"변호사 놀이의 다음은 탐정 놀이인가?"

"법률 상담을 들은 나밖에 풀 수 없는 문제였어."

형은 눈을 가늘게 뜨면서 넥타이를 느슨하게 풀었다.

"법률로 뭐든지 해결할 수 있다고 믿는 건 법학부생 특유의 자만이야."

"형도 그렇게 생각했었다는 말이지?"

주문했던 술과 음료가 나오자, 형은 한 모금 만에 잔을 절반 가까이 비웠다.

"좋아. 이야기는 들어주지."

점원이 테이블에서 멀어지기를 기다렸다가 나는 말을 꺼냈다.

"스즈키 씨가 운전면허증을 보여줘서 어디 사는지 알 수 있었어."

건물명으로 찾아낸 것은 숨기고 말을 이었다.

"사건 현장은 선파크. 스즈키 씨가 살던 곳은 맨 끝 방인 201호실. 방의 바로 옆에 있는 외부 계단에서 스즈키 씨는 굴러떨어졌어. 디딤판의 뾰족한 모서리에 후두부를 부딪힌 것이 직접적인 사인이야. 평범하게 굴러떨어지기만 했다면, 목숨을 잃을 가능성은 적었어."

어느 것도 뉴스에서 다루어지지는 않았지만, 높은 확률로 수사 정보와 일치하고 있을 것이다. 이후는 형과의 대화에서 추측한 사실도 섞여 있다.

"이웃 주민을 조사한 결과, 집에 있는 사람이 많은 시간대였는데도 말다툼 소리나 어떤 소음에 관한 진술도 듣지 못했어."

"그런 말을 한 기억은 없는데."

"사건인지 사고인지 반반이라고 세미나실에서 말했잖아. 사망 추정 시각과 모순되지 않는 시각에 피해자가 누군가와 다투었다고 이웃 주민이 진술했다면, 사건 가능성은 단숨에 높아지지."

"역설적인 사고방식이군."

형은 부정확한 정보는 입에 담지 않는다. 반반이라고 말한 이상, 사건과 사고 중 어느 한쪽으로 기우는 결정적인 사실은 존재하지 않는다고 생각해야 한다.

"정답이라고 생각해도 되겠지?"

"노 코멘트."

이어서 도가와 헤어진 후에 형과 통화했던 내용을 언급했다.

"어젯밤, 나는 피해자의 방이 어지럽혀져 있지 않았냐고 전화로 물었어. 한 번 더 같은 질문을 해도 똑같이 대답할 수 없다고 말하겠지?"

"물론이야."

"검사의 입을 열 수 있으리라고는 나도 생각하지 않아. 하지만 그 대답 거절은 긍정을 의미한다, 그렇게 생각하고 이야기를 진행할게."

"그러니까 억울한 누명을 쓰는 사람이 생기는 거야."

"누가 할 소리야?"

"대부분의 검사는 성실하게 조사에 임하고 있어."

이곳은 취조실도 아닐뿐더러 형을 납득시킬 수 있느냐 아니냐가 중요하다.

그때 도가가 물었다.

"저기, 왜 방이 어지럽혀져 있었다고 생각해요?"

스즈키의 추락에 그녀의 어머니가 관련되어 있을 가능성은 적다고, 공원 그네에 걸터앉아서 도가에게 말했다. 만일 그날도 침입 절도가 있었다고 한다면, 범인으로는 스즈키의 어머니가 떠오른다. 모순되는 연상이라고 도가는 생각하고 있을지도 모른다.

"스즈키 씨는 전에 살던 방에서도 절도 피해를 당했어. 여벌 열쇠를 만든 어머니가 몰래 들어왔고, 그게 이사 원인이 되었지."

"그 이야기라면 얼마 전에 세미나실에서 들었어."

형이 말했다.

"중요한 건 결과야. 경찰까지 불렀는데도 스즈키 씨의 어머니는 체포되지 않았어."

"친족상도례잖아."

형법을 무기로 다루는 검사가 상대이니, 세미나실에서는 설명을 생략했다.

"형刑이 면제되니까 어쩔 수 없다. 형법을 배운 사람이 사건에 직면하면 친족상도례를 전제로 생각할 거야. 이미 그런 사고방식이 형성되어 있기 때문이지. 하지만 절도 피해를 본 사람에게 까다로운 법 윤리를 설명한들 쉽게 받아들이지 못할 수도 있어."

"무슨 말이 하고 싶은 거야?"

"법률 상담을 했을 때도 스즈키 씨는 친족상도례의 정당성에 의문을 품고 있었어. 그래서 나는 제도의 취지를 설명했고,

형이 면제되지 않는 범죄도 언급했어."

실제로는 도가에게 추가 설명을 요구받은 듯한 느낌도 있지만, 스즈키가 질문했다는 사실에는 변함이 없다.

"그래서?"

어느샌가 형은 맥주를 두 잔째 마시고 있었다.

"절도에 그치는 한 아무리 심한 사안이라도 묵인된다. 주거침입을 같이 저지른 경우라도, 절도의 준비 행위만으로는 경찰이 움직일 가능성이 적다. 폭력을 행사해서 강도죄가 되면, 친족상도례는 적용되지 않는다."

"설명에 틀린 부분은 없는 것 같은데."

"부모와 자식의 관계를 법적으로 끊을 방법은 존재하지 않고, 부모 자식 간의 절도가 처벌받는 일도 없다. 그때 내가 스즈키 씨에게 알려준 것은 방법이 없다는 결론이었어."

"전망이 좋지 않다는 사실을 알려주는 것도 법률 상담의 역할이야."

나도 그렇게 생각했다. 하지만 스즈키는 다르게 받아들인 것이 아닐까.

"그로부터 사흘 뒤, 스즈키 씨는 계단에서 굴러떨어졌어."

"그래서 요점이 뭐야? 어머니의 존재에 절망한 스즈키 씨가 스스로 목숨을 끊기라도 했다고 생각하는 거야?"

"아니, 자살할 정도로 막다른 곳에 몰린 사람처럼 보이지는 않았어."

딱 한 번 만나서 이야기했을 뿐이지만, 스즈키는 절연이 힘들다는 사실은 미리 조사한 것 같았고, 우연히 만난 여성이 알려준 오야코시라즈에 관심을 보였다.

"장황하게 말해놓고서는, 법률 상담과 스즈키가 굴러떨어진 것은 관계가 없다고?"

"방이 어지럽혀져 있다면, 이야기가 연결돼."

이사 후의 주소도 들켰다고 스즈키가 인정했었다. 그 낡은 연립주택이라면 간단히 여벌 열쇠를 복제할 수 있었다고 해도 이상하지 않다.

잠시 생각하는 듯하더니 형은 고개를 끄덕였다.

"아, 그런 뜻이군."

"스즈키 씨가 귀가했을 때 방에는 아무도 없었지만, 어지럽혀진 흔적이 남아 있었어. 전례가 있으니 범인은 틀림없이 어머니라고 생각했을 거야."

"빈집털이, 절도, 친족상도례…. 결론도 지난번과 같겠군."

경찰을 부른다 해도 절도죄로 어머니가 체포될 일은 없다. 대책을 마련하지 않으면, 세 번째 이후로도 피해는 계속될 것이다. 일방적으로 쫓기기만 할 뿐인 술래잡기처럼.

"타개책을 생각한 사람은 나였어."

"친족상도례의 빈틈인가."

그럴 작정은 아니었다. 하지만 받아들이는 사람의 해석에 따라서는 메시지가 바뀔 수도 있다.

"친족상도례에는 예외가 없는 것 아니에요?"

도가가 묻는다.

"절도죄에 그치면 처벌을 면할 수 있어. 하지만 강도죄는 친족상도례가 적용되지 않아."

사기나 횡령과는 달리, 절도와 강도는 일종의 포함 관계에 있다. 타인의 재물을 탈취한다는 점에서 둘은 공통되고, 다른 것은 그 수단이다.

"그러면…."

"절도를 저질렀을 때, 일정 정도를 넘는 폭행을 가한 경우에는 강도죄가 성립해."

"폭행이요? 스즈키 씨가 귀가했을 때, 방에는 아무도 없었던 것 아니에요?"

내가 대답하기 전에 형이 입을 열었다.

"피해자가 강도를 날조했다고 생각하는 거지?"

처음부터 싹 다 꾸며낸 것이 아니라, 눈앞의 상황을 이용해서 절도를 강도로 격상시켰다.

어머니의 절도가 딸의 등을 떠밀고 말았다.

"어떻게 해야 어머니에게 죄를 물을 수 있을지, 내가 말한 내용을 다시 조사했을 거야. 강도에도 종류가 몇 가지 있는데,

처음에는 절도할 생각으로 금품을 손에 넣은 뒤 이를 발견한 소유자에게 폭행을 가하는 패턴은 사후 강도라고 해."

재물을 빼앗기지 않으려고, 혹은 도주하려고 사후적인 폭행을 가하는 경우, 절도가 아닌 강도로 처벌된다…. 당황한 표정의 도가를 바라보며 말을 이었다.

"우리가 최초에 생각한 것처럼 몰래 들어온 모친과 방에서 맞닥뜨렸고, 이를 놓치지 않으려고 통로에서 뒤엉켜 싸우던 중 자세가 무너져 계단에서 굴러떨어졌다…. 그렇게 꾸미려고 스즈키 씨는 일부러 뛰어내렸어. 하지만 머리를 잘못 부딪쳐서 목숨을 잃고 말았지."

자살 희망자가 아닌 한, 스스로 원해서 목숨을 위험에 빠뜨릴 리 없다.

그래서 누가 밀었거나 사고이거나 둘 중 하나라고 생각했다.

법률 상담 때 엿보인 절연에 대한 집념. 두 번째 절도 피해를 당했다는 절망과 분노. 그것들이 복잡하게 뒤섞여 계단에서 뛰어내릴 결심까지 하게 된 것은 아닐까.

"어머니를 함정에 빠뜨리기 위한 강도 날조라. 재미있는 추리라고 생각해." 형이 말했다. "발견 당시의 방 상황, 이웃 주민들의 조사 결과와도 들어맞고."

"노 코멘트 아니었어?"

"이런, 실수했네."

민망한 기색도 없이 형은 가슴 앞에서 팔짱을 꼈다.

“친족상도례의 예외까지 이야기한 것은 경솔했어.”

궁지에 몰린 인간에게 자살 사이트 주소를 보내주듯이, 절연을 바라는 스즈키에게 어머니를 배제할 방법을 알려주고 말았다.

“법률 상담 방식을 재검토하는 건 형으로서 대찬성이야.”

“절도범은 있지만, 스즈키 씨를 추락하게 만든 범인은 없어.”

“풍부한 상상력에 경의를 표하는 의미로 수사 정보를 하나 공개하지. 스즈키 씨 어머니를 용의자에서 제외한 이유는 알리바이가 있었기 때문이야. 사망 추정 시각의 한 시간 이상 전부터 다음 날 아침까지 러브호텔에서 남자와 하룻밤을 보냈어. CCTV에 출입 영상이 찍혀 있으니 알리바이를 무너뜨리는 것은 불가능하다고 생각해.”

술에 취하면 입이 가벼워질 수준의 직업의식을 가진 사람은 아니다. 내 말투에서 단순한 호기심으로 끼어든 게 아니라는 진심이 느껴진 것일까.

“절도를 위해 스즈키 씨의 방에 들어간 시간이 호텔에 가기 전이라면, 방이 어지럽혀져 있었던 점과 모순되지 않아. 게다가 스즈키 씨도 설마 어머니가 호텔로 도망쳤으리라고는 생각하지 않았을 테고.”

“그렇지. 다만….”

형이 말을 이으려는데, "여기까지가 절연 버전이었습니다"라며 도가가 말을 끊었다.

"무슨 뜻이야?"

형이 되물었다.

"방금 말한 추리에 부자연스러운 점이 있다는 건, 물론 잘 알고 있습니다."

"도가 씨도 유키나리의 생각을 들었었어?"

사전에 아무런 협의도 하지 않았다. 하지만 도가는 고개를 끄덕였다.

"네. 이야기를 원활하게 진행하려고, 제가 질문자 역할을 담당했어요. 형님이 지적하시려는 부분은, 뛰어내리는 것의 위험성… 즉 강도로 꾸미기 위한 연기치고는 필요 이상으로 위험한 방법을 선택했다는 점 아닌가요?"

"그래, 맞아."

"살해할 의도로 밀어 떨어뜨렸다기에는 높이가 부족해요. 반면, 가벼운 상처를 입을 목적이라면 오히려 너무 위험하고요. 실제로 코코나 씨는 목숨을 잃었으니까요. 살인이든 강도 날조든 어중간한 높이예요."

"그렇지"라며 맞장구를 친 형이 보충했다. "방 안 어딘가에 몸을 부딪치든가, 뭣하면 모친에게 습격당했다고 우기든가… 강도로 꾸밀 수 있는 안전한 방법은 그 밖에도 있었을 거야. 굳이 밖에 나가 계단에서 떨어지는 건 정상적인 판단으로 생각되지 않아. 법을 배운 사람이라면 몰라도 유키나리의 조언을 들었을 뿐인 피해자가 일부러 사후 강도 행위를 선택했다는 것도 묘한 이야기지."

"뒤로 쓰러진 것도 부자연스럽죠. 낙법 자세를 취하기도 어렵고, 낙하지점이 보이지 않으니 공포심도 훨씬 커질 거예요."

어느샌가 앞과 옆에서 비판의 화살이 날아오고 있다.

"눈을 감고 번지점프를 하는 사람도 있는데, 낙하지점이 보이는 편이 더 무섭다고 생각한다 해도 이상하지 않아."

나는 도가에게 반론을 시도했다.

"뒤로 떨어지기를 눈 감기와 똑같이 취급하기는 어렵지 않을까요?"

"계단에서 떨어지기를 선택한 것도, 확실하게 상처 입는 것을 우선했기 때문일 수도 있어."

어느 쪽도 치명적인 논리의 결함이라고는 할 수 없을 것이다.

"냉정한 판단력을 잃었다고 하면, 할 말이 없죠." 도가는 바로 물러났다. "다만, 지적할 부분이 있다는 것도 사실이에요. 어머니를 강도범으로 만들려다가 목숨을 잃었다는 것도 너무 암울한 결론이고요."

"그게 진상이라면 어쩔 수 없잖아."

"다른 가능성이 있다고 하면요?"

대답을 기다리지 않고, 도가는 처음부터 다시 시작하듯이 헛기침했다.

"이어서 부모와 자식의 인연 버전을 들려드리겠습니다. 질문자 역할은 고조 선배에게 맡길게요."

도가는 내 추리를 절연 버전이라고 표현했다. 그에 비해 이번에는 부모와 자식의 인연 버전이라니….

형은 "재밌겠네. 어디 들어볼까?"라고 이야기를 재촉했다.

"고조 선배 덕분에 빠져 있던 중요한 조각을 끼워 맞출 수 있었어요. 코코나 씨가 죽은 날에 관계자가 아파트에 집결했던 이유를 계속 알 수 없었거든요."

"관계자?"

스즈키 코코나와 그녀의 어머니 외에 관련 인물이 있다는 말인가?

"순서대로 이야기를 해나가고 싶지만, 중간까지는 고조 선배의 절연 버전과 똑같으니 과감하게 생략하겠습니다. 어디까지 같냐면, 어지럽혀진 방에 코코나 씨가 돌아온 부분까지예요."

"범인은 어머니고, 방에 없었다는 점도?"

"네. 그 광경을 본 코코나 씨가 어떤 행동을 했냐, 거기가 결정적으로 달라요. 고조 선배는 강도로 꾸며냈다고 했죠. 하지만 분노에 지배된 상태에서 과연 복잡한 법률 지식을 때마침 떠올리는 것이 가능할까요?"

"그렇다면 네가 생각하는 계단에서 굴러떨어진 이유는 뭔데?"

뛰어내리기 이외의 결론을 도가는 생각하고 있는 것일까.

"설득력을 더하기 위해, 여기부터는 제가 더듬어나간 경로에 따라서 이야기하겠습니다."

그렇게 설명한 도가는 매끄럽게 이야기하기 시작했다.

"먼저 휴대전화 요금을 내고 인터넷 환경을 부활시킨 다음, 페이스북에서 코코나 씨의 계정을 검색했어요. 페이스북은 실명 등록을 권장하고 있고, 흔하지 않은 이름이라 바로 찾을 수 있었어요. 이름은 한자가 아닌 히라가나로 등록되어 있었지만요."

"생전의 행동을 조사했다는 말이야?"

나는 물었다.

"확인하고 싶었던 건 한 가지뿐이에요. 코코나 씨에게 연인이 있었나."

"…그게 왜?"

"코코나 씨는 우리에게 이사한 후 아무에게도 주소를 알려주지 않았다고 말했어요. 하지만 연인은 제외했을 수도 있다는 생각이 들더라고요."

"코코나 씨가 거짓말을 했다고?"

"아니요. 그렇게 거창한 이야기는 아니에요. 생각해보세요. '새 주소는 남자친구에게만 알려줬어요' 이렇게 대답하면 연인의 존재를 자랑하는 것처럼 들릴 수도 있지 않을까요? 경찰과는 달리 저희는 평범한 학생인 데다 처음 만난 사이니까 굳이 말하지 않은 것도 이해돼요. 고조 선배는 잘 모를 수도 있겠지만."

친구와 연인이 다른 카테고리에 속한다는 것 정도는, 아무리 나라도 알고 있다.

"그 대답을 듣고 거기까지 짐작한 거야?"

"이건 그냥 꿰맞추기고, 진짜 이유는 따로 있어요. 그건 잠시 후에 밝혀지니까 조금만 기다려주세요. 코코나 씨는 페이스북을 활발히 사용해서 많은 게시글이 남아 있었어요. 제가 게시글을 볼 수 있었던 건 공통 친구가 페이스북에 있는데, 코코나 씨가 친구의 친구까지 공개 범위를 허락하고 있었기 때문이에요."

페이스북의 상세한 시스템은 모르지만, 일단 대충 고개를 끄덕였다.

"남자친구로 보이는 사람과 같이 찍은 사진도 바로 발견했어요. 사진에 찍힌 사용자를 식별하는 '태그달기'라는 기능이 있는데, 그것도 등록되어 있어서 순조롭게 남자친구의 이름을 알 수 있었어요. 호리 아키라 씨. 누군지 아세요?"

"아니, 몰라."

"형님은 알고 계시겠죠? 피해자의 인간관계는 제일 먼저 조사할 테니까요."

"응. 의학부생 맞지?"

형은 솔직하게 인정했다.

"4학년이에요."

"그게 어떻다는 거지?"

"저와 고조 선배는 의학부 4학년이라고 하면 짚이는 데가 있거든요."

도가가 학년을 언급한 의도를 뒤늦게 깨달았다.

"분명 그 여성의 아들도…."

"명함에 호리 지에라고 적혀 있었고, 한자도 동일해요."

"무슨 이야기야?"

형이 도가에게 물었다.

"이 카페에서 법률 상담을 했을 때, 오야코시라즈에 대해 알려준 손님이 있었어요. 그 사람의 아들도 의학부 4학년이었고요. 용의자로 의심받고 있지도 않은 연인의 어머니는 우선순위가 낮을 테니, 경찰이 간과했다고 해도 이상하지 않아요."

형은 "오야코시라즈"라고 중얼거리고는 다리를 다시 꼬았다.

"자세히 알려주겠어?"

"알겠습니다. 그 대신, 제 질문에도 대답해주시면 감사하겠습니다."

"뭐, 내용에 따르는 걸로."

도가는 미소 짓고, 호리 지에와의 대화 내용을 형에게 들려주었다. 의학부생인 아들이 대학을 중퇴하고 연인과 결혼하겠다는 말을 꺼냈다. 연인이 임신했기 때문에 당장 일해서 돈을 벌어야 한다는 이야기였다. 수입 가구 판매업으로 성공한 덕분에 재력은 있지만, 아들에게 정이 떨어져 오야코시라즈를 통해서 절연 절차를 진행 중이라고 했다.

"망나니 아들과 코코나 씨의 남자친구는 성, 학부, 학년이 전부 일치해요. 학생 수가 적기로 유명한 의학부이니, 동일 인물이라고 생각하는 편이 자연스럽겠죠."

석연치 않은 느낌이 들어서 지적했다.

"연인의 어머니라고 알아차린 것 같지는 않던데."

호리 지에가 아들의 푸념을 늘어놓는 동안에도 스즈키 코코나는 그저 남의 일처럼 듣고만 있었다. 자신의 임신이나 결혼과 관련되어 있었다면, 사죄나 변명을 하려고 하지 않았을까?

"지에 씨가 테이블에 명함을 올려놓은 건 떠나기 직전이었어요. 그때까지는 코코나 씨도 자신과 상관없는 이야기라고 생각했을 거예요."

"대학 중퇴, 결혼, 임신. 하나라도 짚이는 데가 있었다면, 이름을 안 들어도 알았을 텐데."

그러한 특징이 일치하는 인물이 또 있을 확률은 극히 낮다.

"요컨대 짚이는 데가 없었다는 말이겠죠."

"뭐?"

동일 인물이라는 추측을 번복하는 발언으로 들렸다.

"여러 인물의 생각이 교착하고 있으니 머릿속을 정리하면서 들어주세요. 지에 씨의 아들과 코코나 씨의 남자친구는 동일 인물입니다. 하지만 두 사람이 떠올린 호리 아키라라는 사람의 내용물은 달랐어요."

"아니…, 어떻게 그게 가능해?"

"지에 씨가 오해하고 있었기 때문이에요."

"이해할 수 있게 설명해줘."

"지에 씨가 쇼팽에 있었던 건 우연일까요?"

빈자리가 많이 있었는데도 호리 지에는 우리 옆 테이블에 앉아 있었다.

"정말로 호리 아키라의 어머니라면… 우연을 가장한 것이겠지."

"코코나 씨는 가족 문제로 한정한 출장 법률 상담을 신청했어요. 독친에 관한 정보를 올리는 트위터에서 자신의 근황도 보고하고 있었고, 카페 점원에게도 어머니와의 갈등을 털어놨다고 이야기했었어요. 이만큼 정보를 공개하고 있으면, 그날의 법률 상담이 지에 씨 귀에 들어갔다 해도 이상하지 않아요."

"글쎄. 아들의 연인에 관한 정보가 그렇게 쉽게 손에 들어올까?"

트위터에서도 실명까지는 밝히지 않았다고, 도가가 전에 말했었다.

"탐정을 고용했었다면 납득하겠어요?"

"아, 누군가의 기척이 느껴진다고…."

"그 정체는 지에 씨의 의뢰를 받은 탐정이었다고 추측해요."

탐정을 써서 스즈키 코코나의 주위를 조사했다는 말인가.

"대체 왜 그렇게까지…."

"결혼 상대의 배경 조사라는 말, 들어본 적 있죠?"

회사를 경영하는 호리 지에라면 탐정에게 지급할 비용은 간단히 준비할 수 있었으리라.

"카페에서 법률 상담을 훔쳐 들은 건?"

"어떤 문제를 떠안고 있는지 파악하기 위해서였겠죠. 아들이 대학 중퇴까지 해서 결혼하려는 상대가 법률 상담을 받을 정도의 문제를 떠안고 있는 것 같다. 어머니로서는 가만히 있을 수 없는 상황이라고 할 수 있지 않을까요?"

도가는 형 쪽을 보면서 검지를 세웠다.

"자, 첫 번째 질문입니다. 코코나 씨가 임신했다거나 결혼을 앞두고 있었다는 정보를 형님은 알고 계신가요?"

잠시 망설인 뒤, 형은 "알지 못했어"라며 짧게 대답했다. 임신 여부는 사체를 조사하면 바로 판명될 것이다.

"감사합니다. 그렇다면 어째서 지에 씨는 착각했던 걸까요? 결혼이나 임신은 그렇다 쳐도, 대학 중퇴는 본인의 입으로 듣지 않으면 믿지 않을 텐데요."

"…호리 아키라가 자신의 어머니에게 거짓말을 했다?"

"저는 그렇게 생각해요. 하지만 부모와 자식의 관계를 악화시킬 뿐 아무런 득도 되지 않는 거짓말이죠. 두 사람 사이에 무슨 일이 있었을지 상상해보고, 한 가지 전제를 더하면 상황을 이해할 수 있다는 사실을 깨달았어요."

입가로 머그잔을 가져간 다음 도가는 말을 이었다.

"고조 선배가 알려줬었죠. 지에 씨는 말기 암을 앓고 있다고."

형의 시선이 느껴져서 설명을 보충했다.

"그 사람의 투병 블로그를 발견했는데…, 확실히 그렇게 적혀 있었어. 하지만 그게 무슨 관계가 있다는 거야?"

"자택에서 호스피스 케어를 받고 있죠?"

"맞아."

"호스피스 케어라는 건 연명 치료가 아니라 고통 완화에 중점을 두고 수명이 다할 때까지 삶의 질을 유지하는 의료를 말하죠. 최후를 맞이하는 방법은 본인이 결정해야 한다고 나는 생각하지만, 그 선택에 관여할 수 있는 사람이 있다고 하면… 상투적이지만 가족이라는 단어가 제일 먼저 떠올랐어요."

호리 지에는 연명보다 남은 시간을 어떻게 보낼 것인지를 우선했다.

그에 대한 도가의 생각은….

“호리 아키라는 어머니가 연명 치료를 받기를 바랐다?”

“그것도 하나의 가치관이죠. 아키라 씨가 거짓말을 한 이유를 생각해봤어요. 결혼, 임신, 중퇴. 어떤 순서로 말했는지는 모르겠지만, 의미가 있었던 것은 임신뿐이고 나머지는 말을 맞추기 위해서 아니었을까요? 출산이라는 선택의 설득력을 높이기 위해서는 결혼까지 설정해야 했어요. 육 년제인 의학부가 걸림돌이 되니까 대학을 중퇴하고 키울 각오라고 말한 거죠.”

당황스럽지만 생각해보았다. 그런 거짓말을 할 동기.

스즈키가 임신했다는 사실은 존재하지 않는다. 실현되지 않을 출산에 집착했던 이유는….

“지에 씨가 연명할 의미를 만들기 위해서?”

“손자의 얼굴을 볼 때까지는 죽을 수 없다. 낡은 사고방식일 수도 있지만, 아키라 씨는 거기에 매달렸던 것 아닐까요? 거짓을 거짓으로 덧칠하고, 망나니 아들이라는 착각을 받더라도.”

어머니와 조금이라도 많은 시간을 보내기 위해서?

호리 지에의 블로그에는 아들이 헌신적으로 돌봐주고, 모자가 여행을 즐긴 이야기도 적혀 있었다. 부모 자식 관계가 양

호했던 시기는 틀림없이 존재했다.

어디서부터 단추를 잘못 끼운 것일까.

"곧 손자가 태어난다고 하면 연명 치료를 받아주리라 생각했다. 하지만 모든 거짓말을 진실로 받아들인 호리 지에는 정이 떨어진 아들과 절연하기로 결심했다…."

"그때의 지에 씨가 진심으로 아키라 씨와 절연할 생각이었다고는 할 수 없어요."

"하지만 확실히 말했었잖아."

"코코나 씨가 아들한테 어울리는 결혼 상대인지 확인하려고 했어요. 게다가 스즈키 모녀의 문제도 마음에 걸렸겠죠."

도가는 호리 지에가 탐정을 고용해서 스즈키의 신변 조사를 했다고 생각하고 있다.

사고를 정리하는 사이에 도가의 설명이 이어졌다.

"코코나 씨는 돈을 노리고 아들과 결혼하려고 한다. 얼마 뒤에 자신이 죽으면 상속금으로 목돈이 굴러들어오는 사실을 알고 있으니까…. 지에 씨의 입장에서 생각하면, 그런 의심을 품고 있었다 해도 이상하지 않아요."

"그렇군. 그래서 오야코시라즈의 이야기를 꺼낸 거야."

"매월 약간의 금액을 건네주는 대신, 사후에는 최소한의 돈밖에 남기지 않는다. 돈이 목적이라면 아키라 씨와 결혼하는 의미가 단번에 사라지죠. 그렇게 생각하게 하고, 스즈키 씨의 가면을 벗기려고 한 것 아닐까요."

스즈키 코코나의 절연을 도와주기 위해서가 아니라, 아들과 백년해로할 자격이 있는지 확인하기 위해 오야코시라즈의 존재를 넌지시 알려줬다. 호리 지에는 아들을 포기하기로 결심했던 것이 아니다. 오히려 아들의 장래를 걱정해서 지키려고 했다.

그 심사의 장에, 우연히 우리가 함께했다.

"아무런 얘기도 듣지 못했던 스즈키 씨는 여성의 아들과 연인을 머릿속에서 연결 짓지 못했어요."

연인의 임신을 믿게 하려고 내뱉은 거짓말로 인해 두 사람이 떠올린 '호리 아키라'의 인물상에 큰 괴리가 생기고 말았다.

"반응이 없다는 건 지에 씨도 느꼈을 테지만, 스즈키 씨가 시치미를 떼고 있을 가능성도 있었으니 할 말을 다 한 뒤에는 명함을 놓고 돌아간 거죠."

스즈키 코코나는 무슨 생각을 했을까. 명함에는 호리 지에의 이름이 적혀 있었다. 의학부 4학년이라는 정보와 성을 보고 연인의 얼굴을 떠올리지 않았을까. 어머니가 회사를 경영한다는 것도 호리 아키라에게 들었을 수도 있다.

짚이는 데가 없는 결혼과 임신은 어떻게 해석했을까. 연인이 양다리를 걸쳤고, 바람피운 상대와의 사이에서 그런 일이 있었다…. 거기까지 의심했다고 해도 이상할 게 없다.

"스즈키 씨는 호리 아키라에게 사정을 따져 묻지 않았을까?"

"그렇겠죠. 쇼팽에서 있었던 일을 들은 아키라 씨는 자신의 거짓말이 의도치 않은 결과를 초래했다는 사실을 깨달았어요. 아마 이 타이밍에 지에 씨의 오해도 풀렸겠죠. 어머니가 연명 치료를 받길 바라는 마음에 아이가 생겼다고 거짓말했다. 그 설명으로 코코나 씨와 지에 씨는 납득했을 거예요."

자신의 이익을 위해 내뱉은 거짓말이 아니다. 어머니를 속이려고 한 사실은 부정할 수 없지만, 천천히 얘기하면 마음은 전달되지 않았을까?

"지금까지는 모순점이 없다고 생각하는데, 그 후에 무슨 일이 일어난 거야?"

"코코나 씨의 어머니 문제가 아직 남아 있죠."

"하지만 호리 지에와는 관계가 없잖아?"

"저는 쇼팽에서 코코나 씨의 이야기를 듣고, 어머니와의 절연을 바라는 것은 어쩔 수 없는 일이며 힘이 되어주고 싶다고 생각했어요. 지에 씨도 저처럼 생각했을지도 모르죠."

그냥 상담만 받은 나나 도가와는 달리, 호리 지에는 아들의 장래도 걱정해야 했다. 교제가 오래되면, 결혼하느냐 마느냐와 상관없이 스즈키 코코나의 어머니와도 관계되지 않을 수 없다. 거액의 유산과 맞물리면 간과할 수 없는 걸림돌이 될 수 있는 존재다.

"… 그래서?"

"고조 선배가 여러 번 설명해준 대로 부모와 자식의 관계를 법적으로 끊을 방법은 존재하지 않아요. 그렇다면 제안할 수 있는 해결책은 한정되죠."

"오야코시라즈인가."

도가도, 형도 이 서비스에 집착하는 것은 분명했다.

"코코나 씨는 어머니에게 매달 5만 엔의 지급을 요구받고 있었어요. 자녀를 속박하거나 과도하게 간섭하는 독친이라기보다 돈을 착취하는 기생충이라는 이미지를 갖고 있었죠."

"그래도 위자료를 지급할 생각은 없다고 말했어."

"그래요. 기분의 문제도 있었을 테고, 학생이 쉽게 준비할 수 있는 금액은 아니었을 테니까요. 하지만 협력자가 있다면 이야기가 달라져요."

거기서 도가는 말을 끊고 형을 쳐다봤다.

"두 번째 질문입니다." 브이 사인처럼 손가락 두 개를 세운 도가가 빠른 말투로 물었다. "코코나 씨는 오야코시라즈를 이용하기 위한 준비를 진행하고 있지 않았나요? 자료를 받아보는 단계에 그치지 않고 구체적인 조건까지 결론이 나왔던 것 아닌가요?"

"거참 곤란하네." 형은 머리를 긁으며 말했다. "거기까지 알아낸 거면, 모른 체할 수 없잖아. 대답은 예스야. 자세한 조건까지는 말할 수 없지만, 일정 금액을 지급하는 대신 접촉을 금지한다는 내용의 초고였어."

법적인 의무가 없는 일을 요구하기 위해서는 그에 상응하는 대가를 제시해야 한다. 양심에 호소하기 어려운 사람이 상대라면 양보는 기대할 수 없다.

어머니와의 절연을 바라는 스즈키 코코나에게 자금 융통을 약속한 인물이 있다.

그 사람이 누군지는 이미 명시되어 있는 것이나 마찬가지다.

"작성 일자도 알고 계세요?"

"날짜를 말하면, 예스나 노로 대답할게."

"이번 주 수요일."

스즈키가 사망한 날이다. 입으로 대답하는 대신 형은 작게 고개를 끄덕였다.

"이로써 정보는 다 갖춰진 것 같네요. 서론이 길어졌지만, 이야기를 절연 버전과의 분기점까지 되돌릴게요. 그날, 코코나 씨는 어지럽혀진 방에 돌아왔을 때 무슨 일이 있었는지 바로 깨달았을 거예요. 그리고 지에 씨에게 연락했어요."

물을 한 모금 마신 뒤, 도가는 이야기를 계속했다.

"위자료를 지급해서라도 관계성을 끊어야 한다. 그런 결심을 내리게 하기에 충분한 일이었겠죠. 사정을 들은 지에 씨는 코코나 씨가 사는 연립주택으로 향했어요. 남들 앞에서 당당하게 얘기할 내용도 아니고, 어떤 상황인지 봐두고 싶었을 수도 있죠."

"호리 지에도 아파트에 왔었던 건가."

그 시점에는 이미 호리 아키라의 거짓말에 대한 오해는 풀려 있었다. 아들이 진지하게 교제 중이라는 것을 안 호리 지에는, 어머니와의 관계로 곤란한 일이 생기면 자신에게 의지하라고 스즈키 코코나에게 말했을지도 모른다. 물론 아들의 장래를 염려한 제안이기도 했을 것이다.

"대화를 나눈 결과, 지에 씨는 코코나 씨의 절연을 돕기로 결심했어요. 위자료를 준비하겠다고 하지 않았을까요? 그 자리에서 초고를 작성해 오야코시라즈에 신청했어요."

냉정함을 유지한 채 대화는 진행됐고, 이웃 주민에게 목소리가 들리는 일은 없었다.

오야코시라즈의 중개인을 통해 스즈키 코코나의 어머니가 납득할 위자료만 제시되면, 협상이 타결될 전망은 높지 않았을까. 그런데….

"어째서 계단에서 굴러떨어진 거야?"

"이 뒤는 한층 더 상상의 나래를 펼칠 필요가 있어요. 몇몇 흔적은 남아 있지만, 명확한 증거는 존재하지 않아요. 그래도 괜찮으세요?"

형의 반응을 살핀 뒤 나는 고개를 끄덕이며 이야기를 재촉했다.

목이 말라서 물을 마시려고 했지만, 컵에는 몇 방울밖에 남아 있지 않았다. 긴박한 분위기를 감지했는지 점원이 가까이 올 기색은 없다.

“살해하려고 밀어 떨어뜨렸다기에는 높이가 부족하다. 강도로 위장하려고 뛰어내렸다기에는 너무 위험하다. 빈틈을 노려 등을 떠밀었다고 하면 부상 부위가, 몸싸움의 결과라고 하면 이웃 주민의 조사 결과가 각각 들어맞지 않는다. 그렇게 소거법으로 가능성을 배제해나가면 불합리함이 허용되는 사고가 남아요.”

“하지만 익숙한 계단에서 발을 헛디딘다고…?”

“용건을 마친 지에 씨는 어떻게 집에 돌아갔을까요?”

“뭐?”

“낡은 이 층짜리 연립주택이라 당연히 엘리베이터는 없어요. 계단을 내려갈 수밖에 없는데, 암이 골전이된 영향인지 지에 씨는 걸을 때 지팡이를 사용하고 있었어요. 다리가 불편해 보이는 연인의 어머니…. 스즈키 씨는 간호학과 3학년이었죠?”

간호 보조 아르바이트도 하고 있다고 스즈키는 말했다.

“호리 지에를 부축하고 같이 내려갔다고?”

“계단을 내려갈 때의 보조 방법은 아래에 선 사람이 겨드랑이나 허리를 지탱하는 거래요. 그대로 조금씩 계단을 내려갔겠죠. 평소에 비하면 불안정한 자세였겠지만, 실습이나 아르바이트에서 경험했을 테니 위험하다는 느낌은 없었을지도 몰라요."

"하지만 스즈키 코코나는 굴러떨어졌어."

"적은 정보로 상상할 수밖에 없어요. 최초 목격자에게 발견될 때까지 코코나 씨는 계단 밑에 방치되어 있었어요. 그때까지는 경찰이나 119에도 신고되지 않았다고 생각하는 편이 자연스럽겠죠. 사고라면, 어째서 구하려고 하지 않았을까."

여기서 결론을 뒤에서 민 것으로 바꾸어버리면, 지금까지 한 검토의 토대가 무너진다.

도움을 자처한 스즈키 코코나가 굴러떨어졌는데도 호리 지에는 현장을 떠나갔다는 말이다. 그 이유를 알 수 없어서 입을 다물고 있는데, 도가가 말을 이었다.

"아들의 연인에게 돈을 건네고 절연을 돕는다. 그게 올바른 행위인지 나로서는 판단되지 않아요. 다만, 사람에 따라서는 혐오감을 느낄 수 있지 않을까요? 불편한 상황을 임시방편으로 눈가림했을 뿐이라고 여겨지는 것이 무서워서, 지에 씨가 아무에게도 상의하지 않고 연립주택을 방문했다면? 그리고 계단을 내려가던 중 아들과 우연히 마주치고 말았다면?"

"호리 아키라와?"

"문제 해결에 큰 진전을 이루고 건물 부지에서 나가기 직전이었어요. 방심하고 있었기 때문에 지에 씨는 몹시 놀랐죠. 코코나 씨는 보행 보조를 위해 지에 씨 방향을 보고 있었어요."

"호리 지에가 먼저 눈치챘다…."

"한 가지 가능성에 불과해요. 하지만 달리 설명할 수 있는 스토리가 떠오르지 않아요. 계단을 올려다보는 아키라 씨와 그 존재를 깨닫고 무심코 이름을 부른 지에 씨. 놀라서 얼굴을 들다가 균형을 잃은 코코나 씨."

도가가 말한 광경이 머릿속에 떠올랐다.

내팽개쳐진 마네킹처럼 스즈키 코코나의 몸이 디딤판 위를 구른다. 후두부에서 흘러나온 피가 콘크리트에 스며든다.

호리 아키라의 발밑에 힘없이 쓰러진 몸은 꿈쩍도 하지 않는다.

"소거법으로 사인을 도출하고 그 과정도 상상으로 메꿨어요. 하지만 추론을 뒷받침할 수 있는 증거는 몇 가지 떠올라요."

형을 보면서 도가는 이야기를 계속했다.

"발견 당시, 코코나 씨는 짐을 가지고 있었나요? 현관문은 잠겨 있었나요? 둘 다 대답이 '노'라면, 그런 상황이 겹치는 장면은 한정되어 있어요. 편의점에 갈 때라도 보통은 문을 잠그죠. 우편함은 각 방에 설치되어 있고, 공용 공간은 없었어요. 방문객을 배웅하고 바로 돌아올 생각이었다. 유력한 후보

아닌가요?"

"그 밖에는?"

형이 진지한 표정으로 물었다.

"코코나 씨의 휴대전화에 지에 씨와 연락을 주고받은 흔적이 남아 있다면 조사가 실시되었겠죠. 방금 말했던, 불편한 상황을 임시방편으로 눈가림했다고 여겨지는 것이 두려웠던 지에 씨가 이력 삭제를 요구했을 수도 있어요. 연인이라면 휴대전화를 몰래 훔쳐보는 일은 일상다반사니까요. 그 데이터를 복원할 수 있다면, 당일의 움직임이 드러날 거예요."

어느 쪽에 대해서도 형은 부정의 말을 입에 담지 않았다. 적어도 도가의 추리와 모순되는 증거는 존재하지 않는다는 뜻일 것이다.

"호리 모자가 스즈키 코코나를 내버려둔 채 도망갔다고 생각하는 거지?"

내가 확인하자 도가는 고개를 끄덕였다.

"사고라면 신고를 했어야지."

"신고해도 구할 수 없으리라는 생각이 들 정도의 출혈량이었을지도 몰라요. 의학부생이라면 어느 정도 지식은 있을 테니까요."

계단 중간에 주저앉은 호리 지에. 어머니에게 달려가는 아들.

듣고 싶은 것은 산더미처럼 많았겠지만, 스즈키가 떨어지는 소리를 들은 주민이 상황을 보러 올지도 모른다. 눈에 띄는 장소라서 발견되는 것은 시간문제였다.

"도망치면 더 의심받아."

"만일 신고했다면, 무슨 일이 있었는지 밝히기 위해 경찰이 꼬치꼬치 사정을 캐묻는 것을 피할 수 없어요. 밀어 넘어뜨렸다고 의심받으면, 체포되어서 조사받게 되었을지도 모르고요. 그래도 진상이 밝혀졌을 때를 생각하면, 처음부터 숨김없이 말하는 게 평범한 대응이겠죠. 하지만 그건 앞으로의 인생을 저울질할 수 있는 사람의 발상이에요."

"호리 지에에게는 시간이 없었다…."

"냉정하게 판단한 결과인지 어떤지는 모르겠지만요."

말기 암을 앓고 있는 호리 지에에게는 남겨진 시간이 전부였다.

연명 치료가 아닌 삶의 질을 유지하는 호스피스 케어를 우선하고 싶다. 어머니의 희망을 알고 있었던 호리 아키라는 어머니가 평온한 마음으로 최후의 순간을 맞이하길 바랐다.

어머니에게 의심의 눈길이 향하지 않게 하려고, 연인을 방치한 채 현장에서 도주했다.

"그런 건… 잘못된 선택이야."

"나도 지에 씨의 블로그를 봤는데, 아키라 씨의 거짓말이 발각된 후에도 연명 치료는 받고 있지 않는 것 같아요. 그리고 이걸 봐주세요."

도가는 휴대전화를 테이블 위에 내려놓았다.

"페이스북?"

"네. 아키라 씨가 전체 공개한 앨범이 있는데, 지에 씨 사진이 많이 올라와 있어요. 정말로 사이가 좋았던 모양이에요."

섬네일에 표시된 사진을 보면 모자가 미소 짓는 모습이 많았다. 자택, 벚나무 아래, 료칸, 대학 캠퍼스. 사진으로 잘라낸 장면은 극히 일부일 것이다.

"…스즈키 씨와의 사진은?"

"저는 못 찾았어요. 친구에게만 공개하고 있을 수도 있고, 이것만 보고 무언가를 단정해서는 안 된다는 건 나도 알고 있어요."

휴대전화 화면이 꺼졌다. 반론의 말은 떠오르지 않는다.

"진상을 아는 사람은 본인뿐인가."

목격자는 나타나지 않고, 시시각각 시간이 흘러가고 있다.

호리 아키라는 경찰이 진상에 다다르기 전에 어머니에게 편안한 죽음이 찾아오기를 기다리고 있는 것일까.

연인의 최후를 속인 호리 아키라의 각오, 병과 마주하고 있는 호리 지에의 심정.

모르는 것이 너무나도 많다.

"마지막 질문입니다."

도가는 커피를 털어 마셨다.

"호리 지에 씨에게서도 제대로 이야기를 들으셨나요?"

형은 휴대전화를 들고 자리에서 일어나 가게를 나갔다. 호리 지에의 병세에 따라서는 때를 놓치게 될 가능성도 있다. 일분일초가 아까운 상황이다. 신속하게 호리 모자의 참고인 조사가 실시될 것이다. 얼마 남지 않은 시간을 조사로 허비하게 되겠지.

도가는 알 수 없는 표정으로 컵을 응시하고 있었다.

"부모와 자식의 인연 버전이 무슨 말인지 겨우 이해됐어."

"답 맞히기 결과는 바로 나오겠죠."

진상이 밝혀졌을 때, 스즈키 코코나가 최후에 본 광경도 떠오르리라.

부모 자식의 인연이 그녀를 고독한 죽음으로 내몬 것일까.

막간

아지랑이 천칭

아버지는 걱정이 많고 우유부단하다.

가족 여행을 가서도 집 문단속 걱정에 정신이 팔려 있고, 식사 메뉴를 고르는 데 이십 분 이상 걸리기도 한다.

그런 성격인 아버지는 판사로서 유죄인지 무죄인지, 원고와 피고 중 누구의 주장을 인정해야 하는지 같은 판단을 매일 내리고 있다.

"판결을 고민할 때는 늘 불안하고, 위에 구멍이 난 적도 있단다. 그래도 망설이지 않는 사람보다 제대로 망설일 수 있는 사람이 판단해야 한다고 생각해. 재판까지 온 이상 양측이 모두 납득하는 결론을 맞이할 수 있다고는 할 수 없으니까."

홋카이도에 갈지 오키나와에 갈지, 고양이를 기를지 강아지를 기를지 등 가족 간에 의견이 갈렸을 때, 어머니나 형은 자신의 주장을 적극적으로 내세우며 상대를 설득하려고 하지만, 아버지는 두 사람의 생각에 귀를 기울이고 내 의견까지 들은 후에 긴 시간을 들여 고민했다.

열이 식고, 이제 어느 쪽이든 상관없다는 생각이 들기 시작할 무렵에야 아버지는 겨우 결론을 냈다.

그것이 작전인지 아닌지는 알 수 없지만, 가족이 나아가는 길은 언제나 아버지가 정해왔다.

"결론과 이유, 어느 쪽을 먼저 결정해야 한다고 생각하니?"

아버지가 그렇게 질문했을 때, '결론은 이미 정해져 있다'라는 말이 떠오른 나는 이유라고 대답했다.

"어느 쪽이 먼저 떠오르든 의심해야 한단다. 네게 편리한 이유만 골라잡고 있는 것은 아닌지, 적당해 보이는 결론에 달려들고 있지는 않은지…. 모두가 납득할 수 있는 결론을 내기는 어렵지만, 적어도 자기 자신에게 거짓말을 해서는 안 된단다."

아무리 생각해도 결론이 나오지 않으면 판사는 어떻게 하는가.

아버지는 "의외로 어떻게든 되더구나"라며 드물게 낙관적인 대답을 들려주었다.

"생각할 재료가 충분하지 않다면, 당사자에게 요청해서 추가 주장이나 증거를 제출해달라고 해. 조리 방법이 틀렸다면, 순서를 바꿔서 몇 번이고 다시 해보는 거야. 하면 안 되는 일은, 직감만 믿고 돌진하는 것. 돌다리를 두드리고, 두드리고, 그러고도 계속 두드려야 해."

—설령 길이 없다 해도 끝까지 완주하면 이기는 거니까.
—고민할 여유가 있으면 움직여.

어머니나 형과는 전혀 다른 사고방식이었다. 그런 아버지 역시 진로에 대해서는 스스로 결정해야 한다고 내게 말했다.

"초조해하지 않아도 된단다. 나도 판사가 될지 변호사가 될지 마지막까지 망설였어. 그런 우유부단함이 내 단점이라고 생각했었지. 그런데 연수원 교관이 이십 년 뒤에도 계속 망설일 자신이 있다면 판사가 되는 편이 나을 거라고 하더구나."

망설이면 망설일수록 결론을 내기까지 시간이 걸린다. 결코 편한 길은 아니었을 것이다.

결단을 내리는 어려움을 알기에 아버지는 나를 인도하려고 하지 않는다.

"원하는 만큼 망설여도 괜찮아."

간신히 길이 보이기 시작했다. 하지만 이 길은 과연 어디로 이어져 있을까.

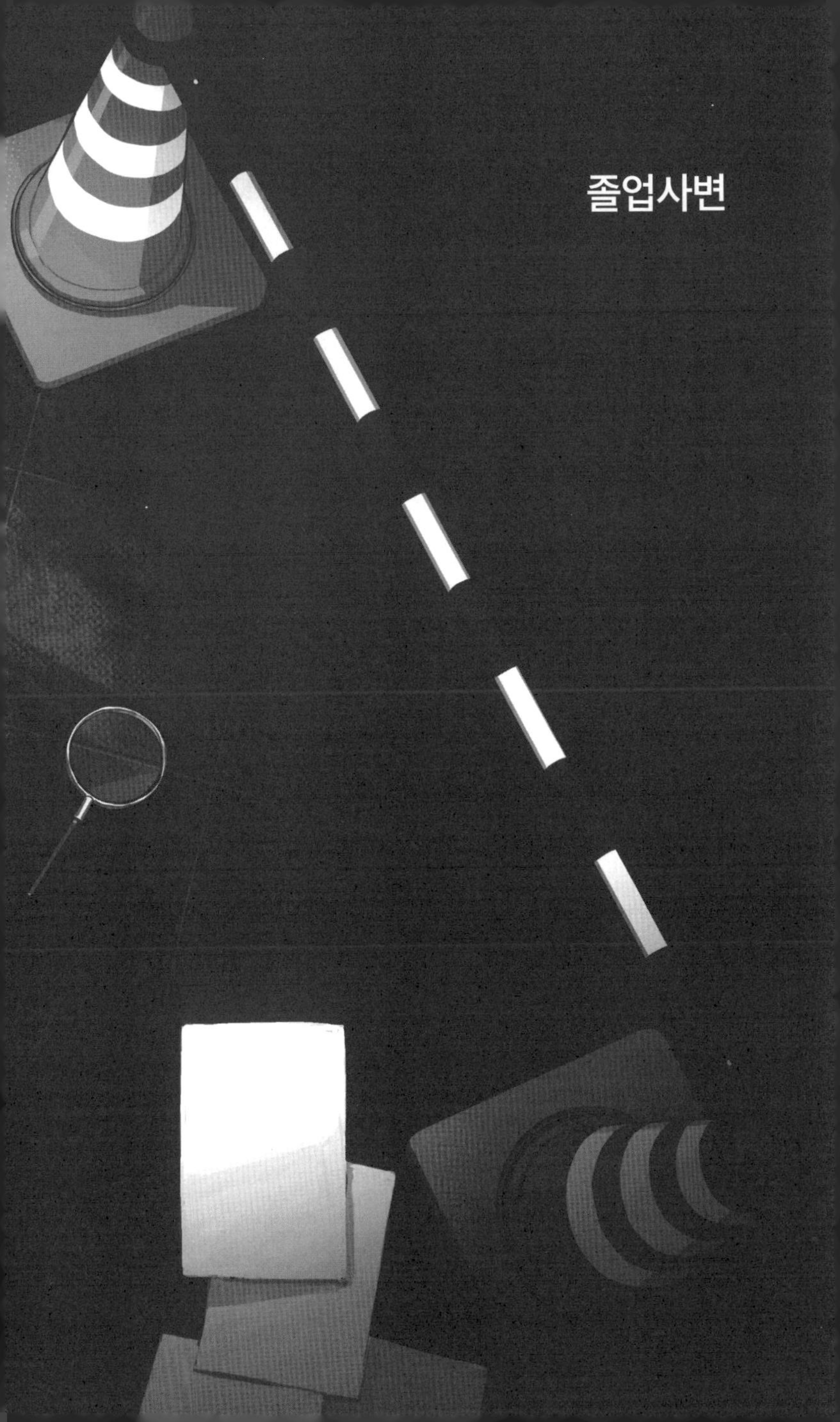
졸업사변

1

문제지를 넘기고, 거침없이 만년필이나 볼펜을 놀린다.

강의실 곳곳에서 필압筆壓에 따라 강약이 있는 필기 소리가 들려온다. 그 발생원에 나도 가담하고 있었다면, 사소한 소리의 차이 등은 무시하고 해답을 써내려갔을 것이다.

하지만 책상 위 답안지는 백지상태다.

'전국법제사'

앞쪽 칠판에 시험 과목이 써 붙어 있다. 노성怒聲이나 활과 화살이 어지러이 날아다니는 전장의 용맹함을 표현하듯이 힘 있는 서체다.

시험 시각도 작게 적혀 있는데, 종료 안내가 나올 때까지 한 시간 이상 남았다.

분국법에 관한 자유 서술 문제. 교수님이 강의 때 열변을 토했었기 때문에 기말시험에 출제되리라 예상하고 지식을 정리해두었다. 분국법이란, 군웅할거 시대에 각지의 전국 다이묘가 영토를 통치하기 위해 제정한 법령, 요컨대 대대적인 지방법(Local rule)이다.

'싸움을 벌인 자는 문답 무용으로 사형'이라는 대담한 원칙을 정한 '이마가와가나 목록', 부부싸움이나 분실물에 관한 규칙까지 상세하게 정한 '진카이슈'.

쓰려고만 하면 열 장이든 스무 장이든 답안지를 관련 지식으로 가득 채울 수 있다. 답안지는 추가로 받을 수 있다. 문제는 시간 배분뿐이라고 생각했었다.

그런데 설마 이런 함정이 기다리고 있을 줄이야.

1월 마지막 주 목요일. 1교시의 전국법제사 기말시험을 끝으로 내 법학부생 생활은 졸업을 향한 로스 타임에 돌입한다. 여유 있게 집에서 나와 세미나실에서 요약 노트를 복습하고 나서 정각이 되기 직전에 강의실에 들어왔다. 자리에 앉자 시험감독관의 목소리가 들려왔다.

이후로는 컨디션 불량이나 화장실에 가는 경우를 제외하고, 시험실에서 퇴실하는 것은 허락되지 않는다. 시험감독관의 허가를 받고 일시 퇴실할 때는 답안지를 뒤집은 후 아무것도 들고 나가지 않을 것. 부정행위를 하는 경우는 징계처분 대상이 된다 등등….

익숙한 주의 사항을 흘려들으면서 가방을 뒤졌지만, 필통은 어디에도 들어 있지 않았다. 시험에서 필기구는 육법보다 중요한 역할을 한다. 기억을 더듬다가 세미나실에 두고 왔을지도 모른다는 사실을 깨달았다. 필통을 가지러 돌아갈 새도 없이 초고 용지와 답안지가 맨 앞줄부터 배포되기 시작했다.

펜을 빌려달라고 부탁할 만한 친구는 근처에 없다. 아니, 오십 명 이상 앉을 수 있는 강의실 안을 헤매고 돌아다녀도 찾을 수 있을지 의문이다. 그제야 조바심이 느껴졌다.

지문의 중요 부분을 강조하기 위한 형광펜, 답안 구성용 샤프, 여러 자루의 볼펜과 샤프심. 꼼꼼하게 준비했지만, 필통을 못 찾으면 수포가 되고 만다. 식은땀이 등줄기를 타고 흘러내렸다.

어딘가에 섞여 있기를 바라며 가방 안 수색을 재개했고, 평소에는 열지 않는 주머니 깊숙한 곳에서 볼펜을 발굴했다. 평소 쓰던 것보다 두꺼운 펜촉도 그렇고, 그립의 알 수 없는 끈적임도 어쩔 수 없다. 최후의 희망에 매달리듯 펜을 조명에 비추어 잉크 양을 확인하자 남은 수명은 불과 몇백 자에 불과한 것으로 판명되었다.

그리고 무자비하게 시험의 시작이 고해졌다.

예상대로인 문제 지문에 요약 노트의 내용이 정확하게 떠오르면서 머릿속에서 해답이 구성된다. 이제 남은 것은 단숨에 써내려가는 것뿐. 하지만 손에는 빈사의 볼펜 한 자루밖에 없다.

시험감독관에게 사정을 말하면, 필통을 가지러 가게 해줄까. 거기까지는 허락하지 않더라도 온정으로 필기구를 빌려줄지도 모른다. 아니면 중요한 요소만 조목별로 작성해서 이해도를 어필하는 작전은 어떨까. 출석률이나 중간 리포트 내용까지 고려하면 낙제는 피할 가능성이 크다.

하지만 양쪽 모두 기각했다.

학점이 아슬아슬했다면, 시험감독관에게 자비를 구하며 매달리거나 잉크가 다할 때까지 사죄의 말을 늘어놓는 것도 꺼리지 않았겠지만, 졸업에 필요한 학점은 3학년 때 이미 다 취득했다. 기록 경신을 위한 추가 시험이다. 학점의 취득 여부가 중요한 것은 아니니 꼴사납게 구질구질하게 굴 필요도 없다.

졸업에 필요한 학점은 124학점. 4학년 1학기까지 196학점을 취득했으니, 200학점을 넘긴 것은 이미 확정이다. 무엇보다도 지금까지 성적표에 'C'라는 글자가 기록된 적은 없다는 것.

결론이 나오자 그제야 빈사의 볼펜을 손에 들었다.

모든 잉크를 다 쏟아붓는 마음으로 혼신의 두 글자를 썼다.

시험이 시작된 지 삼십 분밖에 지나지 않았지만, 오른손을 들고 시험감독관을 불렀다. 연구실 조교가 감독 업무를 배정받은 모양인지 눈에 익은 여성이 가까이 다가왔다.

"화장실은 답안지를 뒤집고…."

"아니요, 이제 제출하겠습니다."

네 줄 크기로 쓴 '기권' 해답을 제출하고, 나는 강의실을 뒤로했다.

'낙제' 평가를 받는다면 성적증명서에 기재되지 않을 것이다.

최종 시험, 부전패.

세미나실에 돌아오니, 월넛 재질의 책상에 필통이 놓여 있었다.

방에서 나가기 전에 뒤돌아봤다면 눈치챘을 것이다. 못 보고 넘겼다 하더라도 조금만 더 빨리 시험실로 향했다면 필통을 가지러 돌아올 수 있었다. 마지막 날이라고 들떠 있었는지도 모르겠다.

한마디로 정리하자면… 서두르면 일을 그르친다.

머릿속 반성회를 순식간에 마치고, 소파에 나란히 앉은 남녀에게 시선을 주었다.

지쳐 보이는 정장 차림의 중년 부교수와 갈색 단발머리의 여대생.

"보기 드문 조합이네요."

"다행이다. 오늘은 못 보려나 싶었어." 무법률의 고문인 사키시마 요스케가 팔걸이에 손을 얹고 턱수염을 매만졌다. "학식이라도 먹으러 갔다 왔어?"

학교에 있는 동안은 세미나실 문을 잠그지 않는다. 재산적 가치가 있는 물건은 전문서 정도인데, 무겁고 부피가 큰 책을 즐겨 노리는 절도범은 많지 않을 것이다.

"전국법제사 시험을 치고 왔습니다."

"4학년 2학기에?"

놀란 사키시마에게 옆에 앉은 야노 아야메가 말했다. 내게 멸시의 눈빛을 보내면서.

"이 사람 학점 마니아거든요."

"오랜만이야, 아야메."

"친한 척하면서 이름으로 부르지 마세요."

"성으로 불러도 화낼 거잖아."

"사키시마 선생님과 나밖에 없으니까 누구에게 말을 거는지 정도는 알 수 있어요."

아야메가 혐오감을 드러내자 "겨우 호칭 가지고 다투지 마"라며 사키시마가 중재에 들어갔다.

"고조 군에게 할 말이 있다고 해서 같이 왔어."

법학부 3학년인 아야메는 작년까지 무법률에 소속되어 있었다. 감시역으로 고문을 데려올 정도로 나를 경계하는 것일까.

"혼자 온다고 해서 후배를 습격하지는 않아."

"증인이 필요하다고 생각했을 뿐이에요."

"결혼 보고라도 하려고?"

"장난치지 마세요."

아야메는 내 얼굴에서 시선을 돌렸다. 호의적인 이야기는 아닌 듯하다.

"묻질 않으니 내가 얘기해야겠군. 이 시간에 돌아온 건 시험을 기권했기 때문이야. 필기구를 깜빡했거든."

"관심 없어요."

냉정하게 무시당했다.

"혹시 삼십 분 만에 해답을 다 썼다고 기대했을까 봐."

"유튜브에 나오기도 하고, 출장 법률 상담을 시작하기도 하고, 활발하게 활동하는 것 같더군요."

가시 돋친 말투로 아야메가 말했다.

"자세히 조사했네?"

"나도 알기 싫은데, 트위터에서 자꾸 보이는 것뿐이에요."

도가가 독단으로 벌인 홍보 활동의 효과가 나타나기 시작했는지, 최근엔 신규 법률 상담이 빈번히 들어오고 있었다.

"무법률을 뮤트하면 되잖아."

"왜 내가 신경 써야 하는데요?"

부조리한 주장이지만, 반론하면 불에 기름을 붓는 꼴이 될 것이다.

"돌아오고 싶다면 환영할게. 일손도 부족하니까."

"타 학부 학생까지 끌어들여서… 뭐 하는 거예요?"

"아니, 그쪽이 멋대로 참견하고 있을 뿐이야."

도가가 가지고 온 사고 물건에 관한 법률 상담을 맡았더니, 일이 해결된 뒤에도 세미나실에 드나들게 되었다. 도가 덕분에 해결하게 된 상담도 많이 있다. 다만, 상담 자리에 동석하는 일도, SNS를 이용한 홍보 활동도 내가 도와달라고 부탁한 적은 없다.

"그럼 무법률의 일원이라고는 생각하지 않는 거네요?"

"애초에 법학부생도 아니잖아."

"알겠어요."

흐트러진 앞머리 사이로 강한 의지의 눈동자가 엿보인다. 무법률을 떠나기 전까지는 친밀감이 담겨 있었을 텐데, 지금은 부정적인 감정이 읽힌다.

"걱정해주는 거야?"

"이 사람이 졸업하면 무법률은 사라져 없어지게 된다. 제 말 맞죠, 사키시마 선생님?"

아야메가 던진 질문에 사키시마는 어색하게 고개를 끄덕였다.

"과외 활동을 하는 단체는 매년 등록 갱신 절차를 진행해야 해. 갱신 요건 중 하나가 '가잔대 학생이 세 명 이상 소속되어 있을 것'인데, 그 인원수를 채우지 못하면 단체로서의 존속이 인정되지 않아."

"올해 갱신 때도 저 혼자밖에 소속되어 있지 않았는데요?"

등록 갱신 절차에 대해서는 학칙을 대강 훑어본 적이 있어서 알고 있다.

"작년의 다툼으로 많은 멤버가 무법률을 떠났지만, 유령 세미나생 취급을 받는 학생들도 제법 있어. 즉 정식으로 탈퇴 절차를 밟지 않았다는 말이야. 올해 갱신 때는 걔들도 구성원으로 간주됐어."

작년의 다툼이라는 것은 무법률의 내부 분열을 가리킨다. 화재에 휘말린 친구에게 손을 내밀며 변호사 업무의 영역에 발을 들였고, 다른 단체와 경찰을 적으로 돌린 결과, 무법률에서도 신용을 잃고 고립되고 말았다.

다만, 아야메가 나를 원망하는 것은 그 사건과 관계없는 일이다. 내부 분열이 일어나기 전에 한발 앞서 무법률을 그만두었기 때문이다. 그 원인을 제공한 사람 역시 나였다.

사키시마의 설명을 아야메가 이어받았다.

"3학년 이하 중에 이름이 남아 있는 사람들을 만나서 얘기를 듣고 왔어요. 다들 진작에 그만뒀다고 생각하더군요. 서류에 사인을 받았으니, 4학년이 졸업하면 멤버는 제로가 돼요. 진정한 소멸이죠."

무법률의 해산을 예고하려고 일부러 나를 찾아온 것일까. 유령 세미나생을 확인하는 일도, 사정을 설명하고 서류를 건네는 일도 그 나름 품이 드는 작업이었을 것이다.

"굳이 손을 쓰지 않아도 머지않아 자연 소멸하지 않았을까?"

"흐지부지 남으면 곤란해요. 4월부터 이 세미나실에 새로운 단체를 만들 작정이니까. 바로 나갈 수 있도록 준비해두세요."

처음 듣는 이야기였다. 법학부동의 세미나실은 현재로서는 다 차 있다.

"그렇군. 뭘 하려고?"

"법률 상담만 아니면 뭐든 상관없어요. 학생이 변호사 흉내를 내는 자율 세미나 따위, 불행을 낳는 해악 집단이에요."

아야메가 매섭게 노려보았다. 새로운 단체의 창립보다 무법률의 말소가 주된 목적. 세미나실의 흔적조차 남기지 않겠다고…. 사키시마는 쓴웃음을 지으며 우리를 조용히 바라보고 있었다.

"자신이 소속했던 단체를 해악이라고 부르다니 너무하네."

"당신은 언니를 불행하게 만들었어요."

아야메는 시선을 피하지 않고, 내게 속죄를 요구하듯 똑바로 바라보았다.

"야노, 이제 그만…."

사키시마가 끼어들려는 차에 아야메가 자리에서 일어섰다.

"하고 싶은 말은 그뿐이에요. 졸업 축하해요."

"어떤 자율 세미나를 만들지 기대할게."

아야메는 대답하지 않고 작은 몸을 돌려 세미나실을 나갔다.

세미나실에 남은 고문은 소파에 앉은 채 한숨을 내쉬었다. 부교수가 얼마나 바쁜지는 모르겠지만, 전에 만났을 때보다 흰머리가 늘었다. 그게 몇 달 전이었는지.

"고문은 보통 정기적으로 상황을 살피러 오지 않습니까?"

"자주성을 존중하는 거야. 이번처럼 중대한 사태라고 판단되면 달려오고."

"아야메가 재촉해서였겠죠. 무법률의 지난번 갱신을 통과시킨 것도 저를 위해서라기보다 다른 고문을 떠맡는 게 싫어서일 테고요."

모의재판 극단, 클럽 노동법…. 다른 법학부 자율 세미나는 소속 인원이 많고, 활동 내용도 다양하다. 고문이 유명무실화된 무법률을 존속시키면, 사키시마는 자신의 연구에 전념할 수 있다.

쓸데없는 일에 쫓기기 싫어서 유령 세미나생을 이용한 것이 아닐까.

"내 본심은 둘째 치더라도 이번만큼은 야노의 주장이 맞아. 야노가 어떤 자율 세미나를 만드는지 보고, 나도 거취를 정할까 싶어."

사키시마는 눈꼬리를 내리고 너구리처럼 미소 지었다.

"다툴 생각은 없으니 해산에 필요한 서류를 준비해주시면 사인하겠습니다."

오십 년 이상의 역사를 지닌 무법률이 우리 대에서 해산한다. 인원수 부족이라는 우습지도 않은 이유로. 졸업한 선배들이 알면 어이없어하겠지.

"여전히 집착이 없는 성격이네. 작년 쿠데타 때도 어쩔 수 없다고 단념하고 쫓아낼 생각도 안 했잖아."

쿠데타라고 부를 정도로 위험한 사건은 아니고, 무혈입성에 가까운 상태였다. 고립된 쪽이 성에 눌러앉았다는 특이점은 있지만.

"선생님도 오늘처럼 쓴웃음만 짓고 계셨죠."

"특정 학생의 편을 들면 안 되니까. 이번에는 예상 밖의 전개라서 조금 놀랐어. 나는 틀림없이 고조 군이 졸업하면 떠났던 학생들이 무법률로 돌아올 줄 알았거든."

너무한 말이지만, 나도 그런 전개를 예상했었다. 세미나실을 떠난 멤버 대부분은 무법률의 활동이 아닌 나 개인에게 악감정을 안고 있기 때문이다.

다만, 아야메가 발기인이 되면 이야기는 달라진다.

"아야메는 무법률 자체를 원망하고 있습니다."

"언니 일 때문인가…."

"제 판단 실수가 원인입니다. 아야메가 뭐라고 하든 반론할 수 없어요."

"무슨 일이 있었는지 난 자세히는 모르겠지만…."

아야메는 나를 믿고 언니 야노 마유미를 무법률에 데려왔다.

야노 마유미는 상사의 성희롱 행위로 괴로워하고 있었다. 사정을 듣고, 생각난 대책을 알려주었다. 그 결과, 그녀는 몸과 마음에 깊은 상처를 입었다.

'당신은 언니를 불행하게 만들었어.'

나는 아야메의 신뢰도 저버리고 말았다.

"가능한 한 빨리 이곳을 비우도록 하겠습니다. 물려받은 전 문서는 도서관에 기증하면 될까요?"

"버릴 수는 없으니 처분 방법을 알아볼게. 그런데 정말 괜찮겠어?"

"가져가도 괜찮다면, 몇 권 정도 제가 가져가겠습니다."

절판된 책이나 정가가 만 엔을 넘는 책도 많다.

"그게 아니라, 무법률의 해산 말이야."

"아야메의 주장이 맞다고 방금 말씀하셨잖아요."

"현시점에서는, 이라는 조건부로."

사키시마는 가방에서 꺼낸 여러 장의 종이를 테이블 위에 올려놓았다. 첫 장에 '가잔 대학교 과외 활동 단체에 관한 규칙'이라는 제목이 적혀 있다.

어떤 내용인지 확인하지 않아도 떠올릴 수 있다.

"이 학칙이라면 이미 봤습니다."

"한 번 더 읽으면 새로운 걸 발견할지도 몰라."

그 이상은 설명하지 않고, 사키시마는 가방을 들고 자리에서 일어섰다.

"편들기는 안 하는 것 아니었습니까?"

"없애기는 아까운 단체거든."

뜻밖의 방향에서 뻗어 나온 도움의 손길에 말문이 막혔다.

2

사키시마와 아야메가 세미나실에 왔다 간 다음 주 수요일.

나는 전문서 목록을 작성하고 잡다한 비품을 정리하며 때때로 추억에 잠겼다.

테이블 위에는 사키시마가 주고 간 과외 활동에 관한 학칙이 놓여 있었다. 무법률의 해산을 정말 받아들일 것인가. 관련 학칙의 조문을 다시 읽어보고, 사키시마가 내게 무엇을 전하려고 하는지는 대충 이해했다.

조문의 해석, 사례에 대한 적용. 많은 말을 하지 않아도 법적인 사고의 결과는 공유할 수 있다.

분명 발버둥 칠 여지는 남아 있었다.

하지만 해산을 피하기 위해서는 넘어야 할 벽이 몇 개나 있었다. 졸업까지 남은 시간, 아야메를 향한 부채감, 타인을 의지한다는 망설임. 주말 동안 곰곰이 생각한 결과, 저항하지 않고 운명을 받아들이기로 했다.

집착하지 않는 것은 아니다. 하지만 저항하는 것이 이기적인 행동처럼 느껴졌다.

문을 노크하는 소리가 들리고, 적갈색 머리카락의 여대생이 얼굴을 내밀었다.

"앗, 오랜만이네요."

"구레하 씨."

본명은 고구레 하나. 구레하라는 이름으로, 독자 모델과 유튜버로 활동하고 있다. 석 달쯤 전에 도가의 소개로 리벤지 포르노에 관한 법률 상담을 받았었다. 사건은 생각지도 못한 형태로 결말을 맞이했는데, 그 이후 그녀가 세미나실에 얼굴을 보인 적은 없었다.

"지난번에는 감사했습니다. 대청소 중이세요?"

구레하는 높이 쌓인 책과 골판지 상자를 신기하다는 듯이 바라봤다.

"뭐, 그렇죠. 도가를 찾는 거라면, 오늘은 안 왔습니다."

"가린 얘기 들으셨어요?"

"…무슨 얘기 말입니까?"

말투를 보니 도가가 아니라 나를 만나러 온 모양이다. 전혀 짚이는 데가 없었지만, 왠지 불안한 느낌이 들었다. 도가와 구레하는 경제학부 3학년이고, 두 사람은 친구 사이이다.

"비밀로 해줄 수 있죠?"

"떠들고 다닐 상대도 없습니다."

구레하는 망설이는 표정을 보였지만, 말하기로 결심했으니 세미나실에 왔을 것이다.

본인이 부재중일 때의 밀담. 역시나 좋은 예감이 들지 않는다.

"가린이 커닝 의혹을 받고 있어요."

"커닝이라니, 시험 말입니까?"

"네. 그래서 유급당할 수도 있대요."

부정행위를 하는 경우는 징계처분 대상이 된다.

시험 때마다 무기질적인 목소리로 낭독되는 주의 사항이다. 실제로 처분을 받은 학생은 본 적 없지만, '부정행위'라는 말을 듣고 제일 먼저 떠오르는 행동은 커닝이리라. 요약 노트를 베껴 쓴 종잇조각을 시험실에 가지고 들어간다. 가까운 자리의 해답을 훔쳐본다. 휴대전화로 답을 검색한다.

그러한 부정을 도가가 저질렀다는 말인가.

"자세히 설명해주겠습니까?"

"법률 상담인지 아닌지, 확인 안 하시네요?"

구레하의 표정이 조금 풀어졌다.

"징계처분은 학칙에 따라서 이루어지니까 틀림없이 법률 상담입니다."

"그렇군요. 가린은 특별 취급인 줄 알았어요."

도가와 알게 된 지 아직 넉 달 정도밖에 되지 않았다. 귀찮은 문제도 많이 가지고 오고, 무법률 활동 외에 연락을 주고받은 적도 없다. 정기적으로 세미나실에 얼굴을 보이는 이유도, 자기 손으로 사건을 해결하고 싶어 하는 동기도, 아직 많은 부분이 수수께끼에 싸여 있었다.

하지만 사정 정도는 알고 싶다는 생각이 들었다.

"앉아서 이야기하죠."

"경제학사 시험이 끝나고 나서 소동이 있었어요."

소파에 걸터앉은 구레하는 유튜브 촬영으로 긴 문장을 말하는 데 익숙해서인지, 도가가 휘말린 말썽에 대해 알기 쉽게 정리하면서 이야기해나갔다.

"저와 가린은 경제학사를 수강하는데, 월요일 3교시가 기말 시험이었어요. 경제학사는 그 명칭처럼 경제학의 역사를 배우는 선택과목이에요. 애덤 스미스나 카를 마르크스는 타 학부도 알 정도로 유명한 경제학자죠. 경제학사를 듣는 대부분의 학생은 역사에 관심이 있어서가 아니라, 학점을 따기 쉽다는 소문을 믿고 수강했을 거예요. 강의 출석을 확인하지 않고 시험 결과만 보고 성적을 매기는데, 그 시험도 기출문제를 돌려쓴다는 얘기를 선배에게 들었거든요."

"법학부에도 그런 교수가 있습니다. 별명이 부처예요."

반대로 낙제자를 대량으로 발생시키는 교수는 귀신이라 불리고, 그 정보를 정리한 《귀신부처표》라는 소책자와 데이터가 나돌고 있다.

"저도 기출문제를 입수했으니, 답을 외워서 시험을 볼 생각이었어요. 그런데 시험 직전의 강의에서 교수님이 올해는 새 문제를 만들었다고 해서 발칵 뒤집혔어요."

매년 문제를 새로 만드는 것은 당연한 일이지만, 지금까지 대충 넘어갔기 때문에 올해도 기출문제를 돌려쓸 것이라는 터무니없는 기대를 학생들이 품게 했다. 기출문제만 믿고 강의에 출석하지 않은 사람도 많지 않았을까.

그 발언을 들은 수강생은 교수가 부처에서 귀신으로 변신한 것처럼 보였을 것이다.

"실제로 문제가 바뀌었습니까?"

"일문일답 형식은 그대로였지만, 시험문제는 싹 바뀌었어요. 강의에서 가볍게 언급한 내용도 포함해서 골고루 출제됐더라고요. 기출문제만 준비한 사람은 기권할 수밖에 없었죠."

'기권'이라고 적은 답안지를 시험감독관에게 제출하면, 무의미한 시간을 보내지 않고 중도 퇴실이 인정된다. 지난주의 씁쓸한 기억이 되살아났지만, 이야기를 진행했다.

"그래서, 커닝 의혹이라는 건 무슨 말이죠?"

"얼마 전에 가린이 무법률의 트위터 계정을 만들었잖아요?"

생각지도 못한 방향으로 이야기가 흘러갔다.

"네, 홍보용 계정이라면 알고 있습니다."

출장 법률 상담을 기획했을 때, 홈페이지와 함께 SNS 계정도 만들었다고 도가가 사후 보고를 했다. 그 후에도 비밀유지 의무에 반하지 않는 범위 내에서 활동 내용을 소개하는 트윗이 정기적으로 올라가고 있었다.

"그 계정으로 시험의 해답을 첨부한 트윗이 올라왔어요."

다량의 물음표가 머릿속에 떠올랐다. 왜 무법률의 계정에서? 시험 해답을 첨부한 트윗은 뭐지? 도가에게 커닝 의혹이 제기된 이유는?

내 눈으로 확인하기 위해 세미나실의 컴퓨터를 켜서 트위터에 접속했다. 전에 도가가 조작하는 모습을 본 적이 있었는데, 역시 예의 무법률 계정에 로그인되어 있었다.

문제의 트윗이 제일 위에 표시되어 있어서 바로 찾을 수 있었다.

'가잔대 경제학부. 경제학사 기말시험 해답'

한자와 마침표만으로 구성된 짧은 문장.

첨부된 사진에는 작은 손글씨가 적힌 노트 같은 것이 찍혀 있었다. 사진을 확대하자, '①, ③, ②…' 같은 숫자, '곡물법 논쟁, 투하 노동가치설…'같이 낯선 단어, '맬서스, 제번스, 리스트…'처럼 인물명으로 보이는 단어가 눈에 들어왔다.

"이게 기말시험의 해답입니까?"

구레하에게 사진을 보여주며 물었다.

"네. 전 문항의 정답이 적혀 있어요."

무법률의 계정. 경제학부 시험. 확실히 도가가 올렸다고 생각하는 것이 자연스럽다.

그렇다고 해서 바로 커닝에 직결된다는 말은 아니다.

"무법률의 계정을 쓴 이유는 모르겠지만, 그냥 도가가 옮겨 적은 해답을 올린 것 아닌가요? 아… 그렇지. 개인 계정으로 전환하는 걸 깜빡했다든가."

자신의 답이 맞는지 친구의 반응을 보고 확인하려고 했다. 전 문항의 정답이라는 구레하의 말이 마음에 걸리지만, 열심히 공부했다면 불가능한 이야기는 아니다.

하지만 구레하는 고개를 좌우로 흔들었다.

"시험 시간 도중에 올라왔어요."

"네?"

놀라서 트윗의 투고 시간을 확인했다.

"…한 시 삼십오 분. 3교시는 한 시부터였죠?"

"네. 시험 종료 한 시간 전에 글이 올라왔어요. 단순 지식 문제가 많아서 삼십 분 만에 전부 다 푸는 것도 불가능하지는 않았을 거예요."

어떻게 된 일일까. 도가는 시험이 시작된 지 약 삼십 분 만에 모든 문제를 풀고 메모를 작성해서, 시험감독관의 눈을 피해 트윗을 올렸다는 말인가.

어떻게? 아니, 무엇을 위해?

"제 앞자리가 가린이었어요." 구레하는 인상을 찌푸리며 말했다. "기권 답안지를 제출하려고 했을 때, 가린이 손을 들고 화장실에 갔어요."

"몇 분쯤이었죠?"

"한 시 삼십 분쯤이에요."

구레하가 무슨 생각을 하는지 바로 알 수 있었다.

해답을 적은 메모와 휴대전화를 옷에 숨기고 화장실에 간다. 시험 시작 전에 휴대전화 전원을 끄고 가방에 넣으라고 지시하지만, 한 명 한 명 확인하며 돌아다니지는 않는다. 화장실에서 할 작업은 메모 촬영과 트윗 투고. 오 분도 안 걸려서 시험실에 돌아올 수 있었을 것이다.

"마찬가지로 화장실에 가거나 책상 밑으로 몰래 휴대전화를 본다면, 무법률의 계정에 올라온 해답을 베껴 쓸 수 있죠. 집단 커닝을 의심받고 있는 거군요?"

"시험 시간 도중에 해답을 공유할 이유가 그것 말고 또 있을까요?"

주어진 정보만으로는 바로 떠오르지 않았다.

"트위터를 이용했다는 점이 상당히 대담하군요."

"메신저나 DM으로 보내면, 커닝이 발각됐을 때 누가 받았는지도 줄줄이 들킬 수 있어요. 하지만 이번 같은 방식이라면 투고자 외에는 묻히게 할 수 있죠."

트위터는 전 세계에 공개되어 있다. 누가 봤는지 알아내기는 불가능할 것이다.

"투고자는 버리는 말로 이용당했다."

석연치 않음을 느끼며 말하자, 구례하도 고개를 끄덕였다.

"여러모로 부자연스러워요. 해답을 보여줄 사람이 정해져 있었다면 버리는 계정을 만들어서 공유하면 되고, 경제학사 시험이라고 언급할 필요도 없었어요. 이 정도로 시끄러워진 건 시험이 끝나도 트윗을 삭제하지 않았기 때문이에요."

"도가는 뭐라고 하던가요?"

"연락이 안 돼요. 시험이 끝난 뒤로는 학교도 안 나오고, 문자를 보내도 답장이 없어서…. 고민하다가 선배한테 상담하는 게 좋겠다고 생각했어요."

휴대전화 요금 납부를 깜빡해서 사용이 정지된 것일지도 모른다. 얼마 전에도 비슷한 일이 있었다. 그렇지 않고 본인의 의사로 연락을 끊은 것이라면, 어떤 형태로든 소동에 관여하고 있을 가능성이 커진다.

"투고자가 따로 있다고 한다면…."

"가린은 함정에 빠진 것일지도 몰라요."

"그렇다면 무법률의 계정을 쓴 것이 더더욱 부자연스럽게 느껴집니다. 대표인 나를 함정에 빠뜨리려고 했다면 이해가 되지만요."

법학부생인 내게 경제학부 시험의 커닝 의혹을 씌우는 것은 불가능하다.

"그렇죠…."

"참고로 도가를 미워하는 사람은 없나요?"

처음 만났을 때, 자신은 원한을 사는 성격은 아니라고 자부했었다.

"친구도 많지만, 성격이 독특하다 보니 안 맞는 사람과는 정말 안 맞아요."

아마 구레하의 분석이 맞을 것이다.

"알겠습니다. 나도 좀 알아보겠습니다."

"감사합니다."

"사건이 해결되고 나면, 영상을 올릴 생각인가요?"

"진상이 무엇이냐에 달려 있겠죠."

미소 지으며 대답한 구레하에게 다시 질문했다.

"시험 중에 수상한 움직임을 보인 사람은 없었습니까?"

"특별히 생각나는 사람은 없어요. 가린이 화장실에 간 사이에 퇴실해버렸거든요…."

도가의 일시 퇴실과 구레하의 기권 답안지 제출, 그리고 트윗 투고의 타이밍이 대략 일치한다.

"도가가 화장실에 갔을 때의 흐름을 한 번 더 얘기해주세요."

"손을 들어서 감독관을 부르고, 바로 자리에서 일어났을 거예요. 시험실을 나간 뒤 감독관이 가린의 답안지를 뒤집었어요. 그 정도밖에 기억나지 않네요."

퇴실할 때는 남들이 답안지를 훔쳐보지 못하도록 뒤집어야 한다. 도가가 종잇조각이나 휴대전화를 몰래 소지하고 있었다 해도 뒷자리에서 눈으로 확인하기는 어려웠을 것이다.

주어진 정보를 머릿속에서 정리했다.

수강생들의 기대를 저버린 시험문제. 시험 시작 후 불과 삼십 분 만에 올라온 트윗. 첨부된 전 문항의 정답. 암호도 사용하지 않고 시험 과목을 특정한 문구. 부정행위에 이용된 무법률의 계정. 도가가 일시 퇴실한 타이밍. 당시의 상황.

"경제학부의 기말시험…."

하나의 가능성, 아니 연결 고리를 깨달았다.

그 끈이 환상인지 아닌지, 이다음 질문으로 밝혀질 것이다.

3

"고조 선배? 이런 시간에 무슨 일이에요?"

인터폰을 누르자, 줄무늬 맨투맨 티셔츠를 입은 도가가 모습을 드러냈다. 소매로 얼굴을 가리고 서서 "저 쌩얼이에요"라고 한다.

평소에도 화장이 옅은 편이라 옷차림을 제외하면 크게 다른 점은 없었다.

"갑자기 미안. 전화가 연결되지 않더라고."

"사정이 좀 있었어요."

"쓰러져 죽기라도 한 건 아닌가 싶어서 확인하러 왔어."

"보시다시피 쌩쌩해요."

넉 달 전. 이 방에서 잇따라 발생한 괴롭힘을 해결하기 위해 도가는 세미나실을 찾아왔다. 그 사건을 조사하던 중 건물 관리인이 여대생과 육체관계를 맺고 있었다는 의혹이 부상했다. 신변의 위협을 느끼고 이사했을 가능성도 크다고 생각했는데, 여전히 계속 사는 모양이다.

"음, 그건 뭐예요?"

도가는 내가 들고 있는 편의점 봉투를 가리켰다.

"선물로 가져온 술."

"거리를 좁히는 방법이 완전히 잘못됐어요."

도가는 어이없다는 듯 한숨을 내쉬었다.

"그래?"

"야밤에 술을 사 들고 들이닥치다니, 흑심 덩어리 같은 행동이에요."

"그 생각은 전혀 못 했어."

"비명이라도 질러줄까요?"

"그만둬."

도가가 한 번 더 한숨을 내쉰다.

"일단 들어오세요."

건네받은 슬리퍼를 신고 방에 들어갔다. 다다미 여섯 장 정도 크기의 원룸. 결코 넓다고는 할 수 없는 공간을 최대한 활용해서 생활에 필요한 가구와 가전이 배치되어 있다. 유일한 수납공간인 옷장에, 나와 도가는 어깨를 맞대고 숨었던 적이 있었다.

"관리인인 사이토 씨, 사라졌어요."

그렇게 말하면서 도가는 쿠션을 끌어안고 침대에 걸터앉았다.

"그 일로?"

"그렇겠죠. 딱 DNA 감정 결과가 나온 무렵에 실종됐거든요."

"그렇군. 책임을 추궁당할 거라고 생각했나."

"지금까지처럼 사이토 씨 계좌에 집세를 입금하고 있는데, 이대로 사이토 씨가 돌아오지 않으면 어떻게 되는 걸까요?"

임대차 계약 기간이 남아 있고 방도 계속 이용 중이므로 임차료 지급 의무는 소멸되지 않았을 것이다. 다만, 소유자가 관리 업무를 포기했으니….

"확실히 알아보지 않으면 대답 못 해."

"곤란한 점이 있는 건 아니니까 딱히 상관없어요. 그럼, 건배할까요?"

편의점 봉투에서 캔 츄하이°를 꺼내 도가가 준비한 유리잔에 따랐다. 몸에 안 좋을 것 같은 보라색 액체 속에 미세한 기포가 춤추고 있다.

"푸른 맛…. 독특한 선택인걸요." 캔에 적힌 성분표를 손가락으로 덧그린 도가가 "안주는요?" 하고 물었다.

"마실 것밖에 안 샀어."

"사람 열받게 만드는 선물이네요."

쓴웃음을 지으며 투덜거린 도가는 냉장고에서 거대한 밀폐용기를 꺼냈다. 뚜껑을 열자 오이, 파프리카, 방울토마토 등이 가득 담겨 있었다.

"채소 모둠?"

"수제 피클이에요."

이런 것도 갖추고 있을 줄이야…. 힐끔 보인 냉장고 안에는 다양한 식재료가 빼곡히 들어 있었다. 절약하기 위해 집에서 열심히 밥을 해 먹고 있는 것일지도 모르겠다.

"오, 맛있네."

오이를 베어 물었다.

"내 추천은 방울토마토예요."

"토마토는 별로 안 좋아해."

° 증류주를 탄산과 과즙 등으로 희석한 저알코올 음료.

"무슨 용건으로 왔는지 물어봐도 될까요?"

차분한 말투로 도가가 물었다.

젓가락을 내려놓고 도가와 마주 본다.

"무법률은 내가 졸업하면 해산할 거야."

"그렇군요."

"예상했던 반응과 다른데?"

"그야, 고조 선배밖에 소속되어 있지 않다는 걸 알고 있으니까 그렇죠. 후계자 부족으로 전통이 끊기는 건 동아리 활동이나 기업 활동이나 마찬가지예요…. 성자필쇠盛者必衰의 이치죠."

신입생 모집에 실패한 동아리, 열악한 노동환경에 사원이 도망간 회사, 경쟁에 진 단체가 소멸하는 것은 분명 드문 이야기는 아니다.

"세미나실을 비워주려고 정리하다 보니, 이런저런 일이 떠오르더라고."

"그런 감정도 느끼는군요."

"얼굴에 드러나지 않을 뿐, 웬만큼의 희로애락은 있어."

"그래서 홧술 마시는 데 어울려달라고 왔어요?"

방울토마토를 입에 던져 넣고 나서 도가는 내 잔에 캔 츄하이를 부었다. 평소 거의 술을 마시지 않아서 주량은 파악하고 있지 않다.

"추억 이야기 좀 들어줄래?"

"나 말고는 들어줄 사람이 없다면, 불쌍하니까 들어줄게요."

어쩐지 뒷맛이 찝찝한 캔 츄하이를 목에 흘려 넣고, 익숙하지 않은 내 이야기를 시작했다.

고조 집안과 법률의 관계성. 가잔대 법학부에 진학해서 무법률의 문을 두드린 경위. 법률 상담에 빠져들어간 심경의 변화.

대학 2학년까지는 술술 이야기할 수 있었다.

"판사인 아버지, 변호사인 어머니, 검사인 형…. 엄청난 엘리트 가족이네요. 부러울 따름이에요."

"복 받았다고 생각해. 부담감이니 뭐니 하면서 한탄하는 게 배부른 짓이라는 것도 알아. 하지만 세 사람의 삶을 바로 옆에서 지켜봐도 내가 무엇이 되고 싶은지는 보이지 않더군."

법률 상담을 하다 보면 진로가 열리리라 믿고, 어떤 의뢰든 다 받아들였다. 변호사 업무와 다른 점 중 하나는 보수의 많고 적음으로 의뢰를 가릴 필요가 없다는 것이었다.

"법조계에 몸을 두는 건 결정 사항이에요?"

"법률이 너무 가까이 있어서 다른 세계를 의식하지 못하고 살아왔어."

"흠. 법률 안 개구리 씨네요."

피클의 산미가 목구멍을 자극했다. 역류한 위액을 느끼는 것과 비슷하다는 생각이 들었지만, 그런 말은 입이 찢어져도 할 수 없다.

"일 년 반 전 여름에, 한 학년 아래 후배가 언니를 무법률에 데리고 왔어. 상사의 성희롱 때문에 괴롭다는 상담이었어."

찌는 듯이 더운 세미나실에서 선풍기가 내보내는 뜨뜻미지근한 바람이 자매의 머리카락을 흔들고 있었다.

"상담 내용을 밝혀도 돼요?"

"누구인지 특정할 수 없게 말할 거니까 괜찮아."

"술기운에 말실수하지 않도록 조심해요."

노동계약법. 남녀고용기회균등법. 당시의 나는 성희롱에 관한 법 규제를 떠올리며, 고개를 숙이고 얘기하는 야노 마유미의 목소리에 귀를 기울이고 있었다.

"성희롱은 당한 사람의 주관이 중요한 의미를 가져. 본인이 성희롱이라고 고소해도 고개를 갸우뚱하게 만드는 경우가 적지 않지. 하지만 그 상담자가 말한 피해 내용은 해석의 여지가 없을 정도로 심한 수준이었어. 성적인 취향을 계속해서 물어보거나 일상적으로 신체 접촉을 하고, 호텔에 가자고 한 적도 있다고 했어."

"그만 말해도 돼요."

도가는 집어 든 파프리카를 좌우로 흔들었다.

"가해자는 직장 상사였는데, 어떻게 해결해야 할지 상담자는 고민하고 있었어. 변호사에게 상담했다가 일이 커지면 되레 원한을 사서 위해를 가해올 수도 있으니, 당사자 간의 대화로 원만하게 해결하는 방법을 알려줬으면 좋겠다더군. 상당히 어려운 문제였어."

부서 변경을 통해 접촉을 차단하는 등의 배려를 기대할 수 있는 직장이라면 좋았겠지만, 야노 마유미와 상사는 일종의 사제 관계였다. 상사를 고발하면 지금까지 쌓아 올린 업적을 오히려 잃을 수도 있었다. 적어도 당시의 그녀는 그렇게 생각하고 있었다.

"어떻게 조언했나요?"

"IC 녹음기로 성희롱 증거를 확보하라고 지시했어. 발뺌할 수 없는 상황을 만들어서 협상으로 끌고 가야 한다고 생각했거든."

"몰래 녹음하라고 했다는 말이군요."

고발하지 않는 대신 두 번 다시 성희롱하지 않겠다는 서약서를 쓰게 한다. 다음에 또 불쾌한 행동을 하면, 녹음 파일을 공개하겠다고 한다.

증거를 손에 넣고 가해자를 설득하자는 생각이었다.

"다음에 상담자와 만난 건 한 달 뒤였어. 다른 상담도 많아서 상황 파악이 소홀했던 거지. 초췌해진 상담자를 여동생이 세미나실로 데려왔어."

울어서 부은 얼굴을 보고 최악의 사태가 상상되었다.

"무슨 일이 있었던 거죠?"

"상담자는 내 조언대로 IC 녹음기를 가방에 숨기고 성희롱 발언을 녹음하려고 했어. 그런데 하필이면 그때마다 상사는 꼬리를 보이지 않았어. 기다림에 지친 상담자의 부자연스러운 행동을 의심한 상사에게 결국 IC 녹음기를 들키고 말았지."

"그래서요?"

"순간적으로 얼버무리지도 못하고 상사의 분노를 샀어. 상사는 폭언을 내뱉고, IC 녹음기를 부수고, 직장에서 내쫓겠다며 상담자를 몰아갔어. 자신이 여태껏 해온 일은 모른 체하고 말이야. 당황한 상담자는 도망치려다가 상사를 밀쳤어."

그동안의 언동을 생각하면 말로만 끝나지는 않을 거라고 생각했을 수도 있다.

"책상 모서리에 머리를 부딪혀 죽어버렸다, 같은 이야기는 아니죠?"

"그 정도의 불운은 일어나지 않았어. 하지만 쓰러져서 다쳤다고 하더군. 일을 부풀려서 상담자를 궁지에 몰아넣으려고 했을 수도 있지만. 도청과 폭행…. 그 상사의 기분에 따라 어떤 처분이든 내릴 수 있는 상황이 되어버렸지."

"상담자는 해고당했나요? 아니면, 무언가를 요구받았나요?"

"후자야."

"성희롱의 연장선상인가요?"

"응."

"… 최악이네요."

상하 관계를 구실로 삼은 협박이자 비열한 범죄나 다름없었다. 하지만 밀실에서 이루어지는 성범죄를 입증하기 위해서는 피해자의 진술에 의지할 수밖에 없다. 어째서 거절하지 않았는지, IC 녹음기로 도청한 이유는 무엇인지, 어떤 성희롱 피해를 당했는지.

야노 마유미는 성희롱 피해조차 크게 만들고 싶지 않다고 했다. 성범죄 피해의 고소를 권유해도 고개를 끄덕이는 일은 없었다.

"무슨 일이 있었는지는 말하지 않을게. 하지만 최악의 사태를 초래한 건 내 책임이야. 가해자의 위험성도 확인하지 않고 안이하게 도청을 지시했어."

"뭐, 다른 방법이 있었을 수도 있겠네요."

"들킬 거라는 생각도 못 했고, 들킨 이후의 일도 상정하지 않았어. 위험을 감수하게 만든다는 자각조차 없었지. 상담자의 바람이나 성격을 생각하면, 더 신중하게 움직였어야 할 사안이었어."

아야메는 나를 믿고 언니를 무법률에 데려왔다. 선배에게 맡기고 싶다고, 지명까지 했었다. 나와 아야메는 함께 법률 상담에 들어가는 일이 많았고, 같이 사건을 처리해왔다. 자만일지도 모르지만, 아야메는 나를 선배로서 존경하고 있었을 것이다.

야노 마유미의 오열, 언니의 등을 어루만지는 아야메의 시선. 처음으로 위액의 쓴맛을 알았다.

"왜 그 얘기를 하려는 마음이 들었어요?"

진의를 살피듯이 도가는 내게 물었다.

"언니를 데려온 그 후배가 바로 나와 관계를 끊고 무법률을 떠난 첫 번째 사람이야. 그로부터 몇 달 뒤에 내부 분열이 일어났고, 무법률은 순식간에 잿더미가 되었어."

"서글픈 영고성쇠榮枯盛衰° 이야기네요."

유리잔에 남은 보라색 액체를 단숨에 털어 마셨다. 무법률의 해산을 도가에게 알린 것은 동정이나 위로의 말을 듣고 싶었기 때문이 아니다.

"이 성희롱 소동은 가잔대에서 일어난 일이야."

4

역시나 놀랐는지 도가는 유리잔을 손에 든 채 몇 초간 얼어붙었다.

° 인생이나 사물의 번성함과 쇠락함이 서로 바뀜.

"우리 대학에서요?"

"상담자는 조교, 가해자는 교수. 경제학부 연구실에서 사사해왔어."

작년의 비극은 연구실이라는 폐쇄된 공간에서 일어났다.

"개인정보는 말하지 않겠다고 하지 않았어요?"

그럼에도 전달해야 한다. 도가에게는 알 권리가 있었다.

"교수의 이름은 야마네 고다이. 지금은 경제학사를 담당하는 모양이야. 커닝 의혹으로 시끄럽다는 말을 들었어."

"알고 있었어요?"

구레하에게 담당 교수의 이름을 듣고, 당장 도가를 만나야겠다고 생각했다.

"미안. 내가 너를 말려들게 한 걸지도 몰라."

"무슨 말인지 모르겠어요."

"경제학사 시험에서 일어난 일을 들었어. 트윗 내용도, 글을 올린 계정도 부자연스러운 점이 많더군."

"혹시 구레하가 말했어요?"

그 질문에는 대답하지 않고, 이곳에 오는 동안 정리한 생각을 말했다.

"도가 본인이 트윗을 올렸다고 하기에는 너무 허술해. 경제학부생이면서 무법률 계정에 접속할 수 있는 사람은 한 명뿐이고, 트윗을 감추려는 노력도 하지 않았지. 오히려 도가 가린을 함정에 빠뜨리려 했다고 생각하는 편이 납득이 가."

"그건 그것대로 여러 문제가 있을 거예요."

마치 남의 일처럼 도가는 지적했다.

"트윗에 첨부할 사진은 네 해답과 일치시켜야 했어. 그렇게 안 하면 발각된 후에 변명의 여지를 남기게 되니까. 트윗이 올라온 시각은 시험이 시작되고 이십오 분 뒤. 문제를 푸는 데 필요한 시간을 생각하면, 근처 자리에서 훔쳐보고 베껴 쓰는 방법은 현실적이지 않아. 가능성이 있는 건 답안지를 통째로 손에 넣는 방법이라고 생각했어."

"아무리 그래도 답안지가 책상에서 사라지면 눈치채죠."

"카본지를 썼다면?"

도가는 몇 번인가 눈을 깜빡이고 나서 고개를 갸웃했다.

"복사할 때 쓰는 종이요?"

"두 장의 답안지 사이에 카본지를 끼워서 한 장처럼 보이게 만드는 거야. 시험 시간 중에 카본지를 회수하면 목적을 달성할 수 있어."

"아니, 어떻게 나눠주고 어떻게 회수하는데요?"

법학부 시험이라면, 주의 사항을 낭독한 뒤에 초고 용지, 답안지, 문제지 순으로 앞에서부터 배부된다. 타 학부 시험도 큰 차이는 없을 것이다.

"답안지는 열마다 배부되니까 앉는 위치를 알고 있으면 미리 준비할 수 있어. 회수한 것은 네가 화장실에 갔을 때고."

"설마 감독관을 의심하는 거예요?"

고개를 끄덕인 후에 설명을 계속했다.

"자리를 비울 때는 답안지를 뒤집게 되어 있어. 자리를 비운 사람의 답안지를 감독관이 건드리더라도 뒤집는 것을 깜빡했나 생각될 뿐이지 의심받지는 않아."

뒤쪽 두 장을 떼어낼 뿐이라 많은 시간은 걸리지 않았을 것이다.

"트윗을 올린 방법은요?"

"어떻게 하면 무법률의 계정에 접속할 수 있을까… 여러모로 생각해봤는데, 세미나실 컴퓨터를 썼을 것 같아. 확인해보니 로그인 상태가 유지되어 있었어."

"시험실을 빠져나와서 법학부동 세미나실에 갔다고 생각하는 거예요?"

시험감독관은 두 명뿐이니 그렇게 수상한 행동을 하면 다른 한쪽이 기억할 가능성이 클 것이다.

"미리 세미나실에 몰래 들어와서 로그인 패스워드를 변경했다고 생각해. 나는 아침에 세미나실 문을 열고 나면, 강의 등으로 한 시간 이상 비울 때도 일일이 문을 잠그거나 하지는 않거든. 내 행동만 파악하면, 부재 시를 노려서 안에 들어오기는 어렵지 않다는 뜻이야."

패스워드를 변경하려면 현재의 패스워드도 다시 입력해야 한다. 단, 세미나실 컴퓨터로 시도해보니 자동 완성 기능으로 패스워드가 기억되어 있어서 계정을 선택하기만 해도 자동으로 입력되었다.

도가는 유리잔을 응시한 채 입을 열지 않았다.

"패스워드를 변경하면 원하는 기기에서 계정에 접속할 수 있어. 자유롭게 돌아다닐 수 있는 감독관이라면, 사각지대를 찾아서 휴대전화를 조작하는 것도 가능했겠지. 이건 조사하다가 안 사실인데, 패스워드를 변경하면 다른 기기는 강제로 로그아웃된다더군. 그래서 계정을 빼앗겼다고 알아차린 후에도 문제의 트윗을 삭제할 수 없었던 거 아냐?"

"고조 선배의 설명대로라면, 세미나실 컴퓨터를 쓰면 삭제할 수 있었다는 말이네요."

"어떤 기기에서 패스워드를 변경했는지 알고 있으면."

나는 우연히 세미나실 컴퓨터를 확인했으니까 눈치챘지만, 많은 기기에서 로그인해둔 상태였다면, 도가가 못 보고 놓쳤다 해도 이상하지는 않다.

"일부러 뒤로 미루고 있었는데요, 동기는 뭐예요? 감독관이 그렇게 번거로운 방법으로 트윗을 올릴 동기 말이에요."

"감독관 업무는 연구실의 조교에게 할당돼."

"그래서요?"

"방금 전 얘기했던 성희롱 피해자는 지금도 조교로서 야마네 교수에게 사사받고 있어."

야노 마유미가 시험감독관의 위치를 이용해서 도가를 함정에 빠뜨린 것이 아닐까.

그게 발상의 출발점이었다. 시험 시간 중에 도가의 답안지를 손에 넣을 수 있는 사람은, 본인을 제외하면 시험감독관밖에 없다.

"나와 성희롱 소동은 아무 관계가 없어요."

"무법률을 떠난 후배인 여동생도, 조교인 언니도 나를 원망하고 있어. 게다가 지난주, 여동생이 세미나실에 찾아와서 무법률의 존속은 용납하지 않겠다고 선언하고 갔어. 불행을 낳는 해악 집단이라는 말까지 하더군. 그 정도로 무법률을 혐오하고 있어."

"여동생분이 기가 세네요."

"유튜브나 트위터를 보고 네가 무법률 활동에 관여하고 있다는 사실을 알았나 봐. 정식 멤버가 아니라고 설명했지만, 납득한 것처럼 보이지는 않았어."

"납득받을 필요가 있어요?"

"내가 졸업한 후에는 도가가 무법률을 이어받을 거라고 오해했을 수도 있어."

"법학부생도 아닌 내가요?"

말도 안 된다고 주장하듯이 도가는 눈썹을 올렸다.

"타 학부라도 자율 세미나에 들어올 수 있다. 전에 그렇게 말했었지?"

"말하기는 했지만…."

과외 활동에 관한 규칙을 정독했는데, 구성원의 요건은 '본교의 학생'이라고만 특정되어 있었고, 자율 세미나와 동아리의 규율이 다르지도 않았다.

"무법률을 해산으로 몰아넣기 위해 네게 누명을 씌운 거야."

"비약적인 발상이에요."

"그렇게 생각하면, 무법률의 계정을 쓴 이유도 설명이 돼. 비판의 화살을 돌리려고 일부러 소동에 말려들게 했어. 그리고 많은 사람들이 알게 하려고 경제학사의 해답이라고 콕 집어 언급했고, 지금도 트윗을 삭제하지 않은 채 남겨둔 거야."

도가에게 짐작 가는 바가 없는 건 당연한 일로, 동기의 밑바탕에는 무법률에 대한 원망이 있었다. 동기와 실행 가능성. 두 조건을 모두 충족하는 인물이 그 외에 또 있으리라고는 생각되지 않는다.

"그럼, 그 자매가 공범이라고 의심하는 거예요?"

"법학부생인 여동생이라면, 내 시간표를 파악해서 세미나실에 몰래 들어올 수 있었어."

아야메가 고문인 사키시마를 데리고 찾아온 것도 상황을

살피기 위해서가 아니었을까.

"변함없이 관점이 재미있네요."

"늘 그렇듯 결론은 빗나갔다고 말하고 싶은 거야?"

"피해자가 성희롱 교수를 죽이고 싶을 만큼 증오하는 건 알겠어요. 고조 선배에게 환멸을 느낀 일도, 뭐 이해 못 하지는 않아요. 무법률 따위 없어지라고 생각하는 것도 그 연장선상에서 받아들이죠. 하지만 바람 앞의 등불인 무법률의 숨통을 끊기 위해 전혀 관계없는 타 학부 학생을 말려들게 했다는 추리는 역시 고개를 갸웃하지 않을 수 없네요. 추리라기보다 피해망상이에요."

반론하려고 했지만, 쿠션을 쓰다듬으면서 도가는 말을 이었다.

"무법률에서 쌓은 수행의 산물이라고 생각하는데요, 정보를 정리하면서 논리적으로 가능성을 좁혀나가는 능력은 나보다 고조 선배가 훨씬 뛰어나요. 하지만 마지막의 마지막에 결론을 끌어내는 중요한 지점에서 엉뚱한 방향으로 폭주해버릴 때가 있어요. 법률 지식에 얽매여서 불편한 사실을 간과하거나, 필요 이상으로 애쓰다가 사고가 멈추거나. 이번에는 후자의 패턴이네요."

"특별히 애쓴다는 생각은 안 하는데."

"미안한 마음이 든 순간, 모든 책임을 떠안으려고 하잖아요.

자기 탓이라고 생각하는 쪽이 편하다는 건 알겠어요. 하지만 그래서 진실을 왜곡해버리면 아무 소용이 없어요. 그런 때일수록 냉정하게 주위를 둘러보세요. 고조 선배가 생각하는 것만큼 세상은 악의로 가득 차 있지 않아요."

도가에게 논리의 모순을 지적받고, 결론을 수정한 일이 몇 번이나 있었다.

이번은 지금까지의 사건들 이상으로 나의 개인적인 사연이 관련되어 있어서 강하게 되받아칠 수 없었다.

"네 생각은 어떤데?"

"내일 저녁에 교무과에서 조사를 받아요. 그게 끝나면… 세미나실에서 이야기해요."

"지금 하면 안 되는 거야?"

"가능하면 선배가 스스로 깨달아줬으면 해요."

남은 시간은 얼마 되지 않는다. 도가의 표정과 말투에 비통함은 엿보이지 않았다.

"알겠어. 생각해볼게."

"지금까지의 활동을 되돌아보세요. 고조 선배라면 풀 수 있을 거예요."

5

도청을 지시하지 않았다면… 탄로 났을 때의 대처법까지 말해두었다면….

야노 마유미 사건으로 인해 타인을 휘말리게 하는 공포를 알았다. 그때의 후회와 무력감을 잊을 수 없어서 의뢰인에게 협력을 구하는 것조차 망설이고, 나 혼자 해결하려고 해왔다.

내가 모르는 곳에서 누군가가 상처를 입는 건 견딜 수 없다.

그 또한 이기적인 자기방어에 불과하다.

옛 친구인 미후네는 화재에 휘말려서 얼굴에 화상을 입었다. 그의 의뢰를 받았을 때도 본인의 의향을 존중하지 않고 독단으로 해결 방향을 정했다. 진상의 해명이 아닌 금전을 통한 해결이 미후네에게 득이 되리라 일방적으로 단정 짓고서.

결과적으로 거액의 합의금은 받았지만, 의뢰인인 미후네의 납득은 얻지 못했다.

금전 지급 요구를 받은 집행위원회 대표자는 내 진의를 꿰뚫어 보고 있었다.

—친구인 미후네조차 신용하지 않았어.

—진상을 어둠 속에 묻어버린 사람은 바로 너야.

어젯밤 도가와의 대화에서도 같은 실수를 지적받았다.

— 미안한 마음이 든 순간, 모든 책임을 떠안으려고 하잖아요.

— 고조 선배가 생각하는 것만큼 세상은 악의로 가득 차 있지 않아요.

결국 나는 무엇 하나 성장하지 않았다.

"너는 생각이 너무 많아."

미후네에게 전화를 걸자 밝은 목소리가 되돌아왔다.

"제대로 상황을 전달했다면, 진상을 알기 위해 재판을 계속하지 않았을까?"

"그랬을지도 모르지."

"그 선택지를 빼앗은 사람은 나야."

"네가 냉정하게 판단해준 덕분에 거의 포기하고 있었던 치료를 받을 수 있었어."

오른쪽 눈에서 뺨까지 남은 중도의 화상 자국은 일반적인 치료로는 없앨 수 없었다. 재판을 통해 상대방에게 받은 큰돈으로 미후네는 자유 진료인 재생의료를 시작했다. 조금씩 화상 자국이 희미해져서 더 이상 앞머리로 감출 필요도 없어졌다고 했다.

스피커에서 다시 미후네의 목소리가 들렸다.

"재판이 중지되었을 때는 나도 냉정하지 못했어. 한데 시간이 지나면서 여러 가지를 깨달았지. 고조가 궂은 역할을 맡아 준 덕분에 당당하게 돈을 받을 수 있었다고. 이런 건 내가 바랐던 결말이 아니다, 그렇게 자신을 납득시키면서 말이야."

"하지만 화재의 진상을 알지 못하고 끝났어."

"고집부렸어도 미궁에 빠졌을 가능성이 더 커. 의뢰인의 의향대로 움직이는 편이 너도 편했을 거야. 불만스러운 결말을 맞이하더라도 시키는 대로 움직였다고 책임을 전가할 수 있으니까. 그런데도 내가 후회하지 않도록 최선을 다해준 거잖아?"

뺨이 뜨겁게 달아올랐다. 직접 만나러 가지 않아서 다행이다.

"그렇게 말해줘서 고마워. 하지만 내가 정말 취해야 했던 행동은, 있는 그대로의 사실을 전달하고 의견이 엇갈리더라도 너와 의논하는 거였어. 내 생각에 빠져서 그걸 소홀히 했어. 그러니 제대로 사과할게. 미후네를 믿지 못해서 정말 미안해."

휴대전화를 귀에 댄 채로 세미나실에서 머리를 숙였다.

"알겠어. 나는 감사하고 있고, 너는 반성하고 있어. 서로 책임을 떠넘기는 것도 아니고, 오히려 그 반대지. 원만하게 해결된 걸로 하자."

"그래. 얘기해서 다행이야."

통화를 마치기 직전, 미후네가 툭 내뱉었다.

"도가라는 애가 무법률에 드나들면서 좀 변한 것 같네."

"그래?"

"부드러워졌어. 그 애가 네 벽을 허물어준 것 같은데?"

아야메가 무법률을 떠난 뒤로 상담자가 아닌 사람과 깊이 관여되는 일을 피해왔다.

도가와의 만남도 법률 상담으로 비롯되었지만, 사건이 해결된 후에도 계속 얼굴을 마주하고 있었다. 매번 정신없고 혼란스럽게 만들기만 하는데, 거부하지 않고 받아들인 건 왜일까.

"그럴지도 몰라."

"오늘은 솔직하군."

나 스스로 변할 계기를 바라고 있었기 때문은 아닐까?

내가 잃은 것과 버린 것들을 도가는 몇 개나 가지고 있었다.

"그럼 또 연락할게."

붉은 버튼을 눌러서 통화를 끝냈다. 알람을 확인해보니 형에게서 메시지가 와 있었다. 가족 모임 날짜를 조정하자는 내용이었다. 문장을 주고받는 것도 귀찮다는 생각에 바로 전화를 걸었다.

"다른 데로 이동이라도 하게 됐어?"

"아쉽게도 잔류야" 하고 운을 뗀 형은 말을 이었다. "별 뜻 없어. 동생의 졸업을 축하하려는 것뿐이라고."

"됐어. 멀쩡히 졸업하는 사람이 대부분인데."

재학 중에 사법시험에 합격한 형과 달리, 나는 아무런 실적도 남기지 못했다.

"생일도, 쑥쑥 자라는 애들이 대부분이지만 축하하잖아. 아버지나 어머니도 한동안 못 뵀지?"

"알았어. 다음 주 토요일쯤 괜찮아?"

"그래. 시간과 장소가 정해지면 연락할게."

형에게 떠밀리듯이 졸업 축하 모임이 결정되었다. 부모님은 언제나 내 선택을 존중해준다. 법학부로의 진학도 스스로 결정했고, 법률가의 길을 권유받은 적도 없다.

"무법률이 해산하면 어떨 것 같아?"

사후 보고로 끝낼 생각이었지만, 나도 모르게 묻고 말았다.

"별생각 없는데? 현역 세대가 원하는 대로 하는 거지."

"놀랄 줄 알았어."

"자격이 없으면서 변호사 흉내를 낸다. 여러 문제가 있는 건 사실이잖아. 뭐, 내가 대표였다면 해산시키지 않겠지만."

휴대전화를 잡은 손에 힘이 들어갔다.

"필요한 단체니까?"

"사 년간의 활동을 되돌아봐. 무법률이 할 수 있는데 변호사가 못 하는 일은 없어. 물론 그 반대는 발에 차이게 많지. 자, 그러면 무법률의 존재 의의는 없는 건가?"

도가뿐만 아니라 형에게도 지난 활동을 되돌아보라고 권유받았다. 아마도 두 사람이 의도하는 바는 다를 테지만.

"…있다고 생각하고 활동해왔어."

"그 이유를 언어화해봐. 추억 만들기나 실무 경험처럼 세미나 내부에서 완결되는 게 이유라면 해산을 주저할 필요는 없지만, 만일 대외적인 이유가 있다면 신중하게 결정해야 해. 졸업한 선배의 짜증 나는 조언은 여기까지."

그 이상의 덧붙이는 말 없이 형은 일하러 간다며 전화를 끊었다.

무법률의 존재 의의. 성가신 숙제가 주어졌다. 시간을 들여 생각을 정리하지 않으면, 납득할 만한 답을 도출할 수 없을 것 같다.

휴대전화를 테이블에 놓고 벽시계를 봤다. 슬슬 지정한 시각이다.

어젯밤에 도가의 방에서 얘기를 나눈 뒤, 커닝 소동에 대해 한 번 더 생각해보았다. 월요일 3교시, 경제학사의 기말시험에서 무슨 일이 일어났는가. 트윗을 올린 인물, 그 목적. 거의 뜬눈으로 아침을 맞이하고 샤워를 한 다음 학교로 향했다.

도가에게 들려준 추리의 하자는 동기의 불합리함뿐만이 아니었다.

카본지를 붙인 특제 답안지를 배부하고, 도가가 자리를 비웠을 때 회수한다. 분명 이 방법으로 트윗을 올릴 수는 있다. 하지만 도가가 화장실에 가지 않았다면? 그것만으로도 계획이 성립할 수 없게 된다. 그리고 시험 도중에 일시 퇴실하는 학생의 수가 압도적으로 적을 테니, 그렇게 운에 맡기는 요소에 의지하는 것은 부자연스럽다.

일시 퇴실을 강제할 방법이 없으면, 시험 종료 후에 카본지를 회수해야 한다. 하지만 그 시점에 도가의 해답을 손에 넣는다 한들 아무런 의미도 없다.

시험 시간 중에 해답을 회수할 수 있는 확실한 방법이 있었나, 아니면 시험감독관은 관계가 없는 것인가…. 검토는 원점으로 되돌아가고 말았다.

단서가 될 만한 것은 구레하에게 들은 정보뿐이다. 투고된 트윗을 다시 확인하기 위해 세미나실 컴퓨터를 켜서 트위터에 접속했다.

계정을 만든 당시까지 트윗을 거슬러 올라갔지만, 쓸데없이 발랄한 느낌으로 무법률을 홍보하고 있을 뿐 신경 쓰이는 글은 없었다. 이어서 도가가 개설한 홈페이지를 확인하는데, 문의 접수 폼이 눈에 들어왔다. 여기를 통해서도 신규 상담 예약을 받고 있었다.

문의 사항 응대는 도가가 하고, 나는 가끔만 들여다봤다. 요 며칠 동안 메시지가 왔을지도 모른다는 생각에 관리 화면에서 수신함을 확인했다.

그리고 커닝 소동의 진상에 직결되는 흔적을 발견했다.

그게 두 시간 정도 전의 일이다.

"할 말이라니, 뭐예요?"

오후 한 시. 약속 시간에 딱 맞춰서 아야메가 혼자 세미나실에 찾아왔다.

"안 올 줄 알았어."

"무시했다가 폭주하면 곤란하니까요."

아야메는 손을 뒤로 뻗어 문을 닫고, 지난주와 마찬가지로 소파에 앉았다. 경계하는 듯한 시선이다.

리클라이닝 체어에 걸터앉아서 아야메에게 물었다.

"경제학부의 커닝 소동은 알고 있어?"

"네. 무법률 계정으로 올라왔다더라고요."

이대로 본론으로 들어가도 괜찮을 듯하다. 아야메를 불러내기 위해 보낸 메시지에는 '야노 마유미의 일로 할 말이 있다'라고만 기재했다.

"마유미 씨는 지금도 야마네 교수의 조교를 계속하고 있지?"

"멍청하다고 말하고 싶은 거예요?"

"그런 게 아니라…."

"문과에서 연구직으로 취직하는 건, 자리도 예산도 한정되어 있어서 이과보다 훨씬 어려워요. 박사과정을 수료해도 쉽게 조교수가 될 수 있는 사람은 거의 없다고요. 아르바이트보다 못한 급여로 연구를 계속하는 사람도 산더미처럼 있어요.

언니도 고생해서 간신히 그 자식의 연구실에 배정받았어요. 다른 연구실 따위 쉽게 찾을 수도 없고, 눈에 띄는 행동을 하면 바로 소문이 퍼지니까, 그때도 울며 겨자 먹기로 단념할 수밖에 없었던 거라고요."

아야메는 흥분한 말투로 내뱉었다. 그런 사정은 당시에도 들었던 이야기다.

깊은 상처를 준 가해자 밑에서 연구를 계속한다. 아야메가 말한 대로 연구직이라는 특수한 사정도 관련이 있을 것이다. 하지만 그 앞일까지 내다보고 있었다면….

"야마네 교수가 조사위원회 멤버인 건 알고 있어?"

"그게 뭔데요?"

"학생이나 직원이 비위° 행위를 했다고 의심될 때, 사실을 조사하는 위원회야. 교원도 그 멤버에 포함되는데, 야마네 교수는 삼 년 전에 임명되었다고 해."

공개된 정보는 아니라서 조사하는 데 고생했다. 조사위원회는 학장이 지시하는 이사와 교원, 그 밖의 직원으로 구성된다.

"그래서요?"

"조사 위원의 직함을 이용하면, 징계처분을 암시하면서 상대를 협박할 수 있어."

° 법에 어긋남, 또는 그런 일.

"언니가 무슨 일을 당했는지는 본인에게 들어서 알고 있어요. 그 자식의 직함 따위… 아무 관심 없어요."

당시에는 본인의 입으로 과정을 들었기 때문에 거기까지 조사할 필요가 없었다. 하지만 이번 일에서는 야마네 교수의 직함이 중대한 의미를 가질 가능성이 있다.

"조금만 더 있으면 조교수가 될 수 있을 것 같아요."

아야메가 말했다.

"야마네 교수의 연구실에서?"

현재 대학 교원 자리에는 '조교'라는 직함은 없고, '조교수'가 첫 번째 계단으로 여겨지고 있었다. 거기부터 부교수, 교수로 발판을 밟고 올라가게 되지만, 첩첩이 쌓인 시체를 타고 넘어가지 않으면 첫 번째 계단에 설 수조차 없었다.

"아니요. 언니의 논문을 읽은 교수가 불러줘서 4월부터 다른 연구실에서 조교수로 일하게 됐어요. 당신한테도 일단 보고하는 거예요."

"그렇군. 잘됐네."

안심하는 동시에 이해가 되었다. 그래서 참고 견딜 필요가 없어진 것인가.

"언니 일은 상관하지 말아요."

"지난주의 커닝 소동은 시험 시간 도중에 무법률의 계정으로 전 문항의 정답이 올라왔기 때문이야. 오늘, 관계자 조사가 실시돼."

시험의 담당 교수 혹은 조사위원회의 멤버로 야마네 교수도 동석할 것이다.

"그래서요? 도가라는 애가 저지른 일일 뿐이잖아요."

아야메는 퉁명스럽게 내뱉었다.

"버리는 계정을 쓰지 않은 것도, 범행을 숨길 생각이 없는 트윗 내용도 도가가 올렸다고 하기에는 부자연스러운 점투성이였어."

"멀쩡한 애가 아니니까 커닝 같은 걸 하죠."

반면, 제삼자가 트윗을 올렸다는 가설도 어젯밤부터 막다른 길에 부딪혔다.

다른 가능성은 남아 있지 않다고 생각했다.

"시험문제의 정답이 올라왔을 뿐, 커닝인지 아닌지는 확정 사실이 아니었어."

"무슨 말이 하고 싶은 거예요?"

"부정행위의 고발이었어."

악행이 아닌 선행. 발상의 전환이 필요했다.

"무슨 뜻인지 모르겠어요."

"아직 끝난 사건이 아니라서 전모가 안 보여. 나도 반신반의했어. 하지만 경제학사의 담당은 야마네 교수. 네게 야노 씨의 근황을 듣고, 무슨 일이 일어난 건지 알게 됐어."

"언니는 관계없어요."

날카로운 목소리로 말하는 아야메를 보고, 검토 결과를 일부 수정했다. 자매가 관여했으리라 예상했는데, 아야메는 아무것도 모르는 것일 수도 있다.

"시험 이 주 전에 야노 씨에게 메시지가 왔었어."

"네?"

"평소에는 도가에게 관리를 맡겨놔서 오늘까지 모르고 있었어."

"보여주세요."

"야노 씨 이외의 개인정보도 적혀 있으니 직접 보여줄 수는 없어. 연구실에서 부정이 일어나고 있고, 야마네 교수를 고발하기 위해 그 증거를 보낸다는 내용이었어."

할 말을 잃은 듯 아야메는 내 눈을 응시했다.

"…부정이라니요?"

"야마네 교수는 특정 학생에게 기말시험 문제와 해답을 메일로 알려줬어. 시험문제 유출. 틀림없는 부정행위야."

야노 마유미는 유출의 증거 메일을 무법률에 전송했다. 거기에는 상대 학생의 메일 주소와 이름도 적혀 있었다.

야마네 교수의 컴퓨터를 훔쳐보고 메일 데이터를 빼낸 것이 아닐까. 같은 연구실에 있는 야노 마유미에게는 그럴 기회가 있었으리라.

"대체 왜 그런 일을."

"마유미 씨는 야마네 교수에게 씻을 수 없는 상처를 받았어. 당연히 용서할 수 없었을 테고, 줄곧 원망하고 있었겠지. 새로운 연구실이 정해지면서 참고 견딜 필요가 없어진 거야."

"그래서 약점을 찾았다고요?"

"당시의 성범죄 증거는 이제 남아 있지 않아. 한데 때마침 교수에게 치명상을 입힐 수 있는 부정의 흔적을 발견한 거야."

"하지만… 왜 그걸 무법률에 보내요?"

당연한 의문이다. 이번 메시지를 받을 때까지 야노 마유미와 연락을 주고받은 적은 한 번도 없었다.

"직접 고발하면 무마될 수 있어. 야마네 교수도 조사 위원 중 한 명이니까. 게다가 나는 일 년 반 전의 사정을 알고 있지. 내게 한 번 더 기회를 준 것 아닐까?"

메시지에는 작년의 사건에 대해 아무런 언급도 없었다.

전송한 메일 내용과 경제학사의 시험문제가 누설되었다는 고발. 어떻게 움직일지는 내게 맡기겠다. 그런 의도가 읽혔다.

"메시지가 왔다는 사실을 오늘 알았다고 했죠?"

"평소에는 도가에게 보고받고 있었어. 이번에는 메시지를 본 도가가 내게 말하지 않고 직접 움직인 것 같아."

"그 애는 법학부도 아니잖아요. 그렇게 제멋대로…."

돌발적인 행동을 하거나 무리하게 끼어들 때는 있었지만,

법률 상담과 관련해서 내 허락 없이 행동한 적은 없었다.

"경제학부 3학년… 시험 정보를 받은 애와 같은 학년이야. 마유미 씨의 뜻대로 야마네 교수를 고발하면 그 학생의 존재도 밝혀지게 돼."

"부정의 공범자니까 당연히 밝혀야죠."

"공범자일지 아닐지는 사정 나름이야. 야마네 교수가 대가도 없이 시험문제를 알려줄 사람이라고 생각해?"

"그건…."

아마도 어떠한 거래가 교수와 학생 사이에 이루어졌다. 학생은 대가로 무엇을 건네주었을까. 고발 상태에 따라서는 그 사실까지 드러날 수 있었다.

"그렇다고 해서 부정을 묵인해서는 안 돼요."

"갈등의 결과가 어중간한 트윗이었던 거 아닐까?"

"무슨 뜻이에요?"

"그 트윗은 역시 도가가 올렸다고 생각해. 마유미 씨에게 받은 메시지에 전 문항의 정답이 적혀 있었거든. 그걸 베껴 쓰면 첨부 사진의 종잇조각은 준비할 수 있어. 나머지는 시험 시간 도중에 화장실에 가서 '게시하기' 버튼을 누르는 것뿐."

트윗이 올라온 시각은 시험이 시작되고 삼십오 분 후. 문제를 다 풀기에는 아슬아슬한 시간이었다. 심지어 첨부되어 있었던 사진은 만점짜리 해답이다.

미리 정답을 알고 있었다고 하면, 모든 의문이 눈 녹듯이 풀린다.

"왜 그런 짓을 한 거죠?"

"시험 시작 전에 트윗을 올리지 않은 이유라면, 시험문제와 일치한다는 확신을 얻고 싶었기 때문이라고 생각해. 시험문제 유출이 사실이라 해도 야마네 교수가 사전에 문제를 교체할 수도 있어. 실제 문제와 대조한 후에 도가는 트윗을 올렸어."

"애초에 공개할 필요가 없잖아요."

고발이 목적이라면, 시험이 끝난 후에 메시지를 교무과에 보여주는 것으로 충분했다.

어째서 자신을 궁지에 몰아넣은 것인가.

"인터넷상의 목격자를 많이 만들어서 야마네 교수가 발뺌할 수 없게 만들었어. 실제로 타 학부에까지 소동이 널리 알려졌지."

"하지만 이대로라면 학생의 부정에 그치고 말아요."

"마유미 씨에게 받은 증거를 공개하면, 미리 답을 받은 학생도 책임을 추궁당할 거야. 물론 해답을 받은 것은 사실이니 묵인할 이유는 되지 않아. 하지만… 도가는 어떤 사정인지 확인한 뒤에 학생을 지키면서 고발하기로 결심했을 거야."

일반적으로 생각하면 양립할 수 없는 행동이다.

교수를 고발하면, 관련된 학생도 드러난다.

하지만… 최후의 한 수가 남아 있다면. 불합리한 트윗을 올려서 주목을 끌고, 오늘 조사에서 전황을 뒤엎으려고 한다.

"그 애는 뭘 하려는 거예요?"

"본인에게 듣지 않으면 나도 몰라."

야노 마유미가 동생인 아야메와 의논한 뒤, 무법률에 메시지를 보냈다고 생각했었다. 하지만 아야메가 모르는 척하는 것처럼 보이지는 않았다. 자세한 사정을 들을 수 있으리라는 짐작은 빗나가고 말았다.

"안심하고 있는 거 아니에요?"라고 아야메가 말했다.

"무슨 말이야?"

"무법률에 온 상담이었는데, 손댈 필요 없이 끝났으니까."

"가만히 지켜보기만 할 생각은 없어. 도가가 폭주하는 것 같으면 내가 멈춰 세울 거야."

"별로 기대는 안 돼요."

저녁에 있을 참고인 조사까지는 시간이 얼마 남지 않았다. 앞으로의 전개는 대충 예상이 가지만, 문제는 어떻게 비집고 들어가느냐다.

도가를 제외하면 만나야 할 사람은 한 명밖에 떠오르지 않았다.

"그러면 나중에 천천히 얘기하자."

뭔가 할 말이 있다는 듯이 올려다보는 아야메를 남겨두고,

나는 세미나실을 나왔다.

6

도가에게 휴대전화로 전화를 걸어보니 신호음은 갔지만 전화를 받지 않았다.

어젯밤 헤어지면서 이번 소동에 대한 견해를 도가에게 물었지만, 나 스스로 깨닫기를 바라니까 말하지 않겠다며 대답을 피했다. 수정한 내 추리가 맞다면, 도가는 모든 사정을 파악하고 있을 가능성이 컸다.

알려줄 마음이 없다면 생각나는 것이 없다고 대답하면 됐을 텐데, 다음 전개를 넌지시 암시했다. 자신의 결정에 확신이 서지 않아 갈등했던 것은 아닐까.

그리고 무법률의 계정으로 트윗을 올린 것도, 야노 마유미의 메시지를 삭제하지 않았던 것도 내가 더듬어갈 수 있게 흔적을 남겨둔 게 아닐까.

속 편한 해석이라고 비웃을지도 모른다. 그렇다면 그것도 괜찮다. 진심을 따라 움직인 결과에 대한 비판과 후회라면, 얼마든지 받아들이겠다.

코트 주머니에 손을 넣고 바람이 얼굴에 부딪히지 않게 조심하면서 빠른 걸음으로 나아갔다.

북쪽 캠퍼스 끄트머리에 있는 동아리동은 시험의 중압감에서 해방된 듯한 학생들로 북새통을 이루고 있었다. 거리 공연 연습을 하는 사람, 재즈를 연주하는 사람, 캔맥주를 한 손에 들고 깔깔대며 웃는 사람…. 겨울철 실외라고는 생각되지 않는 광경에 당황했다.

천장이 트여 있는 홀에서 올려다보자, 네모나게 잘린 하늘을 새가 가로질렀다.

기억을 따라 계단을 올라가서 통로로 나왔다. 아기 새 그림이 그려진 간판, 덩그러니 놓인 바비큐 화로. 틀림없이 도가와 함께 찾아갔던 '야조회' 부실이다.

이 동아리에는 새 관찰 외에 활동 내용이 한 가지 더 있었다.

촬영용 작은 방에 들어가니 네 남녀의 모습이 보였다. 낯익은 얼굴들. 이코노미스트라는 그룹명으로 활동하는 유튜버다.

"어, 고조 선배."

홍일점인 구레하가 손을 들었다.

"회의 중입니까?"

"기획 회의를 하던 중인데, 무슨 일이에요?"

남자 무리를 힐끔 보고, 가능한 한 간결하게 대답했다.

"도가 일로 할 말이 있습니다."

"아, 여긴 정신 없으니… 밖으로 나가죠."

구레하는 연지색 코트를 손에 들고 자리에서 일어섰다. 많은 사람들 앞에서 할 만한 이야기는 아니라서 다행이었다. 통로로 나와 일 층 홀이 내려다보이는 난간에 기댔다.

"여기서 가린과 망을 보고 계셨죠?"

구레하가 숙명의 상대와 대치했을 때의 이야기일 것이다. 한밤중, 고요한 동아리동에서 도가와 시시콜콜한 얘기를 나누며 표적이 나타나기를 기다렸다.

"그 화로로 바나나를 굽고 있었습니다."

구레하는 생각났다는 듯이 "거기 돌진해서 화상을 입은 멍청이가 있었죠"라고 웃으며 말하고는 코트에 팔을 끼웠다.

"결국 구운 바나나는 먹지 못했지만요."

무참히 뭉개졌기 때문이었다.

"아하하, 그랬었죠."

조금 전까지 팬터마임을 연습하던 학생이 이번에는 여러 개의 상자를 하늘로 던져서 저글링을 선보이고 있었다. 마치 재즈 음색에 맞추어 춤추는 것 같았다.

"저 사람들도 평소에는 성실하게 강의를 듣고 있겠죠."

"이 무질서한 느낌이 좋아요."

대학을 졸업하고 사회인이 되면 저런 공연을 선보일 기회는 회사의 송년회나 결혼식 정도밖에 없을 것이다. 그 멀고도 가까운 미래는 모라토리엄 기간의 종료가 눈앞에 닥치지 않으면 현실감이 느껴지지 않는다.

사치스럽게 시간을 낭비할 수 있는 것이야말로 대학생의 특권이다.

"유튜브는 잘되어갑니까?"

"요전번 일로 나와 기요가 다른 두 사람과 상의하지 않고 움직여서 한때는 분위기가 험악했어요. 하지만 제대로 속을 터놓을 계기가 되었어요. 개성 강한 멤버가 모였지만 채널을 키우고 싶다는 목표는 같으니까 지금은 일치단결하고 있어요."

"그런 동료가 있다니 부럽네요."

"동료라고 하니까 좀 쑥스럽네요. 4학년인 두 사람은 취직이 결정됐지만, 유튜브 활동도 계속하겠다고 말해줬어요."

대학을 졸업해도 몰두할 수 있는 것이 있다. 열심히 해줬으면 좋겠다는 생각이 들었다.

구레하의 근황도 들었으니 본론에 들어가기로 했다.

"커닝 소동의 큰 그림이 보이기 시작했습니다."

"가린과 만났나요?"

"네. 야마네 교수가 시험문제를 유출한 상대는 구레하 씨였군요."

"맞아요. 말 안 해서 죄송해요."

광장을 내려다보며 구레하는 깨끗하게 인정했다.

야노 마유미가 무법률에 전송한 메일에는 보낸 사람에 야마네 교수의 이름이, 받는 사람에 고구레 하나의 이름이 각각 적혀 있었다.

"도가에게 들은 것이 아니라, 교수와 주고받은 메일을 봤습니다. 일전의 동영상에 대한 사례라고 적혀 있고, 시험문제와 해답이 첨부되어 있더군요. 구레하 씨는 무엇을 대가로 보낸 겁니까?"

구레하와 만난 적은 별로 없지만, '동영상'이라는 단어에서 연상되는 것이 하나 있었다.

"고조 선배도 내가 퍼뜨렸던 동영상을 보셨어요?"

역시 그게 정답이었나. 구레하는 자신에게 디지털 타투를 새긴 남자를 찾아내기 위해 자신의 리벤지 포르노 동영상을 트위터로 퍼뜨렸다.

"아니요, 안 봤습니다."

나를 보며 구레하는 슬픈 미소를 지었다.

"신사네요. 그 동영상은 중간까지밖에 찍혀 있지 않아요. 내 추태를 드러내는 게 목적은 아니었으니까…."

"그 편집 전 데이터를 줬습니까?"

구레하는 고개를 끄덕였다. 즉 완전판 데이터를 야마네 교수에게 송신했다는 뜻이다. 인터넷으로 영상이 퍼져 나가는 공포를 한 번 겪었으면서, 어째서….

"균형에 안 맞는 대가라고 생각했죠?"

내 대답을 기다리지 않고, 구레하는 말을 이었다.

"경제학사는 필수과목이 아니에요. 아직 3학년이니 한 개쯤 낙제한다 해도 내년에 열심히 하면 그만이에요. 그런 데이터… 필요 없었죠."

"다른 사정이 있었습니까?"

전달받은 메일에는 마지막 거래 장면밖에 기록되어 있지 않았다.

"내가 멍청했다는 결론은 안 바뀌겠지만요."

그렇게 운을 뗀 구레하는 무슨 일이 있었는지 말하기 시작했다.

"리벤지 포르노 사건으로 채널의 구독자도, 재생 횟수도 늘었어요. 하지만 시청자를 속이는 듯한 내용이어서 안티도 눈에 띄게 늘었죠. '싫어요'가 단숨에 늘어났고, 댓글 창도 엉망이었어요. 노이즈 마케팅이라고 해야 할지."

"방금 한 말대로라면 멤버들끼리 긍정적으로 대화를 나눈 거죠?"

"네. 어차피 논란이 될 거라면 최대한 이용하자. 그런 생각으로 자극적인 내용의 기획 영상을 올리기 시작했는데, 금방 소재가 떨어졌어요."

모든 영상을 보지는 않았지만, 논란이 있기 전에는 화기애애한 분위기로 검증 기획이나 몰래 카메라 기획을 하고 있었고, 내용이 자극적이라고 느껴지는 영상은 없었다.

"야밤에 캠퍼스를 탐색하는 기획을 짜서 다 같이 촬영했어요. 동아리동에서 시작해 문과 학부동이 있는 남쪽 캠퍼스로 향했죠. 심령 현상을 은근히 암시하면서 걷고 있는데, 경제학부동 일 층 창문이 열려 있었어요. 걸리면 큰일 난다는 생각은 했지만, 과감하게 안으로 들어갔어요."

비상등 불만 켜진 통로를 떠올렸다.

"설마… 야마네 교수에게 들켰습니까?"

"네. 마침 집에 가려던 길이었나 봐요. 나중에 저만 불러서 끈질기게 설교하더군요. 건조물침입죄라는 둥 징계처분을 받을 수도 있다는 둥 호되게 협박받았어요."

일 년 반 전과 상황이 비슷하다. 조교와 학부생, 도청 및 폭행과 건조물 침입. 다른 점은 그 정도다. 야마네 교수로서는 지난번의 경험도 살릴 수 있었다.

"조사위원회 멤버이니, 징계처분을 내릴 수도 있다는 식으로 내비쳤을 겁니다."

"무단 침입 정도로 무거운 처분은 받지 않을 거라고 생각해서 흘려들었어요."

아마 구레하의 생각이 맞았을 것이다. 손해가 발생한 건 아니기 때문에 징계처분이 내려진다 해도 엄중 주의 훈계 처분에 그치는 사안이었을 것이다.

"뭐라고 하던가요?"

"리벤지 포르노를 퍼뜨린 일까지 포함해서 처분을 검토하겠다고 했어요."

구레하가 퍼뜨린 동영상에는 남녀의 나체가 찍혀 있었다. 그것이 자신의 몸이라 해도 외설 전자적 기록 매체 진열죄가 성립할 수 있다. 많은 성인 비디오가 묵인되고 있듯이 실제 검거될 가능성은 작지만, 징계처분을 피할 수 있을지는 별개의 문제다.

학생의 본분에 반하는 행위로 인해 대학의 신용에 상처를 입혔다. 조사위원회의 판단에 따라서는 정학 이상의 처분이 내려질 수도 있다.

"구레하 씨에 대해 알아보다가 그 동영상을 알게 됐겠죠."

"제 나름대로 사정을 설명하려고 했어요. 주목받거나 채널 구독자 수를 늘리려고 퍼뜨린 것이 아니다. 도촬당한 동영상을 편집해서 대부분 잘라내고 올렸다. 제대로 이야기하면 이해해줄 줄 알았는데… 원본 동영상을 확인하고 나서 판단하겠다고 하더군요."

"그건…."

"구실에 불과하다는 건 저도 알았어요. 이런 활동을 하다 보면 그런 시선에는 예민해지거든요. 히죽거리는 얼굴이나, 핥는 듯한 시선이나."

독자 모델로서도, 유튜버로서도 구레하는 불특정 다수의 시선에 노출되어왔다. 나 따위보다 훨씬 민감하게 위험을 감지할 수 있었을 것이다.

"그런데도 거절할 수 없었습니까?"

"표면상으로는 징계처분의 판단 재료로 삼기 위해서라고 하면서, 거절하면 어떻게 될지도 친절하게 알려주더군요. 제 정학 정도로 끝났으면 거절했을 거예요. 그 사람은 다른 멤버도 처분을 받을 가능성이 있다고 했어요. 리벤지 포르노의 확산과 이번 무단 침입 모두 그룹 활동으로 한 일이니까 연대책임이라면서."

"나한테 상담하러 왔으면…."

구레하가 책임을 추궁당하는 것은 피할 수 없었을지도 모른다. 하지만 동영상의 확산에 대해서까지 그룹 멤버에게 불똥이 튀게 하는 것은 명백히 재량의 범위를 벗어난 행동이다.

"고조 선배와 가린에게는 폐만 끼쳤으니까 스스로 어떻게든 해야 한다고 생각했어요. 나는 두 사람을 이용해서 복수하려고 했잖아요."

"이용당했다고 생각하지 않습니다."

도가도 같은 마음일 것이다. 하지만 지금 그런 말을 해봤자 시간은 되돌릴 수 없다.

"멤버들에게는 폐를 끼치고 싶지 않았어요. 게다가 징계처분을 받으면 이코노미스트 활동은 중지해야 해요. 4학년인 두 사람은 유튜브 활동을 허락하는 회사에 취직하기까지 했는데, 나도 모두의 마음에 보답하고 싶었어요. 그 사람이 시키는 대로 하지 않으면, 모든 게 수포로 돌아간다고 생각했어요."

"그래서… 데이터를 건네주고 말았군요."

"이미 한 번 인터넷에 퍼진 동영상이에요. 몇 명이나 봤는지 이제는 알 수도 없죠. 추가로 한 명에게 또 준다고 해서 내가 더럽혀졌다는 사실은 변하지 않는다, 그렇게 생각할 정도로 감각이 마비되어 있었어요."

"다른 멤버들도 알고 있습니까?"

"아무 말도 안 했어요. 이런 일… 얘기 못 해요. 야마네에게 데이터를 줬더니, 다른 사람이 된 것처럼 친절해지면서 무단 침입 건도 나무라지 않겠다고 했어요."

동영상 데이터를 받은 후에 징계처분을 내리는 것은 위험하다고 판단했을 수도 있다. 당연히 사실 조사라는 말은 구실에 불과하다. 야노 마유미 때와 마찬가지로 사리사욕을 위해 교수나 조사 위원의 지위를 이용했다.

나이도 모른다. 얼굴도 본 적 없다. 그런데도 야마네 교수의 기름진 추악한 얼굴이 상상되어서 심한 혐오감이 느껴졌다.

"경제학사 시험문제는 그 후에 받았군요."

"이 주 정도 지나고 나서 갑자기 데이터를 보내왔어요. 나와 더 친해지고 싶었던 모양이에요. 경제학사 강의 정도밖에 접점이 없으니, 기출문제 돌려쓰기까지 관두면서 선물을 내밀었어요. 무례하게 굴면 무슨 일을 저지를지 몰라 어영부영 내버려두고 있었어요."

구레하가 시험문제 유출을 요구한 게 아니었다. 그 메일을 야노 마유미가 발견해서 무법률에 메시지를 보냈고, 친구가 관련되어 있다는 사실을 도가가 눈치챘다.

"도가와는 무슨 얘기를 했죠?"

"시험 일주일 전에 가린에게 전화가 걸려왔어요. 제삼자가 시험문제 유출을 알아차렸으니, 절대 시험에서 그대로 쓰지 마라. 그 말을 듣고, 가린이 전부 눈치챘다는 것을 알았어요."

"연구실의 조교가 야마네 교수의 고발을 요구하는 메시지를 무법률에 보냈습니다."

그 시점에 도가는 마음속으로 해결 방향을 그리고 있었을 것이다.

"편집 전 동영상을 보냈다고 말하자 야마네가 또 퍼뜨릴 수도 있다면서, 왜 자신을 소중히 여기지 않냐고 하는데… 옳은 말이라서 반박할 수 없었어요."

동영상 데이터를 볼모로 점차 과도한 요구를 해온다는 전개도 충분히 예상되었을 것이다.

"도가가 뭔가 지시를 했습니까?"

"자신이 어떻게든 해볼 테니 나보고 걱정하지 말라고 했어요. 그 이상은 알려주지 않고 시험 당일이 되었죠. 그 뒤는 고조 선배도 아는 대로예요. 결국 난 기권 답안지를 제출했고, 무법률의 계정에서 올라온 트윗을 발견했어요."

"왜 내게 상담했죠?"

"목적은 알 수 없었지만, 가린이 나를 위해 터무니없는 짓을 하는 듯한 느낌이 들었어요. 연락이 되지 않아서, 고조 선배라면 뭔가 알고 있을지도 모른다고 생각했죠. 하지만 짚이는 데가 없어 보여서 사실대로 말할 수 없었어요."

야마네 교수와의 일을 들었다면, 어제 도가에게 진상을 제시할 수 있었을지도 모른다. 하지만 내용이 내용인 만큼 구레하를 탓하기는 망설여졌다.

"그 트윗을 보고 가장 놀란 사람은 야마네 교수일 겁니다. 구레하 씨에게 보낸 데이터와 관련이 있을 거라고 바로 깨달았겠죠. 물론, 그게 도가가 노리는 바였고요. 트윗을 올린 뒤에 야마네 교수에게 접촉해서 협상을 제안한 겁니다."

"협상이라니…."

"이건 내 예상이지만, 시험문제 유출을 밝히지 않는 대신 구레하 씨에게 받은 동영상 데이터의 삭제를 요구했을 겁니다. 무법률의 계정에서 올라온 트윗은 야마네 교수를 협상 테이블에 앉히기 위한 협박장이었다고 생각해요."

어젯밤, 도가는 지금까지의 활동을 되돌아보면 풀 수 있을 거라고 내게 말했다.

도가는 구레하의 리벤지 포르노 소동을 떠올리고 있었으리라. 주요 인물이 일치할 뿐만 아니라, 트위터를 위장 수단으로 쓴 협박이라는 점도 공통된다. 지난번은 자신의 리벤지 포르노를 퍼뜨릴 리가 없다는 선입견을, 이번에는 시험 시간 도중에 올라온 해답은 커닝을 의미한다는 선입견을 각각 역으로 이용했다.

그리고 둘 다 전 세계 사람들이 볼 수 있는 인터넷을 통해 단 한 사람에게 협박장을 보내는 것이 목적이었다.

구레하의 사건에 관여했기 때문에 도가는 이 방법을 떠올릴 수 있었을지도 모른다.

"자신의 커닝 의혹은 어떻게 풀죠?"

"야마네 교수만 잘 구슬리면 이유는 적당히 만들어낼 수 있을 겁니다."

문제는 도가가 야마네 교수의 고발을 포기했는지 아닌지다.

고발을 단념하면 상담자의 뜻을 짓밟는 것이 된다. 야노 마유미에게 잘못이 있는 것도 아닌데, 친구의 명예라는 개인적인 사정을 우선시할까?

게다가 나는 어젯밤에 야노 마유미의 사연을 도가에게 밝혔다. 야마네 교수의 고발은 사명감만 가지고 하는 행위가 아니라, 과거에 받은 피해의 청산도 겸하고 있었다.

그것까지 안 도가가 무승부로 물러날 리가 없었다.

"시험이 끝난 후에 야마네 교수에게서 연락 온 건 없었습니까?"

"가린이 화를 내며 메일 주소도 바꾸고 연락을 끊으라고 해서…."

정보를 유출한 상대는 연락 두절. 불안해진 야마네 교수에게 도가가 접촉했다.

무슨 말을 하고, 무슨 결단을 내렸을까.

"몇 시간 뒤에 참고인 조사가 있다고 합니다."

"난 아무것도 몰랐어요."

도가의 생각은 본인에게 묻지 않으면 알 수 없다.

하지만 그 전에….

"이대로 괜찮겠습니까?"

"…."

"전부 도가가 독단으로 한 일입니다. 구레하 씨가 부탁한 게 아니에요. 그건 나도 알고 있습니다. 하지만 자신이 모르는 곳에서 결말이 나면 후회하지 않겠어요? 시험문제 유출 따위 바라지 않았잖아요. 저쪽이 일방적으로 보냈을 뿐인데, 입을 다물고 없었던 일로 했더니 나쁜 짓에 가담한 것 같지 않습니까?"

난간을 응시하는 구레하의 옆모습을 보며 말을 걸었다.

"외면하고 있으면 돌아갈 길도 찾지 못해요."

"… 알고 있어요."

"자작극이라는 사실을 밝히고 비판이 늘었다. 과격한 기획 영상을 촬영하려고 심야의 학부동에 침입했다. 일부 사실을 은폐하려다가 이번 커닝 소동이 일어났다…. 전부 이어져 있어요. 학교 측에 알려지면 책임을 추궁당할 수도 있습니다. 하지만 여기서 끊어내지 않으면, 거짓을 거짓으로 덮는 것밖에 안 돼요."

가혹한 선택을 강요하는 것일지도 모른다. 이런 식의 설득은 도가도 바라지 않았을 것이다.

하지만 그럼에도 결정의 기회를 줘야 한다고 나는 판단했다.

"이제 와서 내가 할 수 있는 일이 있을까요?"

구레하의 목소리는 떨리고 있었다.

"구레하 씨니까 할 수 있는 일이 있을 겁니다."

도가는 연락을 받지 않고, 지금 어디에 있는지도 알 수 없었다. 참고인 조사가 시작되기 전에 어떤 식으로든 접촉해야 한다.

구레하는 난간에서 몸을 떼고 뒤를 돌아봤다. 그 시선 끝에는 야조회 부실이 있다. 그녀가 신뢰하는 멤버들이 작은 방에서 기획 회의를 하고 있다.

"시끄러워지면 또 상담을 들어줄래요?"

"물론입니다."

구레하는 고개를 숙이고 숨을 내뱉었다.

얼굴을 든 그녀의 눈동자에는 더 이상 물기가 보이지 않았다.

부실로 돌아가는 구레하의 뒤를 따랐다. 대화 중이던 선배들에게 사정을 밝히자, 한순간에 긴장감이 감돌았다. 지금부터 구레하가 하려는 일에 대해서는 당연하게도 큰 반발이 일었다. 실행하면 무슨 일이 일어날지 쉽게 상상할 수 있었기 때문일 것이다.

구레하는 물러나지 않았고, 결국에는 선배들이 뜻을 굽혔다.

작업을 분담하고 척척 촬영을 준비해나갔다. 그들에게 방해되지 않도록 방구석에 서서 크로마키 배경을 바라봤다.

연지색 코트를 벗고, 머리를 뒤로 내려 묶은 구레하가 카메라 앞에 앉았다.

그리고 대본이라도 든 것처럼 구레하는 거침없이 이야기를 시작했다.

"여러분께 보고할 것이 있습니다."

7

후일담.

동영상 업로드에 걸리는 시간조차 아까워한 구레하는 생방송을 켜서 일련의 경위를 시청자에게 설명해나갔다. 페이스 서치라는 앱을 이용한 복수극에서 시작해, 자극적인 영상을 촬영하려고 경제학부동에 침입했다가 교수의 요구에 응하게 되기까지.

구레하의 유창한 말솜씨로 서서히 시청자가 늘어갔다.

본론에 들어갈 무렵에는 비판하는 댓글과 옹호하는 댓글이 뒤섞여, 시청자끼리 서로 비난하기 시작하면서 말 그대로 댓글 창이 불타고 있었다. 일련의 비위 행위에 대한 입막음용으로 리벤지 포르노 동영상 데이터를 건넸다고 밝혔으니 무리도 아니었다.

—이 자식, 전혀 반성 안 했네.

—동영상만으로 끝났을 리가 없잖아. 할 거 다 했겠지.

—나쁜 놈은 교수고, 구레하는 피해자라고.

—무단으로 침입해놓고 피해자인 척하네. 자업자득이야.

—욕하는 놈들도 다 교수가 부러워서 저러는 것임.

—뭐? 헛소리하지 마.

구레하를 부추긴 사람은 나다. 촬영용 작은 방에서 음성을 끄고 모든 댓글을 훑어봤다. 구레하도 상황은 알고 있을 테지만, 생방송을 중단하지도, 모호한 말로 얼버무리지도 않았다.

"교수가 보낸 시험문제 데이터를 보고 갑자기 무서워졌습니다. 제가 요구하지는 않았지만, 받은 이상 부정행위가 되는 건가 해서요. 친구에게 상담했더니, 자신이 동영상 데이터를 되찾아올 거고, 시험문제에 대해서는 신경 쓰지 않아도 된다고 했어요."

마치 구레하가 적극적으로 부탁한 듯한 말투였다. 생방송 중 거짓말이 섞인 부분이 있었다면, 여기뿐일 것이다. 도가를 감싸기 위해 자신을 향한 비판을 과열시켰다.

"어떻게 하는 게 좋았을지 지금도 모르겠습니다. 하지만 후회하는 점이 두 가지 있습니다. 하나는 제대로 멤버들과 상의하지 않았던 것, 다른 하나는 친구를 휘말리게 해버린 것입니다."

생방송을 마친 후 구레하는 이코노미스트의 남자 선배들에게 머리를 숙였다.

시청자가 만 명이 넘었어, 대학 공식 계정에 생방송 아카이브 주소 보내놓을게. 구레하의 어깨를 두드리며 밝은 목소리로 이야기하는 멤버들을 보고, 나는 방을 뒤로했다.

다음 날, 예상한 대로 도가가 난폭하게 세미나실 문을 열었다.

"제대로 저질렀네요. 고조 선배."

"내가 할 말이야."

말차색 니트 모자를 쓴 도가는 내 앞에 서서 테이블을 손으로 짚었다.

"멋대로 행동한 건 반성하고 있어요."

"내가 못 미더웠어?"

"그건…."

"마유미 씨는 무법률에 상담한 거야. 그런데 너는 개인적인 사정을 우선해서 야마네 교수의 고발을 무마하려고 했어."

물론 도가의 진의가 따로 있었다는 것은 알고 있다.

"책임은 지게 만들 생각이었어요."

"어떻게?"

"이번 정보 유출을 발설하지 않는 대신, 받은 동영상을 삭제하고 구레하에게 접촉하지 않기로 약속받았어요. 그런 뒤에 마유미 씨가 전송한 메일 문구를 고쳐서, 나한테 시험문제를 보냈다고 참고인 조사 때 말할 생각이었어요."

행간이 생략되어 있어 이해할 수 없는 부분이 많다.

"너한테 보낸 이유는 뭐라고 설명할 생각이었어?"

"오발송이라든가."

"너무 억지잖아."

"끝까지 우기면 의외로 넘어가요."

무언가 속이는 것처럼 보이지는 않았다. 이제 와서 진의를 감출 필요도 없을 것이다.

"발설하지 않는다는 약속을 지킬 마음은 없었던 거군."

"약속한 건 구레하에게 정보를 유출한 일에 대한 묵인이에요. 내게 메일을 오발송했다는 얘기는 약속 범위 밖이죠."

"억지에, 날조까지 했으니 더 악질이야."

도가는 반론하지 않고, "그 생방송 때문에 다 수포로 돌아갔어요. 참고인 조사에 갔을 때는 교무과 직원도 이미 알고 있어서, 나는 주의만 받고 돌아왔죠. 어휴… 물론 시험 때는 나도 기권 답안지를 제출했어요"라고 말하며 쓴웃음을 지었다.

"상의하고 움직였어야 했다는 생각은 안 들어?"

"그렇죠. 지나치게 애쓴다는 둥 냉정해지라는 둥 잘난 듯이 말했지만, 전부 다 내게도 적용되는 말이었어요. 시야가 좁아졌었던 것 같아요."

비슷한 실패를 거듭해왔기 때문에 이 이상 따져 묻는 것은 내 목을 조르는 꼴이 될 수도 있다.

"비위 행위로 인정될 수 있는 행동은, 동영상 확산 자작극과 학부동 무단 침입. 후자는 경미한 사항이고, 전자는 참작할 만한 사정이 있어. 만일 정학 이상의 처분이 내려진다면, 구레하 씨를 설득해서 바로 이의를 제기할 생각이야."

"그저 든든할 따름입니다."

이코노미스트를 향한 비판이 가라앉을지는, 앞으로 구레하와 멤버들이 어떻게 대응하느냐에 달려 있을 것이다. 예전 영상을 재생해서 좋아요 버튼을 누르며, 뒤에서 지켜보려고 한다.

한편, 생방송을 통해 구레하에게 포르노 동영상을 받고 시험문제를 유출한 교수의 존재가 밝혀졌다. 그게 야마네 고다이라는 것까지는 이미 알려졌을 것이다. 이제 야노 마유미가 증거만 제시하면 발뺌할 여지는 사라진다.

관계자들의 생각이 복잡하게 뒤얽히며 결말까지 시간이 걸리고 말았다.

이것으로 부정의 연쇄는 끊어졌을까.

"서로 헛발질만 했어."

"학생이니까 어쩔 수 없죠. 오히려 지금 실패해보는 게 나아요. 자신의 힘을 과신하지 않고 상의한다. 그게 이번 일의 교훈이에요."

도가의 이 빠른 태세 전환은 나도 배워야 한다. 떠안고 있는 문제는 산더미처럼 많으니까.

"너는 왜 무법률에 상담하려고 생각했어?"

"돈이 없어서요."

"그뿐이야?"

"큰 이유죠. 그리고 친구가 권유했어요. 진심으로 상담을 들어주는 세미나가 있다고. 흔히 나쁜 평판이 더 눈에 띄기 마련이지만, 성실하게 활동하면 긍정적인 입소문도 퍼지거든요."

모라토리엄 기간에 있는 대학생 중에도 법적인 문제에 휘말린 사람이 많다. 각양각색의 사정으로 전문가에게 의지하지 못하고 어쩔 수 없이 단념하는 경우를 많이 봐왔다.

"문제가 해결된 후에도 여러모로 도와주는 이유는?"

"호의적인 표현이네요." 도가는 니트 모자를 벗고 웃었다. 정전기로 머리카락이 붕 떠 있었다. "타인을 위해 행동할 수 있는 사람이 되어라. 그게 엄마의 말버릇이었어요. 무법률은 그 가르침을 실현하는 단체잖아요."

"그런가?"

"봉사활동 동아리에 가입한 적도 있는데, 선의는 무한히 흘러넘치는 게 아니다 보니 점점 마음이 닳아가더라고요. 무법률은 지식으로 상담자를 도울 수 있어서 선의를 빼앗기는 일이 없어요. 법률 지식이 없는 나라도 선배의 보조 역할이라면 할 수 있겠다 싶어서 나서는 거예요."

진로를 찾기 위해 형의 뒤를 쫓아서 무법률의 문을 열었다. 그 목적은 아직 달성하지 못했다. 하지만 사 년간의 활동을 통해 많은 것을 배웠다. 법률 지식이나 경험을 익혔을 뿐만 아니라, 문제에 휘말리게 된 배경, 그것을 극복하고 다시 앞으로 나아가기까지의 과정도 배웠다. 마주해온 법률 상담 중 무의미한 사건은 하나도 없었다.

"무법률에도 존재 의의는 있다는 거겠지?"

"당연하죠."

"불행하게 만들거나, 오히려 문제를 악화시킨 상담자가 있다고 고민했었거든.”

“내가 옆에 있으면 그런 일은 안 생겨요.”

“하하. 든든하네.”

세미나실을 둘러본 다음 도가는 입을 열었다.

“소멸시키기 아까워졌어요?”

“응.”

고문인 사키시마에게 받은 학칙을 열고 해당하는 조문을 가리켰다.

“전에도 말했듯이 구성원의 요건은 ‘본교의 학생’이라고밖에 특정되어 있지 않아.”

“타 학부라도 가입할 수 있다는 얘기였죠?”

“그리고 학부생으로 한정되어 있지도 않아.”

“네?”

“석사과정의 대학원생도 ‘본교의 학생’에 포함돼.”

사키시마가 내게 전달하려던 것은 이쪽의 해석이었을 것이다.

“미처 못 물어봤는데요, 고조 선배의 졸업 후 진로는…?”

“가잔 대학교 법학대학원.”

이른바 로스쿨이다.

“구성원의 최저 인원수는 세 명이야. 그러니까 정식으로 조수가 되어주지 않겠어?”

눈을 바라보며 부탁하자, 입가에 손을 대고 도가는 웃었다.

"대학원생과 타 학부밖에 소속되어 있지 않은 자율 세미나라니, 엉망진창이네요."

"대답은?"

"불쌍하니까 받아줄게요."

부모님이나 형처럼 법률가로 인생을 보내겠다는 결단은 아직 내리지 못했다. 로스쿨 진학을 결정한 것도 조금 더 생각할 시간이 필요했기 때문이다. 이 년간의 로스 타임. 그사이에 무법률 활동을 지속하면서 법률과 마주해나가고 싶다.

"문제는 나머지 한 명인데."

"타 학부라도 상관없으면 찾을 수 있을 거예요. 구레하도 있고… 그리고 미후네 선배도 대학원에 진학하죠?"

사정을 말하면 들어줄지도 모른다. 하지만 도가와는 달리 그들은 상담자로서 무벌률을 찾았던 것에 불과하다.

"역시 말려들게 할 수는 없어."

"얘기해본 다음에 정해요."

그때 세미나실 문이 열렸다.

갈색 단발머리. 노크가 없었다는 것도 신경 쓰지 않고, 도가는 아야메에게 말을 걸었다.

"안녕하세요. 새 법률 상담인가요?"

"아닌데요."

두 사람이 처음 만났다는 사실을 깨달았다. 야노 마유미가 보낸 상담의 자초지종을 이야기했기 때문에 아야메는 도가에게 좋은 인상을 받지 않았을 것이다.

"마유미 씨 일이야?"

내 질문에는 답하지 않고, 아야메는 세미나실을 둘러봤다.

"정리하던 책과 비품을 원래대로 되돌렸네요."

"그 일 말인데…."

"계속하고 싶어졌죠?"

아야메는 책장 근처에 서서 손가락으로 책등을 더듬는다.

"역시 사키시마 선생님이 얘기한 대로 됐네요."

"아야메가 무법률을 용서하지 못한다는 건 알고 있어."

납득할 수 있는 결과를 내지 못했던 것은 야노 마유미의 상담만이 아니었다.

"이대로 로스쿨에 진학한다고 들었어요. 대학원생과 경제학부생…. 한 명만 더 찾으면 갱신 요건도 충족한다고요."

조금 전까지의 이야기를 듣고 있었던 사람처럼 아야메는 상황을 정리했다.

"고조 선배, 이 사람 누구예요?"

도가의 질문에 "마유미 씨의 여동생"이라고 작게 대답했다.

"그 후에 언니와 얘기했어요. 도저히 야마네를 용서할 수 없어서 무법률에 메시지를 보냈다고 하더군요."

"저기, 죄송합니다. 제가 멋대로 움직여서."

도가가 머리를 숙이자, 아야메는 "괜찮아요"라며 의외의 대답을 돌려줬다.

"언니가 저 아닌 고조 선배를 의지했다는 점이 충격이었는데, 그 일이 있고 나서 전 아무것도 안 했어요. 남 탓만 하고, 언니와도 거리를 뒀죠. 이번 사건으로 저는 도망치기만 했을 뿐이라는 사실을 겨우 깨달았어요."

"아야메…."

아야메도 나만큼이나 많은 후회를 떠안고 있었다. 실패를 거듭하는 것도 학생의 특권이라면, 용서를 구하기 위해 손을 내밀어도 되는 걸까.

"이코노미스트의 생방송을 봤어요. 무법률이 관여해서 앞으로 나아가게 된 사람도 있더라고요. 내가 무법률에 마지막을 선언하면, 뒷맛이 개운치 않을 거 같아요."

"고조 선배는 쉽게 포기하지 않아요."

침묵을 메우듯이 도가가 말했다.

"네, 알아요. 하지만 두 사람에게 맡겨두면 이번처럼 폭주할 수도 있으니, 감시자가 필요하다고 생각해요."

아야메의 시선이 느껴졌지만, 어떻게 반응해야 할지 망설여졌다.

"눈치 없기는."

쓴웃음 섞인 목소리로 도가가 중얼거렸다.

운동화를 신은 아야메가 테이블 옆으로 가까이 다가온다.

"그때 한 제안은 아직 유효해요?"

"제안?"

내가 되묻자, 아야메는 숄더백 안에서 종이 한 장을 꺼냈다.

"돌아오고 싶다면 환영할게. 그렇게 말했었죠?"

아야메가 얼굴 앞에 들이민 입회 신청서를 보고, 그제야 상황을 이해했다.

설마 이런 전개가 기다리고 있을 줄이야.

"… 잘 돌아왔어."

간신히 꺼낸 말이 정답이었는지는 모르겠다.

도가와 아야메가 얼굴을 마주 보며 웃었다. 이 둘은 금방 의기투합할 것 같다.

"세 사람이 모였네요."

이제 곧 나는 법학부를 졸업하고, 다시 1학년이 된다.

그 앞에는 조금 더 선명해진 일상이 기다리고 있을지도 모르겠다.

건방진 후배의 미소를 보며 그런 생각을 했다.

옮긴이 **허하나**

경희대학교 일본어학과를 졸업하고 번역가로 활동 중이다. 옮긴 책으로《맛있는 밥을 먹을 수 있기를》,《할머니와 나의 3천 엔》,《교도관의 눈》,《네, 수영 못합니다》,《샤워》 등이 있다.

육법추리

1판 1쇄 발행 2024년 10월 22일

지은이 이가라시 리쓰토 | 옮긴이 허하나
펴낸이 윤혜준 | 편집장 구본근 | 디자인 오필민디자인

펴낸곳 도서출판 폭스코너 | 출판등록 제2018-000115호(2015년 3월 11일)
주소 서울시 마포구 대흥로 6길 23 3층 (우 04162)
전화 02-3291-3397 | 팩스 02-3291-3338
이메일 foxcorner15@naver.com
페이스북 /foxcorner15
인스타그램 /foxcorner15

종이 일문지업(주) | 인쇄·제본 수이북스

ISBN 979-11-93034-22-4 03830